江《え》戸《ど》酒《ざけ》おとこ

小次郎酒造録

吉村喜彦

PHP
文芸文庫

○本表紙デザイン+ロゴ=川上成夫

江戸酒《えどざけ》おとこ

一

朝の光をうけ、海は紅《くれない》に染まっている。

船首で砕ける波がきらきら輝いて、眼にまぶしい。

浦賀水道《うらがすいどう》を抜け、江戸湾に入ると、船の揺れはほとんどなくなった。

小次郎《こじろう》は、海を越えてやってきた上方《かみがた》のほうを向いて、大きく伸びをし、深く息を吸った。

松林の向こうには緑の沃野《よくや》が広がり、箱根《はこね》と丹沢《たんざわ》の山々が見える。遠くには白い冠をかぶった富士山《ふじさん》が、凛々《りり》しく輝いていた。

波しぶきが数滴、頬《ほお》にかかる。

指にとって、なめてみた。

——これが、江戸の海の味か……。

摂津《せっつ》の海とは微妙にちがう。ちょっと淡い。

白い帆が風をはらみ、船は波を蹴たてながら、ゆっくりと品川沖《しながわおき》に向かって進んでいく。

海上には小次郎が乗るのとおなじ千石船《せんごくぶね》が何艘《そう》も浮かんでいるのが見えてきた。大きな船のあいだを小さな伝馬船《てんません》が滑るように走っていく。

陸《おか》に眼をやると、海沿いの街道には桜の花が咲きほこり、たくさんの人や荷車、駕《か》籠《ご》がひっきりなしに行き交っている。

家々の甍《いらか》も黒光りしながら無数にならんでいる。

たいへんな喧噪《けんそう》の様子だ。灘《なだ》にいた頃、よく遊びに行った大坂《おおさか》の町に似ている。

やはり町はいい、と小次郎は思った。

「おう、そろそろ着くぞ。降りる支度《したく》をしとけよ」

船頭《せんどう》の嘉助《かすけ》が太い腕をくみ、陽光に顔をしかめながら塩辛声《しおからごえ》で言う。

声が大きく、いつも怒っているように聞こえるが、十二日間の航海中、言葉少ないながらも、何くれとなく世話を焼いてくれた。

海に出て最初の三日ほどは、小次郎は船酔いで食べることもままならなかったが、嘉助は飯炊きに白粥《しろがゆ》をつくらせたり、艫矢倉《ともやぐら》（船室）から外に誘いだし、遠い水平線を見ることを教えてくれた。

小次郎はことし十九歳。灘・御影《みかげ》で酒造業をいとなむ和泉屋《いずみや》の次男だ。江戸に酒を運ぶ樽廻船《たるかいせん》に乗せてもらい、叔母《おば》夫婦の住まう浅草《あさくさ》に向かっている。

叔母は並木町《なみきちょう》の造り酒屋・山屋《やまや》を継ぎ、婿養子《むこようし》の夫が八代目山屋半三郎《はんざぶろう》を名乗っていた。

寛永《かんえい》年間創業の山屋は百五十年をこえる歴史があり、「隅田川《すみだがわ》」という有名銘柄《めいがら》をもっている。かつては伊丹《いたみ》や灘の酒に比肩《ひけん》するほど江戸っ子からもてはやされていたが、ここ数年その人気は凋落《ちょうらく》の一途をたどっていた。

そんな山屋のテコ入れのため、小次郎ははるばる灘からやって来た――と言えば聞こえはいいが、実のところ、一昨年に父が亡くなった後も遊び癖の抜けぬ小次郎に、業《ごう》を煮やした姉・おたかとその夫・平助《へいすけ》から、もっともらしい理由をつけて江戸下りを命じられたのだった。

品川湊《みなと》に入ると、瀬取《せど》りのために小さな伝馬船が漕《こ》ぎよせられてきた。

廻船問屋と下《くだ》り酒問屋の者が力をあわせ、細心の注意をはらいながら四斗樽《しとだる》をうつしていく。男たちが潑剌《はつらつ》と仕事をする様子は、江戸の活気をうつしているようだ。

「もうちょっと待ってろ。知ってのとおり、酒はわしらの命より大切だ。悪いが、おまえは最後の伝馬船に乗ってくれ」

赤銅色《しゃくどういろ》に日焼けした顔をほころばせながら、船頭の嘉助が小次郎に言った。

＊　＊　＊

伝馬船に積まれた酒樽とともに、小次郎は霊岸島《れいがんじま》・北新川河岸《きたしんかわがし》の下《くだ》り酒《ざけ》問屋・堺《さかい》屋《や》に到着した。

下り酒とは、灘や伊丹、池田《いけだ》など上方で造られ江戸に下ってくる酒のことで、新川の両岸にはたくさんの下り酒専門の問屋が軒《のき》をつらねていた。

そのころ江戸をはじめ、武蔵《むさし》、相模《さがみ》、上総《かずさ》、下総《しもうさ》など関東《かんとう》一円でもさまざまな地廻り酒《ざけ》（地酒）が造られていたが、人気銘柄は「隅田川」か「江戸桜《えどざくら》」くらいで、江戸では下り酒が喝采《かっさい》をあびていた。

「くだらない」という言葉も、じつは下り酒から生まれたものだ。

品質のよい酒は上方から大消費地の江戸へ下ってくるが、上方で造られた酒でも質の悪いものは地元で飲まれ、江戸には「下らない」からだった。

堺屋はもともと灘・和泉屋の酒を専門に販売する江戸の出店《でみせ》であったが、下り酒人気が高じるにしたがって、伊丹、池田、西宮《にしのみや》など、灘以外の摂泉十二郷《せっせんじゅうにごう》の銘柄もおろすようになった。

小次郎の父・和泉屋善右衛門《ぜんえもん》は長く中風《ちゅうぶ》をわずらい寝こんでいたが、一昨年の十二月についに帰らぬ人となった。

その際、堺屋の主人・太左衛門《たざえもん》は丁寧な弔《とむら》い状とともに、多額の香典《こうでん》を届けてくれたのである。

江戸に着いたら取るものも取りあえず、まずは太左衛門に謝辞を述べたいと小次郎は思っていた。

父の親友だった太左衛門は遠路《えんろ》はるばるやってきた小次郎を涙を浮かべて迎え入れた。亡父《ぼうふ》との思い出話に花が咲き、今後なにか困ったことや悩みがあればいつでも相談に来るようにと、何度も念をおした。そして店先まで出て、並木町に向かう小次郎を見送ってくれたのだった。

肩にかけた振り分け荷物を揺すりあげ、小次郎は北新川河岸に沿って歩きだした。

まずは酒問屋の守護神とされる新川大神宮《しんかわだいじんぐう》に参拝し、船宿のならぶ河岸を過ぎて箱崎川《はこざきがわ》をわたった。

橋の上から見ると、十の字に交差する川景色はまるで大坂の四つ橋のようだ。

ときおり強い風が吹くと、砂塵《さじん》が舞いあがった。橋を行く人々は手ぬぐいで顔をおおい、女性は着物の裾を気にしている。

――六甲《ろっこう》おろしに似ている。

小次郎は妙にうれしくなった。

灘は寒造《かんづく》りで発展してきた。その寒造りには、清冽《せいれつ》な水や水車による大量精米とともに、六甲から吹き下ろす寒風《かんぷう》が不可欠だった。

砂塵の幕がうすれると、日本橋《にほんばし》川に沿って立ちならぶ白壁《しらかべ》の群れが見えてきた。ぎっしりと聳《そび》える蔵《くら》の威容《いよう》は、小次郎に堂島《どうじま》を思いださせた。

しかし蔵の数も川を往来する船の数も、大坂よりはるかに多い。油、味噌《みそ》、醬油《しょうゆ》、蠟燭《ろうそく》など日常づかいの品を運ぶ荷足船《にたりぶね》や人を運ぶ俊足の猪牙舟《ちょきぶね》を、船頭たちは大きな掛け声をかけながら漕いでいった。

しばらく行くと、いきなり眼の前がひらけた。

大きな広場に数えきれないほどたくさんの人が集まっている。蕎麦《そば》や天ぷらを立ち食いしたり、見世物小屋《みせものごや》をのぞいたり、陽気に踊っていたり、田楽《でんがく》を頰ばりながら雑踏《ざっとう》の中を歩く者もいる。

ものすごい人いきれだ。酒を飲んでもいないのに、いきなり酔っぱらいそうだ。

――ここが名にし負う両国広小路《りょうごくひろこうじ》か……。

大川《おおかわ》べりにはびっしりと水茶屋《みずぢゃや》が並び、軽業《かるわざ》をする者や手品師《てづまし》が口上《こうじょう》を述べながら、絶妙の腕前を披露《ひろう》している。

浄瑠璃《じょうるり》や辻講釈《つじごうしゃく》、楊弓場《ようきゅうば》、小間物屋《こまものや》、古着屋《ふるぎや》などの小屋もある。みな丸太で足場が組まれ、菰《こも》でおおっただけの粗末な造りだ。

髪結《かみゆ》い、居酒屋《いざかや》、汁粉屋《しるこや》、ところてん、白玉《しらたま》、わらび餅《もち》……この世のありとあるものがこの広小路に集まっているようだ。

大川の上には何艘も屋形船《やかたぶね》が浮かび、まだ肌《はだ》寒いのに酒を飲んで踊る旦那衆《だんなしゅう》や芸妓《げいぎ》がいる。

その屋形船の間を漕ぎまわって饅頭《まんじゅう》や団子《だんご》を売りにいく船、お囃子《はやし》や音曲芸人《おんぎょくげいにん》の船、猿まわしの船まである。陸《おか》も水辺もたいへんなにぎわいだ。

しかも驚いたことには、二本差しの武家《さむらい》もおおぜい闊歩《かっぽ》している。

と、風に乗ってふわりと一枚の紙が小次郎の前に舞い落ちた。拾ってみると、江戸で売れている酒の番付表だ。

――へえー。こんなものがあるんだ……。

江戸はおもしろい。何だってある。大きな渦《うず》にまきこまれていくような魅力のまちだ。

沸《わ》き立つ空気に興奮したせいか、のどがからからに渇いていた。

考えてみれば、酒造りのためにやって来たというのに、まだこの地で一滴も酒を飲んでいない。

江戸っ子が日ごろ飲む酒がどの程度のものか、まずはそれを知るべきだ。飲まずして何も語れないではないか。

＊　＊　＊

近くに葭簀《よしず》張りの店があった。

うす桃色ののぼり旗《ばた》に「茶と酒さかな　さくら屋」と白く染め抜かれ、茶汲《ちゃく》み女が明るい声で客の呼び込みをしている。色白の小顔で面差《おもざ》しもいい。

引き寄せられるように店の前の床机《しょうぎ》に腰をおろした。長旅で疲れている。おもわず吐息《といき》がもれた。

と、息をつく間もなく、茶汲み女が元気よく注文を取りにきた。

藍《あい》の着物に黒い帯がきりりと締まり、すがすがしい。京大坂ではもっと彩り豊かな着物だが、江戸の女は渋好みなのだろうか。

「何しましょ」

しゃきしゃきと訊いてきた。

「江戸の酒はあるかい？」

「そうねえ。江戸桜、隅田川あたりかしら」

小首をかしげて、続けた。

「お客さん、上方から？」

「えっ」

「だって、言葉の調子が江戸じゃないもの」

茶汲み女はそう言って、けらけら笑った。

自分では江戸言葉をしゃべっているつもりだったが、ほんとうの江戸っ子にはどうも違って聞こえるようだ。

「で、お酒、決まった？」

女がせっかちに訊いてきた。

「じゃ、隅田川」

「つまみは？」

「芋の煮ころばし」

「あいよっ」

にこっとして奥まで駆けていき、注文を通した。やることなすこと、めっぽう早い。しかし挙措動作《きょそどうさ》が、がさつなわけではない。からっと明るく、じつに心地いい。

横を見ると、隣の床机で男がひとり、こんにゃくの田楽に舌鼓《したつづみ》をうっている。無精《ぶしょう》ひげが伸び、月代《さかやき》も剃《そ》っていない。つぎはぎだらけの着物に一本差しの浪人者だ。

春風のような風情《ふぜい》で、いとおしむように酒を飲んでいる。

眼があうと、浪人は小次郎に向かってにっこりした。さむらいらしからぬ無邪気《むじゃき》な笑顔に面食《めんく》らい、あわててこちらも会釈《えしゃく》する。

さきほどの女が燗徳利《かんどくり》と猪口《ちょく》を、小次郎と浪人それぞれの横に置いた。

浪人は徳利をひょいと摑《つか》んですばやく傾け、猪口に酒を満たす。一気にクイッと飲みほし、眼をつむって太い息をついた。

ほれぼれする飲みっぷりだ。じっと見入ってしまった。

――おっと、その前におれの酒。

小次郎も徳利に手をのばして酒を注ぎ、ゆっくりと猪口を鼻先に持っていく。

「……」

首をひねった。
おかしい。香りが立ってこない。
とりあえず、液体を口にふくむ。良く言えば、角《かど》のないさらりとした飲み口だ。
が、しかし、味がどうにも薄い。
酸味《さんみ》もない。甘みもない。苦みも、うま味も、深みもない。
のどを蹴とばすような酒の力がみじんもない。
——なんだ、これは……。
ほんとうに山屋が造った酒なのか？　だんだん腹が立ってきた。
ほかの客の注文をとりに来たさっきの茶汲み女にきいた。
「……この酒、ほんとに隅田川かい」
女は眉間《みけん》に皺《しわ》をよせ、
「何言ってんだい。疑ってかかんなら、酒樽《さかだる》を見てみりゃいいよ」
小次郎は袖《そで》を引っ張られ、店の奥に連れていかれた。
調理をしながら店を切り盛りしている男がうさん臭げな眼を向けてくる。
「ほら、ごらんよ」
見ると、四斗樽には、たしかに「隅田川」の文字があざやかに刷りこまれている。

だが、三年前、半三郎叔父《おじ》が灘にみやげで持ってきてくれた隅田川はこんな味ではなかった。どうにも合点《がてん》がいかないが、不承不承《ふしょうぶしょう》、床机までもどった。

腑《ふ》に落ちぬ様子で坐《すわ》る小次郎を一瞥《いちべつ》し、浪人がぷっと吹き出す。

「や、ご無礼《ぶれい》つかまつった」頭をさげてきた。

「なんだか酒の味が違うんで……」

「ははあ、さようでござるか。お見受けいたすと、江戸に来てまだ間もない様子。じつは拙者《せっしゃ》も江戸に出てきたころ、居酒屋で飲む酒があまりに味がぼやけておって、たいそうたまげましてなあ」

「やはり、そうですか」

「なんとなれば、江戸の酒の多くは水で薄めておるからの」

「は？」

「拙者も驚いたのだが、酒を水でのばして売る居酒屋はまことに多い」

「まさか」

「いや。こちらでは、それが当たり前になっているようだ」

小次郎は声をうしなった。

「だが、すべてがすべて、水割り酒ばかりではござらん。ほれ、こちらの酒を飲んでみられよ」

そう言うと、浪人は自らの徳利から小次郎の猪口に酒を注いだ。

ひとくち飲む。

「……まるで違う」

ちゃんとした酒の味がする。ふくらみも奥行きも陰翳《いんえい》もある。米のゆたかな香りが鼻腔《びくう》を心地《ここち》よくくすぐってくる。

しきりに首をひねる小次郎を見て、浪人はにんまりした。

「こちらは灘白梅《なだはくばい》じゃ」

灘白梅といえば住吉川《すみよしがわ》をはさんで和泉屋の対岸にある酒屋の銘柄。灘でも一、二を争うほど品質の優れた酒である。幼いころから蔵元一家とも親しくしているし、手代《てだい》や番頭《ばんとう》、杜氏《とうじ》もみな知りあいだ。美味《うま》いのはとうぜんだが、灘で飲むのと変わらぬ味だ。いや、むしろ風合《ふうあ》いがいっそう柔らかくなっているかもしれない。

「おさむらいさんは、いつもこの酒を?」

「いかにも。ここに坐れば、何も言わずとも店の女はこれを供してくれる」

浪人は徳利を振って残りを確かめ、あごをしゃくって小次郎に酒をすすめた。

新しい酒を受ける。こんどは一気に盃《さかずき》をあけた。

胃の腑《ふ》のあたりにぽっと火がともる。あたたかい液体が口腔《こうくう》から食道にかけてじんわり降りていき、全身にやさしい滋味《じみ》が染みわたった。

――まさしくこの味……。

江戸までの船旅《ふなたび》のあいだ、酒はいっさい飲めなかった。久方《ひさかた》ぶりの芳醇《ほうじゅん》な酒の味におもわず頬がゆるみ、さきほどの気鬱《きうつ》がたちまち散じていく。

眼の前を笑いさざめきながら通り過ぎる見知らぬひとの声が、親しく近しいものに思えてくる。世の中がすこし広く和やかになる、あの感覚を思い出した。

「いかがかな?」

猪口を持ったまま、浪人がうれしそうに問いかける。

そのとき、小次郎の腹がくうと鳴った。

「おぬし、飲んでばかりおらんと、なにか食わねば身体《からだ》にさわるぞ」

と浪人は言ったが、本人は頬を赤くして、さきほどから矢継《やつ》ぎ早《ばや》に酒を口に運んでいる。

小次郎は芋の煮ころばしに箸をのばして、ひとくち食べた。

――これは……。

どうにも味が濃い。上方の味つけとはずいぶん違う。だいいち里芋《さといも》の色が真っ茶色だ。ひとつ食べただけで、やたらとのどが渇いた。

おもわず、手近にあった隅田川の徳利をかたむけ、猪口に注いだ。

グッと飲む。

が、のどの渇きはおさまらない。何杯も立てつづけにあおった。

気がつけば、徳利がほとんど空《から》になっている。

はじめは水っぽいと思った酒だが、甘辛《あまから》く濃い味つけには合っているのかもしれない。

「ほほう。水割り酒もしだいに悪くないと思えてきたようだな」

浪人がからからと笑う。

「……味わいというのは、時と場によりますから」

「面白いことを言う。なかなか酒食に詳しそうじゃ」

小次郎の顔をのぞき込んで、浪人はにやりとした。

二

浪人は、檀上龍之介《だんじょうりゅうのすけ》と名のった。

五年前に備後福山《びんごふくやま》から出てきて、いまは深川《ふかがわ》の裏店《うらだな》に住んでいるという。

「して、おぬしはなにゆえ江戸に」

小次郎も自らの素性《すじよう》を手みじかに話し、明日から並木町の山屋《やまや》で働くとこたえた。

「山屋というのは、この『隅田川』の蔵元《くらもと》だな」

かたわらに置かれた徳利《とつくり》を振り、酒がすでに残っていないのを確認すると、龍之介は身を乗りだした。

「この酒はほかの店で飲むともう少しましだぞ。拙者、いろいろ酒と縁《えにし》があっての。以前、福山や鞆《とも》で酒造りに関わったこともある」

龍之介の来歴を聞いて、小次郎は少なからず驚いた。

「おぬし、酒造りがなりわいならば、ほかの地廻り酒も飲んだらよかろう。『江戸桜』は飲んだことがあるか？」

「いいえ、まったく」

「いま江戸で売り出し中の安酒だ。なぜかこの地で人気がある。拙者も相伴《しようばん》しよう」

言うが早いか茶汲み女を呼び、二合《にごう》徳利を二本頼んだ。

「茶碗も二つもらってよいか」

「あいよ」

茶汲み女が背中でこたえ、奥に駆け去っていく。

「茶碗？」

「ま、飲めばわかる」

ふたりの会話が気になったのか、隣の床机に坐る目鼻立ちのととのった若い女が、みたらし団子を頬ばりながら、ちらっとこちらを見る。

間をおかずに茶汲み女が酒と茶碗を運んできた。

「なみなみ注げよ」

言われるままに小次郎は徳利をかたむけ、茶碗をまずは鼻先にもっていった。

「とりあえず飲んでみられい」

ひとくち啜《すす》るように飲んだ。

が、香りも味もまるで感じられない。

「ぐいとやられよ」

龍之介に言われ、小次郎は茶碗に注いだ酒をあっという間に飲みほした。龍之介も瞬時にして茶碗を空にし、手の甲で唇《くちびる》をぬぐった。

「どうじゃ？」

飲みきった茶碗にあらたな酒を注ぎながら龍之介が訊いてくる。

「なんですか、これは」

知らずしらず声が大きくなった。

「ま、もそっと飲んでみられよ。なにゆえこの酒が江戸で売れておるか。一思案するよき潮合《しおあい》じゃ。拙者もおぬしと共に考えようぞ」

龍之介が徳利からどぼどぼと酒を注ぐ。すこし濁《にご》った液体が茶碗からこぼれた。

茶碗酒をあおりつつ、小次郎はあらためて品《しな》書きをみた。

隅田川も江戸桜も六文《ろくもん》と書いてある。

――同じ値段だ。

隅田川の水割りにもかなり驚いたが、味はまだましだった。江戸桜のような薄い酒が人気とは、まったく解《げ》せない。

首をひねっていると、茶汲み女があいそ笑いしながら、「さくら屋」と判子《はんこ》のおされた小さな紙きれを、小次郎と龍之介にそれぞれ一枚ずつ手渡した。

「江戸桜二合で一枚。お客さん、あわせて四合だから二枚。この紙が五枚たまれば、江戸桜を一升《いっしょう》さしあげますよ」

紙片をじっと見つめて不審げな顔をするふたりに、茶汲み女は言った。

「ただでか？」

しゃっくりしながら龍之介がきく。

「もちろんよ。昨日からはじめた安売りのはからいなんだ。結局、一升飲めば半値で飲めることになるってわけ。でも、この半年限りだよ」

茶汲み女は気を引くような目つきでこたえた。飲み終えた徳利をさげようと、まくれた袖からみえた二の腕の白さが眼にまぶしかった。

「なるほど。うまく考えたもんだ」

龍之介は若い女の色香《いろか》にあてられ、素直にうなずいている。

小次郎もこの店の商《あきな》いのやり方に感心したが、あまりに薄い酒には閉口《へいこう》した。

「ここまで水で薄めるってのは何かわけがあるのかい」

と茶汲み女にたずねた。

「そんなこと、あたしに訊《き》かれたって知らないよ」

女はきっとした顔になり、盆を抱えてさっさと奥に引っこんだ。

小次郎はため息をついて首を振り、酒の入った茶碗を持ちあげた。

「たしかにあの女の言う通りだ。傭人《ようにん》に訊いても答えられぬ」

龍之介が笑いながら、茶碗酒をあおる。

「しかし……これはあまりに薄い」

「おぬしの言うこともわからぬではない。だが、どれだけ薄めるかは店の勝手次第《かってしだい》じゃ」

「でも、何ごとにも程《ほど》があるでしょう」

「そこはそれ、人の出入りの激しい江戸のこと。酒の銘柄や飲ませ方にも流行《はや》りすたりがある。いまのご時世、手ぎわよく儲《もう》けようと、急ぎばたらきが増えておる」

「しかし、隅田川と同じ値でこの味は……」

小次郎が不満げにつぶやくと、龍之介は大きくうなずいた。

「この店はかなり儲けておろうな」

「水で薄めすぎると、酒のたましいまでも薄められる。酒を造る者にとって、あまりにせつない話です」

小次郎の真摯《しんし》な言葉に、龍之介の顔つきが少し変わったように見えた。

そのとき店の前に大八車《だいはちぐるま》が着き、二人の車力《しゃりき》が江戸桜の四斗樽《しとだる》を下ろしはじめた。ねじり鉢巻《はちまき》に下帯《したおび》ひとつの男たちは、汗をほとばしらせながら大声を掛け合っている。

二人がかりで四斗樽を運び入れてくるが、少し離れた小次郎の席にも、熟《う》れた柿のようなにおいが漂ってきた。きっと一杯引っかけて仕事をやっているに違いない。

と、赤く濁った眼をした車力の片割れが、小次郎の隣の床机に坐る女にふっと視線を向けた。清楚《せいそ》だが陰のあるその女の姿は、どこか男心をそそるのだろう。

車力は下卑《げび》た笑いを浮かべた。

「あだっぽいねえ。たまんねえぜ」

そう言うと、四斗樽を運びながら、わざと女の身体《からだ》にぶつかってきた。

女の茶碗から茶がこぼれる。

あ、と言って女は弾《はじ》かれたように立ち上がったが、その拍子《ひょうし》に何かがぽろりと地面に落ちた。それを拾おうと、女があわてて腰を屈《かが》めようとした。

「おっとっと」

もう一人の車力がおどけた声を出し、邪険《じゃけん》に踏みつけてくる。

ものが割れる微《かす》かな音がした。女は泣きそうな顔になって、腰を折る。

その様子をじっと見ていた龍之介はすかさず床机から立ち上がり、つかつかと男たちに歩み寄った。

「うぬら、なにゆえこの女子《おなご》を愚弄《ぐろう》する」

おだやかな顔を一変させ、太い声で詰問《きつもん》した。

「へ、へ。色っぽい女をみると、ちょいとからかってみたくなるじゃねえかよ、なあ」

　車力の男が口の端《はし》をゆがめて笑い、片割れが好色《こうしょく》そうにうなずいた。

「たわけ者めが！」

　龍之介は鋭い眼になり、吐き捨てるように言う。

「何をっ」

　四斗樽を置くやいなや、車力たちがいきなり龍之介の胸ぐらに摑みかかってきた。

　龍之介はサッと身体を沈ませると、男たちの腕をひねりあげる。

　二人の車力が悲鳴を上げた。龍之介は矢継ぎ早《ばや》にそれぞれのみぞおちを蹴りあげる。男たちは腹をおさえ、涙をにじませてのたうちまわった。

「さ、行くか。長居は無用だ」

　そう言うと、龍之介は小銭を床机に置き、集まってきた人垣をかき分けるようにして歩みはじめた。あわてて小次郎も後を追う。

　振りかえると、おりからの風に舞い上がった砂埃《すなぼこり》が、女の姿をまたたく間に見えなくした。

浅草橋を越えると、大川《おおかわ》からの川風が心地よく吹きすぎていった。道端の柳のみどりがやわらかく揺らいでいる。

龍之介は鼻歌まじりに懐手《ふところで》をして歩いていく。

「いずこにも、ああいう輩《やから》はおるものだ」

小次郎は相づちを打ちながら、大坂でのたび重なる諍《いさか》いごとを思い出した。

餓鬼《がき》のころから短気《たんき》で喧嘩《けんか》っ早かったが、柔術《じゅうじゅつ》をならって、さらにそれに磨きがかかった。町を肩で風をきって歩くと、よく無頼者《あぶれもの》にからまれ、派手《はで》な立ち回りをやらかした。そんなところが姉夫婦に嫌われ、灘を追い出されるもとになったのだ。

*　　*　　*

「いかがした？」

急に黙りこんだ小次郎を不審に思い、龍之介が声をかけた。

「……いえ、さきほどの勘定《かんじょう》を」

紙入《かみい》れを出そうとすると、龍之介がその手をとめた。

「狭き江戸のこと。またどこかで相《あい》まみえることもあろう。そのときにおぬしが馳走《ちそう》してくれ。人と人とは五分《ぶ》と五分。おぬしとは何か縁《えにし》がありそうだ」

小次郎は余計な言葉を差しはさまず、小さくうなずいた。

鳥越橋《とりごえばし》を渡ると、右手に浅草御蔵《おくら》の巨大な白壁と黒い甍《いらか》が見えてきた。左手には札差《ふださし》や米問屋《こめどんや》の大店《おおだな》が軒をつらねている。

忙しげに往来する丁稚《でっち》や手代《てだい》、物売りや駕籠《かご》にぶつからぬよう、ひとの流れを縫《ぬ》うようにふたりは歩いていった。

春めいたやわらかい光をあびながら、龍之介は少し遠いまなざしになった。

「今もよく瀬戸内《せとうち》の海を夢に見る。波もやさしうて、音を聞いているだけで、うつらうつらしたものじゃ。しかし鞆《とも》の浦《うら》の鯛《たい》は、じつに絶品じゃった」

ときおり青空を見上げ、ゆったりと歩を進めつつ、故郷・福山のおだやかな風光を歌うように語った。

しばらく行くと、右手に小《こ》ぢんまりとした堂宇《どうう》が見えてきた。

「あれは駒形堂《こまがたどう》と言《ゆ》うての」

龍之介が指さした。

「浅草寺《せんそうじ》の起源とされておる。浅草寺の参拝はここから始まるのじゃ」

駒形堂のすぐ向こうには葦《あし》の葉むらが風に揺れ、大川が日をまぶしくきらめかせている。雲ひとつない空を映《うつ》した水は、青く透きとおっていた。

ふっと、海のにおいがする。

今朝、品川沖に着いたばかりなのに、船上で馴染《なじ》んでいた潮の香りがすでに懐かしかった。身体というのは不思議なものだ。あっという間に土地に染まっていく。

――しかし……。

おれは、山屋の仕事に早く馴染めるだろうか。

大川の流れを眺めながらぼんやり考えていると、龍之介が肩を軽くたたいた。

「ここの追分《おいわけ》を左に行くと、ほれ、赤い雷門《かみなりもん》が見えるじゃろ。手前左手に藍色《あいいろ》の日《ひ》除《よ》け暖簾《のれん》が下がって薦被《こもかぶ》りの四斗樽が積まれている店。あれが山屋じゃ」

言われた方角を見ると、傾きはじめた日の光を照りかえす大きな屋根看板も見えた。

「ならば、拙者、ここらで失敬する。この先の田原町《たわらまち》に知った店がござっての」

「さようですか……では、ご縁があれば、また」

深く腰を折って挨拶《あいさつ》する。

「『酒のたましい』というおぬしの先刻《せんこく》の言葉、しかと胸に刻んでおくぞ」

龍之介は軽くうなずくと、後ろも振りかえらず、風塵《ふうじん》に巻かれるように駒形町の路地に歩み去っていった。

山屋の店先では、埃のたつ道に丁稚《でっち》が黙々と水をまいている。

小次郎は、一つ大きな息をして、山屋の暖簾をくぐった。

三

「ごめんください。和泉屋《いずみや》の小次郎でございます」

おとないを入れると、ひょろりと痩せた男が帳場《ちょうば》の中から立ってきた。

「これは、これは、小次郎さま」

男があいそ笑いを浮かべた。鬢《びん》に白いものが混じっている。

「番頭の源助《げんすけ》にござります。お待ちいたしておりました。いや、見違《みちが》えるほどご立派になられて。お懐かしゅうございますなあ」

まだ幼かったころ、父と母に連れられ、はじめて江戸に来たときに会っていたようだ。

「まずは御新造《ごしんぞう》さまに小次郎さまご到着の旨《むね》、お伝えしてまいります。少々お待ちくださりませ」

もみ手《で》をしながら奥に向かおうとした源助が一瞬、立ち止まる。

眉間に皺をよせ、鼻をくんくんいわせた。

「なにやら悪い酒のにおいが……」

小次郎はあわてて口に手を当てた。

「どこぞでお休みなされたのでございますか」ぎろりと小次郎を見た。

「い、いや、その……江戸に来て、まだ土地《ところ》のひとがどんな酒を飲んでいるか知らなかったので、少しだけ……」

「ほほう、さようでござりますか」

背中で言って、源助は奥座敷に音も立てずに向かった。

――ちょっとくらい飲んだっていいじゃねえか。

やってきたばかりだというのに、うるさいやつだ、と肚《はら》の中で舌打ちした。

山屋のなかは外の喧噪《けんそう》とは打って変わって、しんと静まりかえり、酒の香りがほのかに漂ってくる。

深く息を吸った。いい香りだ。心身が洗われる。

自分の居るべき場所にもどったようで、気分が落ち着いてきた。

壺《つぼ》に活けられた椿《つばき》の花と漢詩の書かれた屛風《びょうぶ》を眺めながらしばらく待っている

と、齢《とし》に似合わぬ派手な着物をまとった叔母のおちよが満面の笑みであらわれた。源助がへらへらしながらついてきている。

「まあ、遅かったじゃないかい。もう、待ちくたびれちまったよ。早く足を洗ってあがんなさいな」

開口一番おちよは言い、ちょいと、と奥に向かって下女《げじょ》を呼んだ。

下女が洗い桶《おけ》をもって走ってきたが、小次郎は自分で足を洗って式台にあがった。

おちよに従い、半三郎の待つ奥座敷へと向かう。

「廻船問屋からは、今朝がた品川沖に着いて、堺屋さんに向かったって聞いてたんだよ」

廊下を歩きながら振りかえって、小次郎の肩をはたいた。

「いったいどこで油を売ってたんだい。上方と言ったって灘《なだ》は田舎《いなか》だから、江戸に来てびっくりしたんじゃないのかい？」

口をはさむ隙《すき》を与えず、おちよはうれしそうに喋《しゃべ》りたてる。

「おまえの大好きな叔父さまがお待ちかねだよ」

廊下の奥に来ると、おちよは真っ白な明障子《あかりしょうじ》をからりと開けた。

「いやあ。遠路はるばる、よく来てくれた」

八代目・山屋半三郎が温顔《おんがん》をほころばせて小次郎を迎え入れる。身の丈六尺《たけろくしゃく》あまりの大男である。

その横にはちょこんと若い娘が笑みを浮かべて坐り、丁寧に頭をさげてきた。

驚いた。従妹《いとこ》のお凜《りん》が三年会わない間にすっかり妙齢の女性になっている。

抜けるように白い肌、すっきりと清楚なたたずまいはいかにも江戸の娘だ。

深い湖のように吸いこまれそうな瞳《ひとみ》があまりに美しく、そのかぐわしさに一瞬たじろいだ。

小次郎はおもわず顔を火照《ほて》らせ、馬鹿丁寧にお凜にあいさつした。

「お凜も首を長くして待っていたんだよ」

半三郎が慈しみ深い眼でふたりを見やった。

幼いころ初めてまみえたときから、この叔父とは血が繋《つな》がらないのに、妙に馬が合った。

おっとりとして品《ひん》のある叔父の前にいると、父を前にしたときより、ずっと心が安らぐ。父に対してはどこか依怙地《いこじ》になるところがあったが、叔父には不思議と素直に向きあえる。

小次郎はあらためて旅の無事を報告し、次いで父の逝去《せいきょ》に際しての心づかいに感謝の意を述べた。

「善右衛門さんの身体《からだ》の具合は聞いていたが、あれほど急だとは……」

　半三郎は、その後しばらく茫然自失の状態だったという。

「ほんとうに……お義兄《にい》さんにはいつも良くしてもらったからね」

　とおちよも昔を懐かしむ顔になった。

「ふつつか者ですが、このたびはお世話になります」

　小次郎はかしこまって言った。

「和泉屋の平助《へいすけ》さんが飛脚《ひきゃく》でご丁寧に文《ふみ》も届けてくれたよ。山屋に手伝いに来てくれて、わたしたちはほんとうに助かる。いろいろ行き届かぬこともあろうが、そこは大目に見てやっておくれ」

　半三郎はそう言うと、煙草《たばこ》盆を引き寄せる。座敷から見える中庭には春の光がおどり、桜の花びらが風にのって舞い落ちてきた。

　和泉屋や上方の近況、はじめての船旅の苦労など、茶菓を食べながら半刻《はんとき》（一時間）ほど話がはずんだが、山屋の売り上げの話になると、半三郎の言葉は途切れがちになった。

「うちもなかなか厳しくてね。おまえに来てもらえて、ほんとうに助かるよ」

「かえって足手まといにならなければよいのですが……」

「いや。善右衛門さんは、陰ではおまえのことを『遊びが過ぎるが、酒造りの才あるやつ』と言っていたよ」

驚いた。そんな言葉を父から聞いたことなどなかった。

「慣れない水でたいへんだろうが、上方の酒造りをすこしでも、うちの蔵人《くらびと》たちに教えてやっておくれ」

半三郎は生真面目《きまじめ》な顔になり、山屋の長屋には蔵人たちを住まわせているので、小次郎には深川《ふかがわ》の家作《かさく》から通ってもらえないかと頭をさげた。

小次郎にとって、むしろひとり暮らしのほうが気楽だった。花のお江戸を満喫《まんきつ》できるというものだ。

「では、明日から、どうぞよろしくお頼み申します」

翌朝、山屋に来る時間を約すと、小次郎は暮れなずむ空をあおぎながら深川常磐町《ときわ》へと向かった。

＊　＊　＊

りに出た。

四文屋《しもんや》で買った煮染《にし》めの残りと握り飯をそそくさと食べ、まだ朝靄《あさもや》の立ちこめる通
昨夜しつこく袖を引いてきた女たちや食べもの屋台《やたい》の姿もなく、町はひっそりと静まりかえっている。

新大橋《しんおおはし》をわたると、朝日に照らされた家々の向こうに、富士山がくっきり見えた。その姿は思いのほか大きい。船上から見たときより、かえって威容を誇っている。

――この世に二つとない、まさに不二《ふじ》の山だ。

これからの山屋は、誰にも真似のできぬ、群を抜いた酒を造らねばならない。

目指すのは富士のような酒だ、と小次郎はあらためて思う。

可愛《かわい》がってもらった灘の杜氏《とうじ》や蔵人《くらびと》を離れ、今日から江戸の酒造りにたずさわっていくのだ。風で飛んできたあの酒番付をみても、下り酒ばかり。江戸酒《えどざけ》はまったく顔をみせない。

灘出身のおれには、それはそれでうれしいが、江戸酒が土地《ところ》のひとから好まれていないのは、あまりにせつない。江戸っ子は江戸酒を飲むべきだ。船賃を乗せた高い酒をわざわざ飲むことはない。

とはいえ、これから「隅田川」の質を高め、売り先を広げていくのはそう簡単なこ

とではない。

しかし、だからこそ、やりがいがある。順風に乗っていても面白くもなんともない。逆風のなか、荒海《あらうみ》に漕ぎだしてこそ、酒造りの、そして商いの妙味があるはずだ。

山屋に着くと、おちよが怪訝《けげん》な顔をして迎えた。

「こんな朝っぱらから、おまえを訪ねてきたひとがいてね。立派な身形《みなり》をしているから、とりあえず座敷に上がってもらっているよ」

小次郎も首をかしげながら、廊下をすすんだ。

部屋に入ると、さむらいがひとり静かに端座している。

見ると、檀上《だんじょう》龍之介ではないか。

「お、小次郎どのか。邪魔しておるぞ」

いやにあかるい声で挨拶してきた。こざっぱりとした着流し姿で、月代《さかやき》も無精《ぶしょう》ひげもきれいに剃っている。

「いったいどうしたんですか？　昨日の今日だというのに」

「いや、むしょうにおぬしに会いとうなってな」

は、は、は、と空笑いをした。

「今日からこちらで働くと申しておったから、訪ねてまいった次第での」

　短いあいだに交わした会話をよくおぼえていたものだ。しかし、まるで別人のようなこの身ぎれいな形《なり》はいったいどうしたのだ。

　龍之介は以前福山藩士としてそれなりの役をおおせつかっていたようだ。由緒ただしい商家《しょうか》を訪ねるにあたって、礼を失しない格好をしてきたのだろう。

「そうだ。やっぱり昨日の借銭、お返しさせていただきますね」

　そう言って小次郎は懐《ふところ》から紙入れを取り出そうとした。

「いやいや、そういうことではない」

　龍之介は大げさに手を振り、しばし言いよどむ。

　そのときおちよが手ずから茶菓を運んできた。せんさく好きの叔母は、見知らぬさむらいの来訪理由を知りたくてうずうずしているのだろう。茶菓を供し終えると、当然のような顔をしてその場に腰を落ち着けた。

　龍之介は中庭のみどりを愛《め》でながら美味《うま》そうにお茶を飲み、あらためて自らの素性を話しはじめた。

四

「そうですか、福山藩の御勘定方《かんじようかた》でいらしたんですね」

小次郎が龍之介の話に相づちをうった。

「藩造酒や鞆《とも》の保命酒《ほうめいしゆ》造りに数年関わってござった」

「それで、わたしがこの山屋で酒造りにたずさわると聞いて、ご興味が？」

龍之介はおもむろにうなずいた。

しかし、次の言葉がのど元に引っかかっているようで、なかなか出てこない。

「……じつは、折り入って頼みがござる」

あらためて膝をそろえ、逡巡《しゆんじゆん》を振りきるように口を開く。

「こちらで拙者《せつしや》を雇ってくれるよう、口をきいてはもらえぬか」

絞り出すように言い、いきなり畳に両手をついた。

小次郎は呆気にとられ、おちよも龍之介の背をまじまじと見つめている。龍之介は深々と頭を下げたまま微動だにしない。

「どうぞ、おもてをお上げください」

短い沈黙の後、小次郎はようやく声をかけた。

「しかし、どうして山屋で働きたいと？」

「……福山にて研鑽《けんさん》をつんだ酒造りの技をなんとか生かせぬものかと江戸で暮らしてまいった。されど、まっとうな蔵元となかなか出あえず、悶々《もんもん》とする日々であった。そんな折たまたまおぬしと一献《いっこん》傾け、おのれと通じあうものを感じ、この機を逃してはならじと思い至ったのだ」

龍之介はひと息に思いを述べ、ややあって厳《おごそ》かな声音《こわね》になった。

「拙者には長年おのれの理想の酒を造る夢があった」

「福山ではそういう酒を造れなかったのかい？」

小次郎はおもわずくだけた口調になった。横でおちよが顔をしかめたが、かたくるしいのは苦手だ。

「さよう。藩造酒を醸《かも》す酒屋とともにあと一歩までは造りあげた。なれど、上役《うわやく》から横やりが入り、酒造りの現場から遠ざけられ申した」

「上役が横やりを？」

龍之介は苦々《にがにが》しい顔になった。

「ともに働いていた酒屋は替えられ、上役とつるんだ酒屋が新しい受け持ちになり申した」

「はかられたのか？」

小次郎の言葉に、龍之介は深くうなずいた。

「拙者、上役があらたな酒屋から賄賂《わいろ》をもらっていたことを調べ上げ、そのことを直接問うた。されど勘定奉行からは偽《いつわ》りの差し口と責められ、お役御免を言いわたされ申した。そのうえ奉行と縁戚にある妻の実家《さと》からも非難を受け、添い続けることあいならぬと、いやおうなく離縁となり申した」

「…………」小次郎は眼をみはった。

「江戸に出て五年。酒造りもせず、いまや日々無為《むい》に盃を重ねる体《てい》たらく……」

龍之介は肩を落とし、唇をかんだ。

蔵の方からは、酒を仕込む男たちの声が聞こえてくる。爽やかで心地よい酒の香りが、座敷にたゆたってきた。

「なれど、あの広小路の店でおぬしと話すうち、頰を叩かれる思いがいたしした。おのれの積年の夢を忘れてはならじと言われているようで、あらためて眼を開かれ申した」

そう言って小次郎を正面から見つめた。

「『水で薄めすぎると、酒のたましいまでも薄められる。それは酒を造る者にとって、あまりにせつない』とおぬしは申した。同じ思いを拙者もかつて持っていたはずなのだ。あの後ずっとその言葉が頭にこびりついて離れなんだ。『おのれの夢はいずこへ行った？』。そう問われているようで居ても立ってもおられず、こちらに駆けつけてまいった」

小次郎は真剣なまなざしで、相づちを打った。

「龍之介さんの心情はよくわかる。おれと同じ思いで、うれしく思う。だが、おれは山屋預かりの身。叔父の差配《さはい》の下にいるゆえ、頼みをすぐさま聞き入れることはできない……」

かたわらに坐ったおちよが小次郎の話にうなずいた。

「そこを枉《ま》げて頼む。ただ山屋半三郎さまにお目にかかって、この思いをお聞き届けいただければ、一片の悔いも残らぬ」

龍之介は膝に両手をおき、背すじを伸ばすと、再び頭をさげた。

「町人に対して、そんなのはやめようよ」

小次郎が言う。

「酒造りに武家も町人もござらん。拙者、不退転《ふたいてん》の決意で参った次第」

龍之介は梃子《てこ》でも動きそうにない。小次郎はため息をついた。

ややあって、「檀上さま」とおちよが口を開いた。

「突然訪ねて来られ、働かせてくれと言うのはいかにも横紙破りです。あなた様は『まっとうな蔵元と出あえず』とおっしゃいましたが、どこか別の酒屋で働かれたことはあるのですか？」

「さよう、『吾妻錦《あづまにしき》』の播磨屋《はりまや》に一年ばかり世話になり申した。されど主人《あるじ》は酒造りよりも算盤《そろばん》勘定に眼が向いておった。自らの蔵で少しだけ醸《かも》し、あとは安物の下り酒と混ぜ合わせて、いかにも江戸の酒と称して売ってござった。拙者のこころざしとは相容《あいい》れませなんだ」

「たしかに、それは安易だ」

小次郎も眉をひそめた。

「口入れ屋を通して働いたこともござる。あの松平定信《まつだいらさだのぶ》公が提唱された御免関東上酒《ごめんかんとうじょうしゅ》を手がけた下赤塚《しもあかつか》村の酒屋でも働き申したが、酒造りとは名ばかり。酒質が低すぎて皆目《かいもく》売れず、結局は村近辺の百姓《ひゃくしょう》用にどぶろくを造らされてござる。拙者の理想とは懸け離れており申した」

「……江戸に来られて、さまざま紆余曲折《うよきょくせつ》があったのですね」

おちよが小さくうなずいた。

「かような次第で、小次郎殿との出会い、これぞ運命《さだめ》と心づき申した」

「わかりました。檀上さまのお話、旦那さまにも聞いてもらいましょう」

きっぱり言うと、おちよはおもむろに腰を浮かせた。

＊　＊　＊

しばらくして、山屋半三郎がおちよとともにあらわれた。後ろに番頭の源助をしたがえている。

源助は座敷の方をちらと見るなり、とつぜん顔いろを変えた。すかさず半三郎にひそひそ耳打ちをする。半三郎は鷹揚《おうよう》にうなずき、腰を下ろした。

「檀上さまとは、以前お目にかかったように存じます」おもむろに口を開いた。

「はて?」

龍之介は眉をよせる。

「わたしはすっかり忘れていたのですが、ここに控えおります源助の言葉で、はたと思い出しました。たしか五年前、本所《ほんじょ》の店でご同席いたしたことがあったかと」

「申しわけございませぬ。とんと覚えがござらぬのですが」

「その夜、檀上さまのご機嫌がうるわしくなかったのでございましょう。深くお酔いになられ、この源助と諍《いさか》いになり、手前が取りなしたことがございました」

「五年前といえば、拙者が江戸に出てきた年……」

龍之介は小声でつぶやき、しばらく視線を宙にさまよわせていたが、思いあたるふしがあったのか、あ、と声をのんだ。

小次郎もおちよも龍之介をじっと見つめた。

「泥酔《でいすい》なさった檀上さまに少々お仕置きをさせていただきました」

半三郎は大柄で起倒流《きとうりゅう》柔術《じゅうじゅつ》の達人でもある。小次郎は子どもの頃、遊びにやってきた叔父が、大坂の町でごろつきを投げつけるのを目の当《ま》たりにし、その姿に憧れて柔術をはじめた。その叔父が酔っ払いをねじ伏せるのはわけもないことだ。

半三郎にぎろりと睨《にら》みつけられ、龍之介はおもわず身を縮ませた。

「手前どもは酒造りがなりわい。酒乱の方に働いていただくわけにはまいりませぬ」

物腰はやわらかだが、半三郎の言葉には断固たる意思がある。

龍之介はひと言も発することができず、眉尻を下げてうなだれた。

半三郎は端然と坐っている。番頭の源助は上目遣《うわめづか》いになり、おちよは龍之介に胡乱《うろん》な視線をおくった。

　そのとき下女が座敷の外の廊下に膝をつき、

「ただいま女のひとがお見えになって、山屋のどなたかの落とし物をお持ちしたと」

　そう言って、おちよに取り次いだ。

「なんだい、その落とし物ってのは？」

「煙草入《たばこい》れです。昨日、両国広小路で拾われたそうで」

「で、そのお方はどちらさんだい」

「本所の料理茶屋で働いてらっしゃるそうです。日ごろから親しみのある山屋さんなので、さっそくお届けに参りましたとおっしゃってます」

「そうかい。そりゃ、ありがたいね。けど……」

　おちよが半三郎の顔をうかがった。

「おまえさん、昨日、外出《そとで》しましたっけ」

「いや、ずっと帳面を見てましたからね」と半三郎。

「小次郎、あんた、うちに来る途中、広小路の水茶屋かどこかに寄ったかい？」

「は、はい。ちょいとのどが渇いたんで……」

「ま、とりあえず、そのひとをこちらにお呼び」

下女に案内されて若い女が姿をあらわし、伏《ふ》し目がちに廊下の端にすわった。

「お取り込みのところ、ご無礼いたします」

おみつと名乗る女はゆっくりと顔をあげた。小次郎と龍之介のふたりを見た途端、端整だが陰りのある顔が、ぱっと明るくなった。

「昨日は無体《むたい》な車力《しやりき》から助けていただき、ほんとうにありがとうございました」

深々と頭をさげた。あらためて女の顔を見る。見覚えがあった。

「隣の床机にいらした方ですね」

小次郎はかすかに微笑《ほほえ》んだ。

おみつは袂《たもと》から煙草入れを取りだすと、小次郎の前にそっと差し出した。

「広小路で、これを落とされませんでしたか?」

小次郎は手を振った。「おそらく、こちらのお方のものでは?」

さきほどからすっかり肩を落としている龍之介のほうを見やる。

龍之介は眼をしばたたかせ、煙草入れを見つめる。

「……いかにも、拙者のものに相違ござらぬ」

大きな身体をかしこまらせてこたえた。

おみつはほっとした表情を浮かべ、

「高そうな煙管《きせる》なので、きっと大切なものじゃないかと」

顔をほころばせ、煙草入れを龍之介に手渡そうとする。

その拍子に髪に挿《さ》していた赤い櫛《くし》がぽろりと落ちた。櫛は真っ二つに割れている。

一同の視線が、畳の上の櫛に注がれた。

おみつはすこし頬を赤らめ、あわててそれを拾う。

「あのとき踏みつけられてしまって……」

「申し訳ござらぬ。はたして騒ぎの渦中、拙者、踏み申したか」

龍之介が心苦しそうな顔をした。

「いえ。お武家様ではございません。あの車力です」

「いったい、何があったっていうんだい？」

おちよが小首をかしげて訊《たず》ねてきたので、小次郎は昨日の広小路での出来事をかいつまんで話した。

「車力がおみつさんに無理無体にからんできて、櫛が踏まれてしまったんです」

「で、その割れたのをずっと挿していたのかい」

おちよの言葉に、おみつは恥ずかしそうにうなずいた。

「あたしの給金では、新しい櫛なんて……。お武家さまのおかげで、ほんとうに助かりました」

「しかし、よく山屋のつながりとわかりましたね」

小次郎が聞いた。

「おふたりのお話から、きっと山屋ゆかりの方だと思ったんです。それに……亡くなった亭主も隅田川が大のお気に入りでした。あたしのつとめもお酒と関わりがありますし、山屋さんとのご縁を感じておりました」

「まあ、ご亭主を……」

おちよは気の毒そうな顔になり、同じ女としてこまやかな気くばりを見せた。

聞けば、腕のいい櫛職人だったおみつの亭主は一年前に労咳《ろうがい》で亡くなったという。酒と煙草が好きな男で、子どもはなく、毎晩熱燗《あつかん》を一合あけるのが何よりの楽しみだった。

「『隅田川は江戸の名酒だ。江戸っ子はこれしか飲んじゃいけねえ』なんてよく言ってました。『煙草入れは山屋さんの大事なもの。すぐに返しに行ってやれ』とうちの人に言われてるような気がして」

おみつの顔に、かすかに愁《うれ》いのいろがあらわれた。

「ひょっとして、その櫛はご亭主の作られたものなのかい？」

おちよが優しくたずねると、おみつが小さく首肯《しゆこう》する。

「そうかい。形見《かたみ》だったのかい……」

夫とともに家業を営むおちよは、夫婦仲睦《なかむつ》まじく暮らしていたおみつを思いやったのか、少し遠いまなざしになった。


傾きはじめた春の日ざしが、庭の樹々の影を長くのばしている。どこからか甘酸っぱい柑橘《かんきつ》のような香りがしのびこんできた。

さきほどから頭《こうべ》をたれ、何ごとか一心に思いつめる顔つきだった龍之介が、おもむろにおみつに向きなおると、重い口を開いた。

「拙者が居合わせたにも拘《かか》わらず、そなたの大切な櫛をそこない申した。面目《めんぼく》次第もござらん」

「何をおっしゃるんですか」

おみつは強く首を振った。

「頭をさげるのはあたしの方です。お武家さまがいらしたおかげで、無事にあの場を切り抜けることができたのですから」

「なれど、ご亭主手製の櫛をこぼつことになり申した。力不足の段、ひらにご容赦くだされ。ご不快でなければ、これを使っていただけませぬか」

龍之介が懐から取りだしたのは、かすかに虹色にひかる櫛だった。見ると、精緻に螺鈿《らでん》がほどこされている。

思いがけない申し出とおよそ武家《さむらい》に似つかわしくない品に、おみつは臆《おく》したように腰をひいた。

「どうしてこのような物をお持ちで?」

「江戸に参ります折、妻が持たせたお守りでござる」

おみつは息をのんだ。

「そのような大事なものをいただくわけにはまいりません」

「女子《おなご》のたましいである櫛を壊してしもうた。しかもご亭主の魂魄《こんぱく》がこもり、そなたを守っていた櫛じゃ」

「……」

「これは生き別れた妻の形見でござる。拙者の償いはこれくらいしかできぬ。ご寛恕《かんじょ》くだされ」

「ますます頂戴《ちょうだい》できません」

いや、と龍之介はおみつの方に櫛をすっと滑らせた。

「妻はそなたが持つことを、かならずや喜んでくれるはず」

「そうはおっしゃっても……」

「いくら離れていても、生きておりさえすれば、ともに同じ月を眺め、思いを通わせることはできよう。なれど、あの世とこの世はあまりに遠い。そなたにとって二つとなき物を失わせてしもうた。どうか拙者のわがままを聞いてくだされ」


ややあって、半三郎が龍之介にたずねた。

「広小路では、酒を飲まれていたのですか」

「……いささか」

龍之介は面《おもて》を伏せ、くぐもった声でこたえた。

「檀上さまは酒の上での悶着《もんちゃく》にしばしば巻きこまれますな。酒との間合いの取り方に、いささか首をかしげざるを得ませぬ」

半三郎はあらためて龍之介を見つめて、続けた。

「酒は刃《やいば》のようなもの。刃は包丁として美味《うま》い刺身をつくりもし、また刀として人を殺《あや》めもします。酒造りをされていた檀上さまのこと、酒の陰陽《いんよう》を十分ご承知のことと存じますが」

返す言葉もなく、龍之介は膝の上の手をにぎりしめる。

おちよは、神妙にうなだれる龍之介に顔を向けた。

「わたしの父、先代の半三郎はとんでもない大酒飲みだったんだよ」

思いがけない言葉に、龍之介はぴくりと肩を震わせた。

「売るためにお酒を造るのか、自分が飲むために造るのかわからないほどでね。お酒のしくじりもたくさんあった。でも幼子《おさなご》のように生一本《きいっぽん》で、弱き者、心さびしき者のためにお酒はあるといつも言っていた。檀上さまのお話で、そんな父を思い出したよ」

そこまで言って、こんどは半三郎に顔を向けた。

「山屋の家訓《かくん》は『酒は人なり』ですよね。檀上さまは酒造りのたましいを持った方だと思います。つねづねおまえさんは『うちに欠けているのは、何としてもおいしい酒を造るという心意気だ』と言ってるじゃないですか。そりゃ心配もありますよ。でも、この方は山屋の足りないところを補ってくれるかもしれません」

おちよの言葉に半三郎は太い息をついて、しばし黙りこむ。

沈黙をやぶって、小次郎が半三郎に向かって口を開いた。

「そういえば、灘の和泉屋では、毎朝『酒は致福《ちふく》の飲みものなり』と唱えています」

「致福？」半三郎が首をひねる。

「酔うためのものを致酔《ちすい》の飲みもの、幸せにいたるものを致福の飲みものとして、酒はただ酔えばいいのではなく、ひとを幸せにみちびく飲みものだと」

「それと、檀上さまと、どう関わるのだね」

「山屋の家訓通り、酒には造るひとの味が出ると思います。『酒を飲んで、ひとは夢を見る。幸せな夢を見てもらうには、造り手の懐の深さが肝要だ』。和泉屋の杜氏《とうじ》からはそう教えられました」

半三郎は眼をつむり、何も言わない。

小次郎は続けた。

「江戸では灘酒《なだざけ》が売れてますよね。それは、いい夢を見られるからでしょう」

「夢とはいったい何だ？」

「たましいです。たましいの入った酒に共振《ともぶ》れして、ひとは美味《うま》いと感じます。儲《もう》かるからと、水割り酒を売っていてよいのでしょうか？」

小次郎の脳裏には、水で割らない酒を飲む龍之介の姿が浮かんでいた。貧乏暮らしでも、少々値のはる灘酒をじつに美味そうに飲んでいたのだ。

「酒飲みは感覚が冴《さ》えています。飲むうちに造り手の心根《こころね》を感じとります。酒の味は酒屋の生き方に通じています」

「されど、儲けてこそ商いだ」

「水割り酒はいまは売れているかもしれません。ですが、これからはわかりません」

下戸《げこ》の叔父には酒の深みがよくわかっていないのではないか……。今後の山屋立てなおしで最も危惧《きぐ》するのはじつはそこだった。

父の和泉屋善右衛門も生前、山屋の商いにかげりが出ていることを心配していた。

かつて山屋は戯作者《げさくしや》や絵師、役者、版元などと親しくつきあい、「隅田川」は草双紙《くさぞうし》や芝居にも取り上げられ、名声を博した。「江戸には江戸の酒を」という創業のこころざしが、江戸っ子の琴線《きんせん》にふれたのだ。

しかし、いま市中には、これといった贔屓筋《ひいきすじ》が見あたらない。

小次郎は、半三郎をまっすぐ見つめた。

「龍之介さんはいまの山屋に必要な、熱いたましいを持っています」

「おまえの言うことはそれなりに飲みこめるが……」

半三郎はまだ納得しきれぬ顔を見せ、

「檀上さまが、酒で過《あやま》ちをおこさぬと誓ってくれるなら、雇わぬでもないが」

と言って再び龍之介を見すえた。

「おまえさん。飯炊《めした》きの新助《しんすけ》が上州《じょうしゅう》に帰ってしまって、蔵ではちょうど一人足りないところですよ。『以後乱酒せず』の誓紙《せいし》をいただくのはいかがです」

おちよが半三郎に持ちかけた。

「そんなのはたやすく破れると思うがね」

半三郎は気乗りしない表情でこたえる。

「……あの……たいへん差し出がましいのですが」

かたわらから、おみつがおずおずと切り出した。

「お誓いのしるしに、あたしがこの櫛《くし》を預からせていただくのはいかがでしょうか」

畳の上にどっちつかずに置かれたままの櫛をおみつがそっと取り上げる。櫛は一瞬あざやかな虹色の光を放った。

「この櫛はたいせつな生き形見《がたみ》。向こう一年間あたしが山屋さんに成りかわってお預かりし、そのあいだ何事もなければ檀上さまにお返しいたします」

とおみつは続けた。

「それは妙案だわ」おちよが膝を打って微笑んだ。「不始末のときは、檀上さまを即刻お払い箱にいたします。おまえさん、そういうお約束ではどうです？」

半三郎は腕を組んで、むずかしい顔をしている。

「叔父上」

と小次郎が頭をさげて、呼びかけた。

「おれと龍之介さんと二人で一人前と考えて、どうか使ってやってください。掃除、洗濯、薪割り、飯炊き……なんでもやります。酒にたましいを吹き込む手伝いをさせてください」

ひたむきな声で言い、龍之介に向かって「よろしいですね」と念をおした。

龍之介は畳に額をこすりつけるようにして、平伏した。

半三郎は長いため息をつき不承不承《ふしょうぶしょう》うなずいたが、番頭の源助は粘りつくような視線を送ってよこした。

五

酒蔵に入ると、凍《こご》えるような冷たい空気が小次郎の身体《からだ》を包みこんだ。

足元から膝、尻、背中へと冷気は這い上ってくる。おもわず身体が震え、歯が鳴った。

まだ暁《あかつき》七ツ（午前四時）にもならない。日が昇るにはしばらく間があった。

今日から仕事場に入れてもらうからには、蔵人《くらびと》たちが起きる前に蔵に入り、一人ひとりに挨拶しよう。そう思って、龍之介と新大橋の袂《たもと》で待ち合わせ、眠い眼をこすりながら並木町の山屋まで急ぎ足でやってきた。

江戸でも酒は寒い時期にしか造らない。去年の秋からの酒造りが一巡し、この仕込みで一休みになると半三郎叔父からは聞いていた。

ちょうど昨日は洗米《せんまい》を終え、一晩、米に水を含ませる浸漬《しんせき》作業をおこなっていた。

小次郎と龍之介は仕込みの工程にかろうじて間に合ったのである。

蔵の闇の中にいると、風にざわめく樹々の音や早起き鳥の鳴きかわす声が、ときおり聞こえてくる。胸のすくような酒の香りや米のにおいもする。

「不思議なものだな。闇の方が光の下にいるときよりも、逆にさまざまなものをはっきりと感じとれる」

龍之介がぽつんと言った。たしかに相手が見えぬとき、それを理解しようと、聴覚や嗅覚が鋭敏《えいびん》に働きはじめるのかもしれない。

ややあって入口に、男の影があらわれた。背の低いがっしりした身体つきだ。

男は天井から下がった大きな八間行灯《はちけんあんどん》に火をつけた。

「おはようございます」

小次郎と龍之介が挨拶すると、男は一瞬驚いた様子でふたりをまじまじと見つめた。

「旦那から話は聞いてる。おれは杜氏《とうじ》の勢五郎《せいごろう》だ。よく来てくれた」

片頬に笑みを浮かべているが、値踏みするように小次郎を見た。

「どうぞよろしくお頼み申します」

小次郎が神妙な面《おも》もちで言い、龍之介も眉一つ動かさず頭をさげる。

「人手が足りねえとこだ。大いに助かる。ま、気張ってくれ」

そうこうするうちに蔵人《くらびと》たちが集まってきた。しんとした蔵に活気がみなぎりはじめ、身を切るような寒さも人の体温で少しやわらいでくる。

頃あいを見はからって、勢五郎が蔵人たち十人余りを整列させ、小次郎と龍之介を皆に紹介した。そして全員で蔵の片隅にある松尾《まつお》さま（酒造りの神さま）に向かって、二礼二拍手一礼する。灘《なだ》の和泉屋でも毎朝やっていたしきたりだ。久々に松尾さまを拝むと、身も心も引き締まる思いがした。

「いよいよ蒸《む》し米《まい》づくりだ。酒造りの仕事は蒸しが大事ってのは、おまえたちもよく知ってるだろ。さあ、ふんどし締めてかかろうぜ」

勢五郎が気合いを入れると、蔵人たちは、おうっと気勢《きせい》を上げ、それぞれの持ち場に散っていく。

「檀上さんは追い回しの又七《またしち》。小次郎さん、あんた、釜屋の宗八《そうはち》についてくれ」

勢五郎はふたりを一瞥《いちべつ》し、顎《あご》をしゃくった。

蔵の高窓から見える空は、徐々に深い藍から群青《ぐんじょう》色へと移り変わりつつあった。

＊　＊　＊

米を蒸し上げる大きな甑《こしき》から、湯気がもうもうと上がっている。

その下には石川五右衛門《いしかわごえもん》が茹であげられたような大釜が据えられ、でっぷり太った釜屋の宗八は汗まみれになりながら、火を焚き続ける下働きに、薪のくべ方の指示をだしている。

湯気が充満した蔵の中はおそろしく蒸し暑い。桶《おけ》で水を運ぶだけで身体中から汗が滴《したた》り落ちてきた。

蔵人たちは全員ふんどし一丁だ。戦場《いくさば》にいるように慌ただしく動き回っている。

甑《こしき》から立ち上がる蒸気が若草のような香りから、干し草のような香りになった。

「そろそろいいか」

宗八は独りごちると、するする梯子《はしご》をのぼり、甑の縁《ふち》に手をかける。蓋を開け、中をのぞき込んだ。

蒸《む》し米《まい》をひと握り取る。おこわのようになった米を手のひらで押しつぶすと、すばやく練って、丸餅のようなものにした。

――ひねり餅をつくって、蒸し米の硬さや腰の強さを確かめているんだな。

和泉屋の杜氏・喜八《きはち》のことが、ふっと脳裏に浮かんだ。

子どもの頃から酒造りに興味のあった小次郎は、蔵に入っては喜八の後を子犬のように追いかけていたが、喜八はそんな小次郎を実の息子のように可愛がった。

「いいか。蒸し米は手触りが肝心《かんじん》。『外硬内軟《がいこうないなん》』といってな。外側がさらさらで米同士がくっつかず、内側は水を含んでしっとりしてる。それが良い蒸し米じゃ」

喜八は小次郎のためにひねり餅を作って味見させた。それはつぶつぶの残った粘りのない餅で、じつに不思議な食感だった。

この白い米がゆくゆくは透明な酒になり、梅の花や青竹《あおたけ》の香りをもつのかと思うと、さなぎが蝶《ちょう》になっていくのにも似た、人知を超えた神妙な力が働いている気がした。

喜八はこうも言った。

「蒸し米の出来不出来《できふでき》で酒の香りや味が変わる。蒸し加減は小まめに見ねばならん」

宗八はひねり餅を杜氏の勢五郎にうやうやしく手わたした。

勢五郎はそれを手でさらに薄く伸ばし、まずは香りをかぐ。何度も揉みしだき、手ざわりや伸び具合を調べ、さらには光に透かして蒸し米の透明度をたしかめる。

白い蒸気のなか、勢五郎は満足げにうなずいた。

「よし、甑《こしき》とりを始めろ」

厳《おごそ》かな調子で言い、神棚にひねり餅を供えて、あらためて柏手《かしわで》をうった。

釜屋の宗八はすばやく藁靴《わらぐつ》をはくと、鋤《すき》をかついで梯子を駆け上がり、甑《こしき》の中に降り立つ。

熱い霧が、一瞬ゆらめいた。

高窓から射しこむ朝の光が、細かい水の粒子を虹色にきらめかせている。

宗八は甑の中に太った身体を入れると、ふかした米を勢いよく掘り出していった。

下働きの蔵人たちが担桶《たご》といわれる八貫（三十キロ）入りの桶《おけ》を肩にのせ、待ちうけている。小次郎はその列の最後尾についた。

宗八は汗みずくになりながら、蒸し米を担桶《たご》に放りこんでいく。小次郎の担桶にも蒸し米が入り、水気を含んだ米の重みが肩にずしりとかかった。

久しぶりの甑とりだ。担桶をかつぐと、むせかえるような熱気のせいもあって、ちょっとよろめいた。

蒸し上がった米はすみやかに冷《さ》まさねばならない。

蔵人たちは駕籠《かご》かきのように「えっほっ、えっほっ」と掛け声をかけ、みな駆け足になっている。

蔵で最も室温の低い所に広げられた筵《むしろ》までかついで行き、蒸し米を下ろすのだ。冷《さ》まし担当の蔵人は、筵にかがみこんで熱い蒸し米を手で均一に広げていく。あまりに熱いので、反射的に手を引っこめる者や、パンパンと手をたたく者もいる。

ふき出す汗をものともせず急ぎ足で何度か往復するうち、小次郎の脚がつった。

顔をしかめて脚を伸ばしていると、杜氏の勢五郎から、

「若いくせに。しっかりしろ」罵声《ばせい》がとんできた。

杜氏に次ぐ頭《かしら》の六兵衛《ろくべえ》はわざわざ小次郎のそばまで来て、

「灘《なだ》の蔵人《くらびと》は、その程度かよ」

鼻で笑った。

蒸し米を広げる作業を終えると、大きな握り飯がくばられた。夢中になって食っているそばを、追い回しの又七が横切る。

小次郎は食べかけの握り飯を竹皮の上に置いて呼びとめた。

「この塩むすび、めっぽう美味《うま》いな。むすび方に何か秘訣でもあるのか」

又七は一瞬きょとんとした。

「……あ、これ？」

塩むすびを指さし、にこりとする。

「龍さんが握ったんだ。『おぬしが握るより拙者の方がきっと美味かろう』ってね」

「え？」

「手ぎわもいいし、お武家《さむらい》さんにしとくにゃ、もったいねえな」

又七は、次の飯の仕込みがあっからよ、と汗をふきふきそそくさと立ち去った。

独り暮らしの長い龍之介は、きっと自ら握り飯をつくることも多いのだろう。

――それはそれとして、龍さん、なんて呼ばれていた……。

短い間に初対面の又七の心をつかみ、かくべつの親しみを抱かせた龍之介は、なかなかの人《ひと》たらしだ。きっと藩内でも声望は高かったに違いない。

しばらくして龍之介が通りかかったので、小次郎は再び呼びとめた。

「さっきの塩むすび、並の技じゃないな」

「おう、よくぞ気づいてくれた」

龍之介はうれしそうに顔をほころばせた。

「又七は料理に慣れておらんようでの。飯炊きが故郷《くに》に帰ってしまい、突然仕事が回ってきたそうだ。かたわらで見ていて、これはいかんと拙者がむすんだまでだ」

「お見それしました」

「ま、それほどでもござらんて」

まんざらでもなさそうな笑みを浮かべ、小次郎の顔をじっと見る。

「おぬしも握り飯を食うて、すこし血の気がもどったようだ。さ、互いにもう一働きするか」

そう言って賄《まかな》い場に去っていく龍之介は、昨日までとは打って変わって、身体中から精気があふれていた。

翌朝から、いよいよ酛立《もとだ》てが始まった。

冷《さ》ました蒸し米をほぐし、半切桶《はんぎりおけ》と呼ばれる盥《たらい》のような桶に移して、そこに麹《こうじ》と水を加えるのだ。酛とは酒母《しゅぼ》ともいわれ、酒をつくりだす母のような存在だ。

　この工程からしばらくは酛屋《もとや》の米蔵《よねぞう》が指揮をとる。

　米蔵は三十歳。十二で山屋に入り、いま職人として脂《あぶら》が乗りきっている年頃である。いかにも江戸っ子らしく、てきぱきと仕事をこなす。口数は少ないが的確な指示を出すので、米蔵の下で働くと無駄な動きをしなくてよい。小次郎は前日よりもずいぶん身体が楽だった。

　半切桶に水を加えて数刻《すうこく》たつと、米も麴も水を吸ってぷっくり膨《ふく》れ、桶にはほとんど水気がなくなる。それから一刻《いっとき》（二時間）ごとに蔵人たちが櫂《かい》をつかい、米と麴、水を混ぜ合わせる作業に入る。

　小次郎はこの日も桶で水を運び、その合間《あいま》に酒道具の掃除をし、杉樽《すぎだる》の修理をした。昼飯どき以外は休みもなく、身を粉《こ》にして働いた。

　気がつけば、蔵の高窓から見える空は、あざやかな朱色になっている。

「ようし。今日はこれまで」

　勢五郎の合図でその日の仕事が終わると、身体のふしぶしが痛かったが、なんとも言えぬ達成感があった。

　龍之介とともに深川への帰路に着くと、大川は夕映えの色をうつして滔々《とうとう》と流れていた。

両国橋の上から西を振りかえる。家々の甍《いらか》の向こうに、富士の影が赤黒く見えた。

欄干《らんかん》にもたれ、川風に吹かれながら大きく息をつく。

昼間の日にあたためられた風の穂先がやわらかだった。

あらためてゆっくり町を眺めた。

いつのまにか龍之介がかたわらに立ち、同じ方角を見はるかしている。

「江戸の町も、まんざらでもなかろう」

小次郎は、黙ってうなずく。

「深川でちくと一杯やるか」

龍之介の言葉に小次郎は口もとをゆるめ、再び首を縦に振った。

六

ふたりは大川沿いに安宅《あたけ》の裏を通って新大橋の袂《たもと》に出ると、四つ辻《つじ》を左に曲がった。

「先だってこのあたりに良い店を見つけたのだ」

うれしそうに龍之介が言い、小次郎に向かって顎《あご》をしゃくる。

道の左手には御籾蔵《おもみぐら》の闇が広がるが、右手には居酒屋、四文屋《しもんや》、二八蕎麦《にはちそば》や天ぷらの屋台がぎっしりと立ちならび、喧噪が聞こえてくる。

灘《なだ》にいた頃、たびたび大坂に遊びに行き、水茶屋や居酒屋を何軒もはしごした。どこの蔵元の酒がどのように飲まれているか、それとなく探り、和泉屋《いずみや》の「灘千鳥《なだちどり》」が置かれていない店には、後日売り込みをかけ、商いに結びつけたものだ。

はたして江戸の居酒屋ではどんな酒が飲まれているのか。それを知らずして、江戸《えど》酒《ざけ》を造ることはできない。

「あそこだ」

龍之介は赤い掛提灯《かけちょうちん》に「嶋屋《しまや》」と記された店を指さした。

煌々《こうこう》と灯がともり、三味線《しゃみせん》の音が道に洩れている。

大坂であまたの店に通った小次郎には、居酒屋の良し悪《あ》しを即断できる眼が備わっていた。

店の中が明るいということは蠟燭《ろうそく》をそれだけ使えるということだ。繁昌《はんじょう》し、儲《もう》かっていることの何よりの証《あか》しであった。

龍之介が先に立って縄のれんをくぐる。

「らっしゃい」

威勢のいい声がかかった。

ぴかぴかに磨きあげられた細長い飯台《はんだい》が、小次郎の眼に飛びこんできた。見るからに清潔そうな飯台は一人客が面と向かわず、隣りあって坐れるようになっていて、その向こうが板場になっている。

太り肉《じし》の主人《あるじ》が魚を焼く手を休めず、煙に眼をしょぼつかせながら、にこりとした。

飯台の客は、思い思いにゆったりと酒を飲んでいる。

奥には六畳ほどの小上がりがあり、お店者《たなもの》とおもわれる男たちが三味線にあわせて、調子《ちょうし》はずれの歌をうたっていた。

小上がりの客に料理を運びおえた小女《こおんな》が、さ、どうぞこちらが空《あ》いてますから、とたくみに樽の腰かけにみちびく。人なつこい笑顔がいい。対応も迅速《じんそく》だ。

「何しましょ？」

小女が壁にびっしり貼られた品書きを右から左へ、すーっと指さした。

──あった。

「隅田川。ぬる燗《かん》二合で。それと、芋の煮ころばし」

「拙者も同じ酒《もの》を。さかなは芋茎《ずいき》と油揚げの煮物がよいな」

「あいよっ」

そう言うと、小女は背伸びするようにして、板場に注文を通す。

ほどなくして、徳利と猪口《ちょく》を盆にのせ、小女が帰ってきた。

徳利を持ちあげる。ちょうどいい加減の温もりだ。それぞれ手酌で酒を注ぎ、渇いたのどに隅田川を流しこんだ。龍之介は猪口を置くと、深い息を吐いた。

「これぞ、本来の隅田川の味じゃ」

小次郎も酒の香りと味を慎重にたしかめる。

「小気味いい切れがあって、のど越しもすっきり。まさに江戸っ子の酒」

「しっかりと酒に腰がある」

「水で割っていない」

「うむ、生《き》のままじゃ。奥行きもある」

ふたりの話が聞こえたのか、主人がはにかんだように白い歯をみせた。

小次郎は芋の煮ころばしを頰ばり、酒を啜《すす》った。両国広小路の店でも同じものを注文した。里芋好きというのもあるが、味を比べてみたくて、あえて同じものにしたのだ。

だ。

──……甘辛いだけじゃない。

醤油の香ばしい味わいに品《ひん》がある。好みの味だ。

もともと江戸では下り醤油がもてはやされていたが、野田《のだ》や銚子《ちょうし》で醤油造りがはじまると、関東の濃口《こいくち》醤油が人気になり、江戸の蕎麦つゆや鰻《うなぎ》のたれが生まれたのだ。

江戸生まれの小次郎の母は上方《かみがた》の薄口《うすくち》醤油を好まず、わざわざ銚子の醤油蔵から取り寄せて使っていた。子どもの頃から関東の醤油になじんできた小次郎は、江戸料理の基《もと》になる醤油の良し悪しはわかっているつもりだ。

──この煮ころばしは、いい。

右隣に坐った龍之介もうれしそうに油揚げの煮物に舌鼓《したつづみ》を打っている。

「先《せん》に聞いたのだが、主人《あるじ》の母親は小豆島《しょうどしま》の生まれだそうだ。実家《さと》は醤油造りをしておったそうな。締めに食う素麺《そうめん》がまた絶品じゃ」

龍之介は立て続けに徳利をかたむけて、続けた。

「なんでも、主人の父親は琉 球人《りゅうきゅうじん》らしい」

「りゅうきゅう?」

「薩摩《さつま》のずっと南。大海原《おおうなばら》を渡って行く国だ。上質な砂糖をたくさん作っている」

きた。
小次郎の頭の中に、子どものころ大坂で見た琉球人の行列の姿が鮮やかに浮かんで
将軍と琉球国王が代替りするたびに琉球王府は使節を江戸に派遣した。世に言う
「江戸上《のぼ》り」だが、小次郎はその姿をいままで二度見たことがあった。
チャルメラや喇叭《らっぱ》を吹き、銅鑼《どら》や太鼓を打ち鳴らし、美しい楽音をひびかせなが
ら、揺れる波のような独特の踊りを披露《ひろう》する華麗な姿は、小次郎の心にはるか南の国
への憧《あこが》れを生んだのだった。
「話の最中にごめんよ。琉球って言葉が耳に入ったもんで……」
いきなり男がふたりの話に割りこんできた。
小次郎の左斜め、ちょうど飯台の角に坐っている。くっきりとした二重まぶたの眼
で、ときおりこちらに視線をよこすのが、さっきから気になっていた。
「ここの主人の血が半分琉球人だって話をしてたんだよ」
小次郎は正直に言った。「ついつい声高《こわだか》になり、申しわけない」
「いやいや」
男は大げさに手を振った。
「こっちこそさ。おのれを名乗るべきだったねー。わん《おれ》は琉球人の海五郎《うみごろう》って言う

さ」

驚いた。ほんとの琉球人だ。あらためて海五郎の姿を仔細《しさい》に眺めた。

さかやきは剃らず髷《まげ》もなく、髪全体を伸ばし、それをかきあげて後頭部で結い上げている。あごと鼻の下には髭《ひげ》をたくわえ、着物もゆるく着こなしている。

龍之介も酒を口にはこぶのをやめて、身を乗りだした。

「まだまだ琉球の言葉が抜けんからよー」

男は恥ずかしそうに首のうしろに手を当てた。小次郎も名をなのり、龍之介もあいさつした。

「お近づきのしるしに」

小次郎は徳利から酒を注いだ。海五郎は礼儀正しく両手で猪口をもって受ける。

「……この酒は……たいしたもんだ」

啜《すす》るように飲むと、つくづくと徳利を見つめた。

「おれと龍之介さんが働く並木町・山屋の隅田川って銘柄なんだ」

「ほう。江戸の酒かい？」

眼をまるくした。

「江戸にもこういう美酒《うまざけ》があったんだね。わんはほとんど泡盛《あわもり》か焼酎《しょうちゅう》しか飲まんから、酒といえば名のある上方《かみがた》ものしか知らんよ。やしが《だけど》、これは剣菱《けんびし》、男山《おとこやま》にも劣らんさあ」

海五郎は琉球王国の都・首里《しゅり》で泡盛の造り酒屋に生まれたという。

「しかし、なにゆえ、はるばる江戸まで来られた？」

龍之介がたずねる。

「その話をしだすとちょっと長くなるが、いいかい？」

海五郎は大きな眼をみひらいて確かめると、小次郎と龍之介はさらに前のめりになってうなずいた。

「わんは餓鬼《がき》の頃から、水の狩人《かりうど》といわれていたよ」

海五郎はおもむろに口をひらく。

「『酒の基本は水』さね。わんは水の良し悪しはもちろん、どこに水脈があるかもわかった。良い水のあるところに行けば、頭がじんじん痺《しび》れるわけさ」

そう言うと、猪口に入った隅田川をクイッと空けて小女を手まねいた。

「湯呑みに水をくれるかい。あ、こっちの二人にもね」

「酒を飲んでいるのに水を飲むのか？」

龍之介が訊《き》いた。

「酒を飲むときは、同じだけ水を飲まんといかんよ。そうせんと、身体《からだ》にでーじ《とても》悪いさ。わんはいつも和《やわ》らぎ水を飲んでいるさね」

「やわらぎみず？」

小次郎が首をかしげた。

「酔いを和らげてくれる水さ」

小女の持ってきた水に口をつけると、何を当たり前のことを訊くのだという顔で海五郎はこたえた。

「あんたたちも、試してみたらどうだい」

さっそく小次郎は酒を飲みほし、いま飲んだばかりの酒と等量の水を飲んでみる。と、口の中のべとつきがなくなり、すっきりした。

「嶋屋はいい水を使っているよ」

海五郎はのどを鳴らして水を飲むと言った。

「主人《あるじ》の吉太郎《きちたろう》さんは水にこだわっていてね。中ノ郷《なかのごう》の水を使っていると言っていたさ」

「山屋も中ノ郷の水だよ」小次郎が微笑《ほほえ》んだ。

海五郎はあらためて猪口の中の液体を見つめた。

「わんは豆腐屋《とうふ》で働いているけど、豆腐も酒と同じ。水の良し悪しが決め手さ」

江戸大坂でも豆腐は人気だが、琉球人にとって、豆腐はたましいの食べものだと海五郎は言う。

「ところで海五郎どの。なにゆえ江戸に、という問いに、まだ答えておらぬが……」

「あ、すっかり忘れていたよー」

湯呑みを置き、頭をかいて、人の好《よ》さそうな笑みを浮かべる。

「わんは十四まで首里で泡盛を造っていたさ。利《き》き酒も周りのおとなが驚くほどね。薩摩《さつま》の役人がそんなわんの噂を聞きつけ、家までやって来よった。それで泣く泣く鹿児島に連れていかれたさね」

慶長十四年（一六〇九年）、薩摩藩は琉球王国に軍事侵攻して征服。以降、琉球は明《ミン》（のちに清《シン》）との朝貢貿易《ちょうこう》を継続する一方、薩摩にも支配されていた。薩摩藩は琉球の貿易利権や砂糖をかすめとるなど、過酷な統治を続けていた。

「役人は泡盛のすぐれた技で焼酎を磨きあげたかったのさ。わんは鹿児島城下で焼酎造りをさせられたよ。蔵人《くらびと》たちに手とり足とり教え、米、粟《あわ》、麦、芋……いろんな元《もと》種《だね》を使うて焼酎の質を高めていった。そんなこんなで六年ほど鹿児島におったけどよ。役人の中にもいいひとがおってね、あるとき長崎《ながさき》に連れて行ってくれたんだよ」

「なにゆえ、また長崎に？」

龍之介が訊いた。

「長崎には西洋人《ウランダー》がいるから、さまざまな異国の酒が入ってくる。役人は種々《くさぐさ》の酒をわんに飲ませて、学ばせようとしたわけさ」

「それはありがたい話じゃったの」

「ところがある夜、わんは役人とともに酒を飲み、やつをさんざん酔わせた後、長崎の宿から逃げ出したわけさ。気だてが良うて世話好きのその役人に悪いとは思うたが、わんもいつまでも薩摩に縛られたくはなかったからよ」

その後、海五郎は、旅芸人の一座に潜りこみ、三線《さんしん》を弾きながら旅をするうち、江戸に流れ着いたのだと語った。

＊　＊　＊

「いまはこの豆腐を作って暮らしているわけさ」

海五郎は豆腐に醬油をかけて焼いた雉焼田楽《きじやきでんがく》を頰ばると、隅田川をあおった。

「珍しいじゃねえか、焼酎以外の酒を飲《や》るなんて」

手が空いた嶋屋の主人・吉太郎が、飯台の向こうから声をかけてきた。

「こちらさんにこの酒をいただいて、すっかり気に入ったわけさ」

「当ったりめえだ。うちの店に不味《まず》いもんなんかねえ」

眼をむくようにして歯切れのいい江戸弁でこたえる。

海五郎は吉太郎にあらためて二人を紹介した。

「そうですかい。山屋さんで働いていなさるんですかい」

吉太郎はひとの心をとろけさせるような笑顔を浮かべる。

「しばらくは飲めそうにないので、今夜はちょいとお邪魔しました」

小次郎がこたえた。

「気張って、いい酒を造っておくんなさい。うちじゃあ隅田川しか飲まねえ客もいっぱいおりやすから」

山屋の二人はおもわず頭をさげた。

「水割り酒は決して出しやせん。その代わりと言っちゃあ何だが、和らぎ水を飲んでもらってやす」

「隅田川を生《き》のまま出していただき、ありがとうございます」

小次郎は背すじを伸ばして言った。

「近頃どこもかしこも水割り酒ばっかりでね。蔵元から生のままで送られてきても、店で水割りしたり。ひどいのは蔵出しのときに薄めてるのもありまさあ。問屋も同じでね。そりゃ水割りを原酒と同じ値で売れば、蔵元も問屋も店もみんな儲かるでしょうよ。けど、それでいいんですかい。客を虚仮《こけ》にしてんじゃねえですかい」

「おぬしの言うとおりだ」

我が意を得たりと龍之介がうなずいた。

「江戸はあまりに水割り酒が多い。われら造り手の気が削《そ》がれてしまう」

「違《ちげ》えねえ。おれが精魂込めて作ったふぐの甘辛煮《あまからに》に、湯をどぼどぼ注がれるようなもんじゃねえか」

小次郎は黙って相づちを打った。

「どいつもこいつも銭金《ぜにかね》にころびやがって。そりゃ、おれだって金はほしい。だがよ、そんな構えでやったって人生たかだか五十年、あまりにつまんねえ渡世《とせい》ですぜ」

「いかさま」

龍之介はそう言って、徳利を持ちあげる。

「どうだ主人《あるじ》、一杯いかぬか」

「や、これはかたじけねえ」

吉太郎は相好《そうごう》をくずし、盃をうけた。

しばらく差しつ差されつした後、吉太郎は小次郎と龍之介に訴えかけるような視線を送ってよこした。

「おまえさんらが一所懸命やろうとしてんのは、ようくわかった」

酒で舌の回りがいっそうよくなった吉太郎は続けた。

「けどよ、山屋の中にゃ、居酒屋に水割り樽酒を売ってるやつもいるぜ。そんなのを売ってると結局隅田川の心証が悪くなる。長い目で見て、決して得にはなんねえ」

小次郎は、江戸に着いた初日、広小路で飲んだ隅田川の味を思い出した。

――あの水割りは番頭の源助あたりがたくらんでいるのだろうか……。

「江戸っ子てのは田舎者の集まりだ。手前《てめえ》は小豆島の生まれだが、いまや江戸っ子だ。おれは、いろんな人間が混ざってる江戸が好きなんだ」

吉太郎の言葉に龍之介がうなずいた。

「たしかに拙者ももはや故郷のない、江戸の人間だ」

「その江戸っ子が江戸の酒を馬鹿にしてるのが我慢ならねえ。それもこれも江戸の蔵元がまずい酒をさらに水割りにしてるからじゃねえか。質のいい下り酒を水割りにしても、それほど味は落ちねえ。だが、地廻り酒を水で割っちゃあ、話になんねえ。だからよけいに下り酒に負けるんだ。安かろうまずかろうって言われんだよ」

「まったくもってその通り。江戸の造り酒屋は矜持《きようじ》が足りぬ」

龍之介が深く首肯《しゆこう》した。

「酒は生きもんだ。造って、売って、飲んでもらって、その命をまっとうするんだ。蔵元にはそこまで見通した商いをやってもらいてえ」

そう言うと、吉太郎は板場の方を気にする素振《そぶ》りをみせた。

夜が深まり、ふたたび客が立て込んできたようだ。

「ごちになって、ありがとよ」

言いおいて、吉太郎は板場に戻っていった。

七

あくる日、二日酔いのふらつく身体《からだ》で蔵に行くと、「酛摺《もとす》り」がはじまった。

半切桶《はんぎりおけ》の中でふくれあがった米と麴《こうじ》を、糊《のり》のような状態になるまで、櫂《かい》ですりつぶしていくのである。

一刻《いっとき》（二時間）以上かけて一番櫂を終えるころ、小次郎の体内に残っていた酒は、汗とともにことごとく消え、三番櫂のころには、日はとっぷりと暮れていた。

立ったまま握り飯を食い、こんどは米と麴をさます作業に入った。この仕事は夜を徹して行われる。あまり寝ていない小次郎はくたくたになった。

しかし、翌早朝には再び櫂入れだ。不眠不休の仕事が続くのである。

この後は酛屋《もとや》の米蔵《よねぞう》が中心となって、酛を冷やしたり温めたり、微妙な調整をしていく。

専門の職人以外にはこなせない難しい仕事である。

そんなこともあって、ようやく小次郎はひと息つくことができた。綿のように疲れていたが、久しぶりの酒造りに興奮して眠れそうもない。

――どうせ眠れないのなら、酒道具をじっくり見てみるか。

和泉《いずみ》屋の杜氏《とうじ》・喜八はつねづね、

「蔵仕事は、道具の始末と清潔が第一だ。造り半分、掃除半分。道具の手入れ如何《いかん》でその酒屋の力量がわかる」

と言っていた。

掃除の大切さは、居酒屋や蕎麦《そば》屋も同じである。まな板や器《うつわ》が汚れていたり、包丁を毎日研《と》がない料理人は信用できない。

そういうところからみても、深川の嶋屋は良い店だ。店に入った刹那《せつな》、ぴかぴかに磨かれた飯台《はんだい》が眼に飛びこんでくる。

小次郎は、蔵の中に置かれた大桶《おおおけ》や櫂《かい》などがどれくらい使いこまれているか、丹念《たんねん》に見てまわった。

一流の蔵人《くらびと》は道具をていねいに扱う。年季の入った桶や櫂もきれいな状態で保つ。灘《なだ》ではそういうふうに喜八から仕込まれてきた。

しかし山屋の道具置き場には引っかかるものがあった。桶や櫂がきちんと片づけられず、ぞんざいに置かれている。

すくなくとも小次郎は自分の使った道具は心の中で礼を言いながら洗い、所定の位置にきちんと置いて仕事を終えていたが、山屋では整理整頓が徹底されていなかった。

もろみ造り用の大桶に立てかけられた梯子《はしご》を上り、中をのぞいて見た。これといって目立った汚れは見あたらない。眼をつむって注意深くにおいを嗅《か》いでみる。と、どことなく気になるところがあった。

——なんだろう、これは……。

小次郎は釈然《しやくぜん》としない心もちで梯子を下りた。

＊　＊　＊

十日ほどの後、酛《もと》の表面はとろろ状態になってふくれ、ぽつぽつと泡がたち、甘酸っぱくみずみずしい香りを放ちはじめた。

できあがった酛は大きな桶にうつされ、さらに蒸し米、麹《こうじ》、水が投入される。「もろみ（どぶろく状態）」をつくる「仕込み」という工程だ。

酒は繊細な生きものなので、雑菌の影響を受けぬよう、仕込みは三回に分けられて発酵《はっこう》をすすめていく。そうしてできあがった「どぶろく」は布袋でしぼられ、透きとおった清酒が生まれるのだ。

そんな仕込みを終えた、まだ暁闇《あかつきやみ》のなか――。

酛屋の米蔵と小次郎は櫂《かい》入れのため、濃い闇のうずくまる蔵に足を一歩踏み入れた。

その刹那、ふたりとも何事か異変が起きていることに気づいた。

あまりに蔵がしんとしている。小次郎は犬のように鼻をクンクンいわせた。

「なんだか妙なにおいがする……」

ほかには誰もいない。それでも声をひそめた。

「………」

米蔵はひとことも言葉を発しない。小刻みに顫《ふる》えている気配が伝わってきた。

米蔵はやにわに櫂《かい》を握りしめると、大桶に立てかけた梯子を脱兎《だっと》のごとく駆け上がった。憑《つ》きものでもついたように、荒々しく櫂でもろみをかき回す。

「くそっ、火落《ひお》ちしちまった」

振りしぼるような声で言った。酸っぱいにおいが桶の縁から溢《あふ》れるように降りてきて、小次郎の身体《からだ》にまとわりついた。吐き気がするような、おぞましいにおいだ。反射的に、悪霊を振りはらうように手と腕を動かす。

火落ちは腐造《ふぞう》ともいわれ、蔵人《くらびと》が最も怖れ、忌《い》み嫌うものだ。仕込みの最中にも酒を搾《しぼ》った後にも起こる。その最悪の事態におちいってしまったのだ。

米蔵は全身の力が抜けたようにへなへなと高い足場に坐《すわ》り込んだ。

その身体を支えようと小次郎も梯子を上った。うつろな眼の米蔵の肩を抱き、声をかけつつ大桶をのぞいてみる。

――泡がない！

大桶の中には泡が一つとして見あたらない。小指の先ほどの小さな泡すらない。昨日までそこには白い泡が一面に盛り上がっていたのに、いまはただ白い液体になりかわり、酒を生む気配がまったく感じられない。眼下にあるのは、鼻の曲がりそうなにおいを発する濁った水だった。

腐造のことは、灘《なだ》にいた頃に聞かされてはいたが、喜八自身が火落ちさせたことは一度もなかったし、いざそれが起こったときの対応までは聞かされていなかった。まさか山屋に来て早々、こんな事態に遭遇《そうぐう》するとは思いもしなかった。

——とにかく杜氏《とうじ》に知らさねば……。

米蔵に肩をかして梯子を下りると、小次郎は勢五郎の部屋へと一散《いっさん》に駆けだした。

「なんだと？　冗談言ってんじゃねえだろうな」

勢五郎は眼をむいた。

「ほかの桶はどうだ？」

すばやく身支度をととのえながら、眉間に深い皺を寄せる。

「まだ、そこまで調べは……」

肩で息をしながら、しどろもどろにこたえた。勢五郎が苦々《にがにが》しい顔で舌打ちする。

腐造の桶《おけ》が一つ出れば、あっという間にほかの桶にも火落ちは伝染《うつ》っていくのだ。

勢五郎と小次郎は荒々しく廊下におどり出た。尋常でない物音に、蔵人《くらびと》たちもたちまち形《なり》をととのえ、蔵に馳《は》せ参じる。

三つの仕込み桶を矢継ぎ早にのぞき込む勢五郎の顔が、どんどん青ざめていった。

「みんな、腐ってやがる……」

もろみがすべて火落ちしているのを確かめると、桶の側板《がわいた》をこぶしで殴りつけ、いまいましげに宙をにらんだ。

桶の下に集まった蔵人たちにひとしきりざわめきが起こった。しかめっ面《つら》になって鼻をつまむ者やしきりに首をひねる者もいる。すすり泣く声も聞こえてくる。

いっとき荒々しい感情の波が渦巻いたが、やがてその波がひくと、蔵人のあいだに重苦しい沈黙が降りてきた。

勢五郎は、酛屋《もとや》の米蔵《よねぞう》を睨《ね》めつけた。

「お前《めえ》、ちゃんと小まめに様子見てたんだろうな」

「へえ、そりゃもう……」力なくこたえる。

「昨夜《ゆうべ》はどうだった」

「泡の音も元気よく聞こえてました。状態もふくよかで調子よく仕上がってました」

「今朝になって、いきなりか」

「へえ……」

火落ちはいつ、どうして起こるのか、どれだけ優秀な杜氏でもよくわからない。和泉屋の喜八も「酒造りは博打《ばくち》と同じだ」とよく言っていたものだ。

蔵の高窓から見える空は、今日の好天を思わせる明るい瑠璃色《るりいろ》になっていた。昨日まではこの爽やかな光のなか、大桶からは甘い香りが漂い、蔵人たちは溌剌《はつらつ》と朝のあいさつを交わしていた。

だが、いまは胸くそ悪くなる饐《す》えたにおいが泥のようによどみ、蔵人たちは沈鬱《ちんうつ》な面《おも》もちでうなだれている。きれいな青空を見ればみるほど、どうしてこんなことが起こってしまったのかと悔恨《かいこん》が胸をさいなんでくる。

そのとき、起き抜けの山屋半三郎が仕込み場の入口に姿をあらわした。

半三郎は鼻をひくつかせ、おもわず渋面をつくった。

「お凜《りん》が蔵から変なにおいがすると言って、わたしを起こしに来たのだが……」

「旦那。申しわけありやせん」

勢五郎が頭を土間にこすりつけ、土下座《どげざ》して謝った。半三郎は眼をつむったまま肩を落とし、立ち尽くしている。

腐造は経営を左右する大きな事態だ。一度の腐造で金繰《かねぐ》りがつかなくなり、店をたたんだ蔵は関東にも数多《あまた》あった。

まえに山屋で腐造を出したのは五十年以上昔、先々代の時代である。少なくとも当代の半三郎がこの店を継いでからは経験したことのないしくじりだった。

「今から言っても詮《せん》ないが……どうして、こんなことになったのだ?」

責める口ぶりではなく、半三郎は自らに問いかけるような調子でおだやかに訊《たず》ねた。

「納豆《なっとう》をぜったい食わねえようにとか、漬物《つけもの》で茶漬けをするなとか、うるさく言っておりやしたが、どこからか毒が入って来たとしか考えられやせん」

勢五郎は唇をかんでうなだれた。

「ただちにもろみをぜんぶ捨て、桶も道具もすべて毒消しいたしやす。すっかりやっておかねえと、蔵全体が侵されて来年の酒も危うくなりやす」

半三郎は二、三度力なくうなずき、

「こぼれた水は、二度と盆にはかえらぬ……」

つぶやくように言うと、やや猫背になって悄然《しょうぜん》と母屋《おもや》へ引きかえしていった。

半三郎の姿が見えなくなると、勢五郎はくるりと振りかえり、米蔵の胸ぐらをつかんで、こぶしでしたたか殴りつけた。

「馬鹿やろうっ。お前《めえ》のせいで全部台なしになっちまったじゃねえか」

鼻をおさえてうずくまった米蔵《よねぞう》の指の間から血がしたたっている。

「どう始末をつけんだ」

息まく勢五郎と米蔵の間に、杜氏に次ぐ地位の麹師《こうじし》・六兵衛が割って入った。

「おやっさん。何も米蔵だけの責めってわけじゃねえですから」

なだめすかしたが、勢五郎の怒りはおさまらず、いっそう声をはり上げてわめき立てる。米蔵は痛みをこらえ、ふらつきながらも立ち上がった。

「いや。おれがもっと丹念に仕込んでいれば……殴るなり蹴るなり好きなようにやっておくんなせえ」

いっさい言いわけせず、涙声になって言う。

「火落ちは米蔵だけの責めじゃありやせん。あっしら皆が負うべき失敗《しくじり》です」

釜屋の宗八が勢五郎の前で膝を折った。

勢五郎は顔を真っ赤にして、荒い息をしている。

＊　＊　＊

小次郎と龍之介は火落ちを生じた大桶《おおおけ》の毒消し仕事を与えられた。熱湯を大桶まで運び入れ、蓋《ふた》をして湯ごもりさせた後、竹のささらで木目に入り込んだもろみのかすを洗い流す――この作業を幾度も繰りかえすのである。

ほかの蔵人たちもみな押し黙ったまま、蕪櫂《かぶらがい》や半切桶《はんぎりおけ》などの酒造道具を次から次へと洗浄していく。

幸いこの日は雲ひとつなく晴れわたっていた。洗い終えた道具は、順番に蔵の裏庭に運び出して天日乾燥《てんぴかんそう》させる。

小次郎が大桶の向きを日射しの方に変えていると、龍之介と又七が洗い終えた半切桶を運んできた。

「おぬし、気づかなんだか」頰《ほお》ひげを撫でながら、龍之介が言った。

「え、何を?」

「洗《あろ》うた桶の底板に黒かびがついておったぞ」

「おれの桶はそこまでひどくなかったが……」

と言いながら、小次郎は仕込み前の大桶をのぞいたことを思い出し、あのとき桶の気配に何か引っ掛かるものがあったと龍之介に話した。

「拙者も雑然とした道具置き場は気になっておった。だが杜氏からも頭《かしら》からも片づけよと言われんかったから、自らやろうとはせんかった」

小次郎は、新参者の自分が申し立てていいものかと臆《おく》して黙っていた。どうにか雇い入れてもらった龍之介もきっと同じ思いだったに違いない。

そんなこんなを考えあわせると、こんどの火落ちは起こるべくして起こった事態のように思える。

「しかし、このようなときに、何だが……」龍之介がふたたび口を開いた。

「黒かびだからといって、忌《い》み嫌われるのもなにやら不憫《ふびん》での」

小次郎は驚いて眼をみはった。

「黒かびを嫌うのは、蔵人にとって当然のことだ」

いや、その……と龍之介は少し困ったような顔をした。

「拙者も打ちのめされておる。されど、酒は生きものじゃ。造り手それぞれ和をもつことで良き酒は醸《かも》される」

「『和醸《わじょう》良酒《りょうしゅ》』は、もちろんわかってる」

「毒消ししながらあらためて考えた。造り手は人に限ったわけではあるまい、とな」

「……」

「和とは蔵人《くらびと》の和と思うておった。されど酒は人のみで造るものではなかろう。和とは、人の和ではござらん」

「と言うと？」

「麹《こうじ》や蔵に棲《す》むかびも酒造りに関わっておる」

「たしかに、蒸し米を甘くしてくれる麹もかびだ」

「さよう。かびと人の和によって酒は生まれる」

「たしかに、そうだが……」

「かびもかびなりに生きておる。そのかびが良きやつか悪しきやつか、すべて人間が勝手に決めているだけじゃ。かびは悪いことをしてやろうとか良いことをしてやろうとか、思うてはおらん。ただ、かびなりにおのれの命をまっとうしている」

「………」

「蔵人が心を合わせるだけでは美味い酒は生まれぬ。かびのことをもっと細やかに考えてやり、ともに力を合わせて造らねばならんのだ」

「かびへの心配りができていなかったと？」

「しかり。福山では蔵癖《くらぐせ》という言葉を使《つこ》うておった。かびと人との関係が蔵にあらわれる。それが蔵の癖、つまり蔵の個性になるとな」

「杜氏《おやっ》さん、酛屋《もとや》の米蔵《よねぞう》さんは、蔵癖をつかんでいなかった……」

「米蔵に責めを負わせるのは酷だ。造りのすべては杜氏の勢五郎がつかんでいるはず。されど蔵癖をつかむのは難しい。火落ちを出さんというのはあり得ん話だ。こたびのことは運命《さだめ》というしかない。そう思わねば、やってられぬ」

八

毒消しを終えた翌日、火落ちの責任はすべて自分にあるとあらためて深く詫び、勢五郎が暇乞《いとまご》いを申し出た。勢五郎の後ろには六兵衛と宗八もひかえていた。杜氏《とうじ》とその片腕ともいうべき麴師《こうじ》・釜屋がそろって辞めるというのである。

半三郎は、長年山屋に尽くしてくれた彼らをなんとか引き留めようとしたが、その説得もむなしかった。勢五郎は、上州《じょうしゅう》から連れてきた蔵人《くらびと》たちとともに故郷《くに》へ帰る、と言って出ていった。

勢五郎たちは筋をとおしたといえば、そうも言えるだろう。

しかし酒造りの要《かなめ》の三人が辞めることで、山屋がはかりしれない打撃を受けることはわかっていたはずだ。肩の力を落とし、焦点の定まらぬ眼をした叔父を見るにつけ、小次郎は勢五郎たちの振るまいに首をかしげざるを得ない。

その日、山屋に残った者たちは蔵のどぶ浚《さら》いを丹念にした。下水まわりを掃除して、火落ちがなくなった蔵があると聞いたからだ。

八ツ半（午後三時）にはそれも一段落《いちだんらく》し、杜氏と頭《かしら》が抜けた蔵人を率いる米蔵《よねぞう》は、今日ぐらいは羽を伸ばそうと一同に言い、その日の仕事をしまいにした。

本所《ほんじょ》生まれの米蔵は一本気な性格で若い衆から兄のように慕われている。火落ちの責めは一身に負うつもりだったが、勢五郎たちが辞めることになり、山屋の今後を考えると、酒造りの重要な一角をになう自分は残るべきと考えたようだった。

仕事を終えた小次郎が龍之介とともに外に出ると、一日暖められた空気は重く澱《よど》んでいた。夕暮れにはまだ間があるが、傾いた日の光が埃っぽい道にふたりの影を落とした。

「いや、もう、のどが渇いてたまらぬの」

龍之介のひと声で、久々に深川元町《ふかがわもとまち》の嶋屋《しまや》で飲むことになった。

千住街道《せんじゅかいどう》に出て神田川《かんだがわ》を越えると、土手の柳が春風にやわらかく揺れている。広小路の人混みを縫うようにして両国橋を渡るころには、うっすらと汗ばんできた。

――さすがにこの陽気で仕込むのは無理があったのかもしれないな。

小次郎は西日をきらめかせる大川を眺めながら、手ぬぐいで汗をふいた。

＊　＊　＊

縄のれんをくぐると、磨き込まれた飯台《はんだい》が光を照りかえしていた。

誰も客のいない店はひんやりとして、ひとも空気もまだ輪郭《りんかく》がくずれていない。板場からは包丁を使う小気味《こきみ》いい音が聞こえてくる。

飯台につくなり龍之介は「隅田川」の二合徳利を冷《ひ》やで二本注文した。

「こしき倒し（最後のもろみの仕込みを無事終えること）で美味《うま》い酒が飲めると思うておったがの。ま、仕方あるまい。今日は厄《やく》払い、浄《きよ》めの酒としよう」

めずらしく眉根を寄せてため息をつく。「しかし、我ら、これからどうするか」

「残ったのは酛屋《もとや》の米蔵《よねぞう》さんと追い回しの又七だけ」

「蔵を出たのはみな上州者じゃ」

「同郷意識が強すぎて、米蔵さんの意見をあまり採り入れなかったようだな」

「要《かなめ》の職人にこれだけ抜けられると、山屋が成り立っていかぬの」

この前と同じ明るい小女《こおんな》が飯台の上に徳利と猪口を置いた。

「何か豆腐料理はあるかな」龍之介がたずねる。

「おすすめは『雪虎《ゆきとら》』だよ」

「なんだか勇ましい名だな。では、それをもらおうか」と小次郎。

「はい。食べてみてのお楽しみ。ついでに『竹虎《たけとら》』も持ってきてあげるよ」

そう言って小女は愛嬌《あいきょう》のある笑いを浮かべる。

「そうそう。和《やわ》らぎ水も二つ」

小次郎が小女に向かって言うと、あいよ、と背中を向けて板場にもどった。

一本空けるうちに、料理が運ばれてきた。

「はい、雪虎・竹虎の虎兄弟、お待ちぃ」

おもわず皿を見くらべた。一つには、焼かれた厚揚げに大根おろしがこんもり。もう片方には、細かく刻まれた青葱《あおねぎ》がふんだんに振りかけられている。

「雪虎は、どっち?」

「では、拙者が」

小女は雪虎を龍之介、竹虎を小次郎の前に置いた。

「名前の意味、わかったでしょ」

小女が口もとをほころばせる。

「大根おろしが雪で、青葱が竹。焼き目がついた厚揚げを虎に見立てたわけだ」

小次郎がこたえると、小女はこくりとうなずき、

「酒飲み過ぎて、笹《ささ》の中の虎になっちゃだめですよ」

あははは、と大口あけて笑った。


縄のれんが揺れて、ひとの入ってくる気配がした。振りむくと、海五郎のしなやかな長身が眼に飛びこんできた。

海五郎はふたりが食べる厚揚げをみて、

「その豆腐、わん《おれ》が作ったものさぁ。和らぎ水も飲んでるねえ」

小次郎の斜め横の飯台にするりとつくと、湯呑みがすかさず二つ出てきた。海五郎は片方を取り上げ、のどを鳴らして飲む。

「今日みたいな暖かい日に、泡盛《あわもり》はぴったりだよー」

あんたも一杯いくかい、と湯呑みを小次郎に差しだした。泡盛はきつい酒だと聞く。ちょっとたじろいだ。

「この前のお返しさ。江戸ではなかなか飲めんからよ。さ、さ」

恐るおそる啜《すす》ってみると、口の中がカッと燃えた。のども食道も焼けつくように熱くなった。衝撃的な味に眼をみひらく小次郎を見て、「はい、和らぎ水」と海五郎がもう一つの湯呑みを手わたした。

「まるで火のような酒だ……」

水を飲みほし、小次郎はようやく人心地ついて、つぶやいた。

「うまいこと言うね。この酒は一度醸《かも》されたものを火で焼いてつくる。だから長崎では火酒《かしゅ》と呼ばれていたよ。焼酎《しょうちゅう》の兄貴分ってわけさ」

「焼酎の兄？」

「そうさ」自慢《じまん》げにうなずく。「泡盛が薩摩《さつま》に渡って、焼酎が生まれたからね」

「とすると、泡盛もどこからかやって来た？」

「もちろんさ。琉球は交易で暮らしてきたからよ。泡盛はシャム（タイ）から渡ってきた。シャムには西洋《ウランダ》からやってきたはず」

海五郎の話を聞いていると、眼の前に大海原が広がるような気分になる。山屋で蔵人たちと暗い顔をつきあわせ、ぐじぐじ悩む自分がひどくちっぽけな人間に思えてくる。

横で龍之介も泡盛をひとくち飲み、満悦の表情を浮かべた。

「泡盛は豆腐にぴったりさ。雪虎に合わせてみたらいいよ」

海五郎のすすめですぐさま豆腐を頬ばった龍之介は、じつに乙《おつ》な味じゃと感心する。

「琉球の食べものは何といっても豆腐。酒は泡盛さ」

と海五郎がにんまりし、

「琉球は暖かいからね。酒も食べものも着物と同じ。土地柄《がら》に合ったものが自《おの》ずと生まれるさ」

その言葉に、小次郎ははっとした。

――南国の酒……。

火落ちは気温が高かったのも大きな原因だ。そう考えると疑問がわいてきた。

「泡盛では腐造は起こらないのか？」

「あらん、あらん」手を振った。「清酒とは麹《こうじ》も違う。泡盛のこうじは黒い」

「それは、黒かび？」

「黒こうじという歴《れっき》とした酒造りのかびさ。黒こうじは酸をいっぱいつくって、要《い》らぬかびを消してくれる。それに万一腐ったとしても、泡盛はもろみをぜんぶ蘭引《らんびき》にかけるから、ぜんぜん平気さ」

「蘭引？　焼酎造りに使われるっていう……」

「そうさ。南蛮《なんばん》から伝わった酒造りの道具さね。醸《かも》した酒を火にかけて蒸気にし、その蒸気を冷やして滴《しずく》にする。この技は、蒸留《じょうりゅう》とも言うよ」

「なるほど、それで焼酎の兄といわれるのか」

「だから、わんは『上等な焼酎を造れ』と薩摩に引っ張られたわけさ」

そういえば、と龍之介が口をはさんできた。

「福山《ふくやま》におったときに一度火落ちしかけたことがある。そのときは鴻池《こうのいけ》流を学んだ杜氏がもろみに焼酎を注ぎ入れ、かろうじて腐造を防いだな」

「どうしてそのことを蔵で助言してくれなかった？」

小次郎が口をとがらせた。

「あれはすでに手遅れじゃった。あそこまで行くと、いくら柱《はしら》焼酎を加えても火落ちを止められん」

「……」

「小次郎どのは柱焼酎を知らんのか」こんどは龍之介が驚いた顔をした。

柱焼酎とは、腐造防止のために、もろみや新酒に加える焼酎のことであり、またその技法のこともいう。

「灘ではまず腐造なんてない」小次郎はむっとしてこたえた。

「柱焼酎は伊丹《いたみ》の蔵人が極めた技だそうだ。近くにおっても知らんのだな」

ふたりが押し問答をはじめたので、

「まあまあ。こんどは、わんに『隅田川』を飲ませてくれんか」

そう言って海五郎は双方を取りなした。

＊　＊　＊

「あんたたちの蔵で、腐造が起こったのかい」

猪口《ちょく》を置いて、海五郎が訊く。「かすかな気配を見落とすと、取り返しがつかんからよ」

小次郎は訥々《とつとつ》と火落ちの顚末《てんまつ》を話した。

それは大変だったさね、と言ったきり海五郎は黙したまま盃を重ねた。

縄のれんの向こうはすっかり夜の帳《とばり》が降り、ときおり入りこむ春の夜風に、天井から吊された八間《はちけん》の灯《あか》りがゆらめいた。

ほどよく酔いのまわった海五郎がおもむろに口を開く。

「で、これから、どうするさね」

「……正直、途方に暮れてるんだ」

「ならば、わんを釜屋で雇うのは、どうね？」

海五郎が唐突に切り出した。眼が笑っていない。

——酒の上の冗談で言っているのではない……。

おれたちは、いま、とにかく人がほしい。ここに来たのも、龍之介と人探しの相談をしようと思ってのことだ。叔父には伝手《つて》がなく、杜氏探しすらままならない。そんな折も折、海五郎からの申し出だ。

「今の仕事は、どうするつもりだ？」

龍之介がいぶかしげにたずねる。

「豆腐作りも飽きてきたところさ」

「その言葉、よもや戯《ざ》れ言ではあるまいな」龍之介が海五郎を見すえた。

「嘘やあらん。こう見えても、琉球でわんのことを知らぬ者はなかった。腐造でしくじった蔵なら、その手立てのためにも腕利きは必要さ」

ひと息に言って続けた。

「それに……わんは判官贔屓《ほうがんびいき》さ。琉球はずっと搾《しぼ》り取られているからね。薩摩のやつらが首里《しゅり》の町を闊歩《かっぽ》する姿を見ると反吐《へど》が出そうやった。やしが、こともあろうに薩摩の焼酎造りに手を貸してしもうた。わんには強者に踏みにじられた怨《うら》みがある。『下《くだ》り酒《ざけ》にやられっぱなしの江戸酒《えどざけ》に肩入れしたい』というあんたらの思いを意気に感じるさ」

「そうか……」

小次郎は眼をひらかれたような表情を浮かべた。「早急に段取りをつけるよ」

「まくぅとかい？」海五郎はうれしそうに声を上ずらせた。

「ありがてえ話じゃねえか、なあ、海五郎」

三人の話に耳をかたむけていた吉太郎が、飯台の向こうから声をかけてくる。

「同じ琉球の血が流れているから言うんじゃねえが、こいつは昔気質《むかしかたぎ》のいい男だよ。どうか存分に使ってやっておくれよ」

吉太郎は小次郎と龍之介に向かって、深々と頭をさげた。

九

霊岸橋《れいがんばし》の袂《たもと》にある上田屋《うえだや》で蕎麦《そば》をたぐっていると、龍之介がいきなり格子窓《こうじまど》の向こうを指さした。明るい光を撥《は》ねかえす道を、三人の男が春の陽気に浮かれた足どりで歩いていく。

「おい。あれを見ろ」

——……？

眼をうたがった。真ん中を行くのは山屋の杜氏《とうじ》だった勢五郎じゃないか。その右で追従《ついしょう》笑いを浮かべて相づちを打つのは麹師《こうじし》の六兵衛。左側を爪楊枝《つまようじ》を使いながらちょこまか歩いているのは釜屋の宗八だ。

「上州に帰ったのではなかったのか」

龍之介は首をひねり、無精ひげの伸びた顎をなでた。

「どうして揃いもそろって、江戸にいるんだ？」

小次郎と龍之介は飯台《はんだい》に銭《ぜに》を置くと、すばやく立ち上がった。

勢五郎たちは霊岸橋を渡って店をひやかしつつ、日本橋川に沿ってのんびり歩いて行く。お天道様《てんとうさま》がまだ頭上にあるというのに、三人とも千鳥足《ちどりあし》だ。

六兵衛も宗八も、勢五郎の声がけで毎年上州から酒造りにやって来ていた。火落ち騒ぎのあと、かれらは責任をとると言って故郷《くに》に帰ったはずだった。

おかげで山屋は酒造りの要《かなめ》が抜けてしまい、みかけよりも神経の細い半三郎は気鬱《きうつ》になって寝こんでしまった。

本来、後任の人探しは蔵元の仕事だが、半三郎にはそうした伝手《つて》がない。いまの山屋で蔵人《くらびと》を探せるのは、小次郎と龍之介くらいだった。

ふたりは北新川河岸《きたしんかわがし》にある下《くだ》り酒問屋・堺屋《さかいや》を訪ね、主人の太左衛門《たざえもん》に相談にのってもらったが、ちょうどその帰りみちに勢五郎たちを見かけたのだった。

堺屋はもともと小次郎の実家・和泉屋《いずみや》の出店《でみせ》だったが、下り酒人気が高じるにしたがい、ほかの銘柄もおろすようになった。いまや江戸の大問屋の一つである。

小次郎の父とも血を分けた兄弟のように懇意だった太左衛門は、父が他界したときはたいへんな金子《きんす》を香典として届けてくれた。江戸に来た小次郎が真っ先に訪ねたのもこの堺屋太左衛門であった。

小次郎と龍之介は、勢五郎たちを追って表茅場町《おもてかやばちょう》の町並みを歩いていった。

この辺りには下り酒問屋のほかにも地廻《じまわ》り酒問屋が軒《のき》を連ねている。

――たしか、この先には丹波屋《たんばや》……。

あのしゃぶしゃぶの「江戸桜」を造っているのが丹波屋だが、江戸の一大流通拠点ともいうべきこの土地に堂々たる店舗をかまえていた。

江戸桜は蔵元からおろされる時点で、すでに割り水して樽に詰めてある。低価格で大量に販売する戦略は功を奏し、いまや市中のあちこちの居酒屋でもてはやされていた。

しばらく行くと、「〇に丹の字」が白く染め抜かれた、海老茶《えびちゃ》色の暖簾《のれん》が見えてきた。勢五郎たちはためらうことなくその暖簾をくぐって中に入っていく。

「彼奴《きゃっ》らめ」

揺れる暖簾を睨《ね》めつけながら、龍之介が声を荒らげる。小次郎は人さし指を唇の前で立てた。

このあたりは酒商いの人間が集まるところだ。だれが見ているかわからない。山屋の人間が、同業の前で軽はずみな言動をするのは厳《げん》に慎まねばならない――と、頭の中でわかってはいても、小次郎のはらわたも煮えくり返っている。胸の動悸《どうき》も知らずしらず高まった。

そうこうするうち再び大きな暖簾がゆらめいて、丹波屋の法被《はっぴ》を着た男が二人出てきた。一人は番頭、もう一人はその配下だろうか。

その姿を凝視して、龍之介が舌打ちした。

もみ手《で》をしながら猫背になってつき従っているのは、勢五郎たちの後を追うように山屋を去っていった番頭の源助だ。

「あいつもか！」

龍之介が吐き捨てるように言い、小次郎はおもわず言葉を失った。

源助は七日前、理由もあいまいなまま逃げるように店を辞していったのだ。半三郎は言葉をつくして源助に翻意《ほんい》をうながしたが、源助の意志はかたく、蔵元の言葉を聞く耳をまったく持たなかった。

酒造りの要《かなめ》の三人に続いて、商いの大黒柱を失っては山屋の前途が多難であることは火を見るよりあきらかだった。

一連の退職騒動は、あまり物事に拘泥《こうでい》しない楽天家の半三郎の心にも深い痛手を負わせた。源助が辞めた後、半三郎はほとんど物を食べなくなり、自室に引きこもる日が続いている。

おちよはおちよで夫の気鬱《きうつ》におろおろし、むやみに神経をとがらして毎日下女に当たり散らすありさまだ。

――このまま座していても明るいきざしは見えない。

小次郎は意を決し、半三郎とおちよの了解をもらい、堺屋まで人集めの相談にやって来たのである。山屋の実情を洗いざらい話し、堺屋の伝手《つて》で杜氏を探せないだろうかと頼みこんだ。

太左衛門は「なんとかしよう」と約束してくれたが、ほっとしたのも束《つか》の間、まさか丹波屋の店先で勢五郎や源助を見ようとは思わなかった。

源助は丹波屋の番頭にあいそ笑いを浮かべながら、小股で歩いていく。

「五年前の本所《ほんじょ》の店での一件のときから、好かんやつじゃった」

龍之介がつぶやいた言葉に、小次郎もうなずいた。

いくら飲み過ぎたとはいえ、情にあつく人好きのする龍之介がそう簡単に狼藉《ろうぜき》をはたらくとは思えない。きっと何か理由があったに相違ないと小次郎はふんでいた。

「されど……なにゆえ山屋に長年奉公した者らが丹波屋に……」

釈然としない顔で龍之介がつぶやいた。

＊　＊　＊

大川沿いを佐賀町《さがちょう》から清住町《きよすみちょう》へと抜け、万年橋《まんねんばし》を渡った。きらきらと日を弾《はじ》く小《お》名木川《なぎがわ》の水面《みなも》を、行徳船《ぎょうとくぶね》が滑っていく。

「世は春というに、われらの心もようはいまだ冬のさなかじゃ」

やさしい光をあびてまどろむ船客を見ながら、龍之介が愁《うれ》いのいろを浮かべる。

「このまま家に帰る気分には到底ならんの」

小次郎とて同じ気持ちであった。落ち着き先は決まっている。嶋屋である。

縄のれんをくぐると、れいによって主人《あるじ》の威勢のいい声がかかった。

「早いが、よいかな」

龍之介の声音《こわね》が暗いのに気づいた吉太郎が、

「龍さん、どうかなすったんで？　なんか具合でも悪いんですかい」

前掛けで手をふきながら板場から出てきて、心配そうに顔をのぞきこんだ。

「いや、気にせんでいい。とりあえず冷やを。それと、あさりか何か」

いつもの飯台のいつもの席につくと、小女《こおんな》がさっそく徳利を二本運んできた。

「おう。すまぬな」

龍之介が力なく頭をさげる。

「おさむらいさん。気は持ちようって言うじゃないですか」

小女がえくぼをつくって微笑んだ。

「ま、一杯」

徳利をかたむけ、龍之介と小次郎それぞれに酒を注いだ。

「春は、ここん中にあるんだよ」

小女はそう言って胸のあたりを指でぽんとたたき、くるりと戻っていった。

「あの娘《こ》。うまいこと言いますね」

小次郎は感服して、大きく息を吐いた。

「外に映るのはこころの影ということだな。われら、なにゆえこれほどわざわいに見舞われるかと、まさに自らを憐《あわ》れんでおった。じつに男として恥ずべきことじゃ」

龍之介は憑《つ》きものを振りはらうように身体《からだ》を震わせると、猪口《ちょく》を一気にあけた。

あさりと切り干し大根を煮つけた、むき身切り干しの皿が来た。

そういえば春になると、御影《みかげ》の浜に兄の作太郎《さくたろう》と一緒にあさりを採りにいったものだ。兄がまだ仲良く遊んでくれていた子ども時分のことだが、いまはその兄も行方知れずだ。もともと家に寄りつかない兄だったが、父の他界後、金をもって出奔《しゅっぽん》したのだった。

昔日《せきじつ》のことを思い出し、小次郎が遠い眼になっていると、

「一つまいろう」

龍之介が珍しく酒をすすめてきた。

「いくら考えても埒《らち》が明かんものはこの世には数多《あまた》ある。それはそれで致し方ない。それより堺屋太左衛門どのがどのような杜氏《とうじ》を口利《くちき》きしてくれるか、拙者、それを楽しみにしておる。いまは太左衛門どのにお任せし、われら、小さきことを毎日こつこつやるしかござらん。たとえば蔵の内外の掃除を徹頭徹尾するとかの」

「明るい方にすぐ舵《かじ》をきれる龍之介さんがうらやましいな」

「そうか、拙者がそう見えるか？」

あごを上げて、呵々大笑《かかたいしょう》した。

「いや、そのたびごとに気持ちを切り替えねば、浮き世を渡れなんだのでな」

「……」

「正直に申すが、おぬし、まだまだ苦労が足りぬようじゃな」

小次郎はおもわずむっとしたが、龍之介はまったく頓着《とんちゃく》せず、あさりのむき身を

ひょいと口に入れた。

「じつに美味《うま》い。江戸にはめずらしく薄めの味つけじゃが、ちゃんとコクもある。あさりの味がようわかる。なかなかこのようには料理できぬわ」

そう言って、猪口に手をのばした。


それぞれが徳利を二本あけたころ、嶋屋は仕事帰りの大工《だいく》や車力《しゃりき》、中間《ちゅうげん》たちでにぎわいはじめた。

と、小次郎の肩をたたく者がいる。

振りかえると、海五郎が柔和な笑みを浮かべて立っていた。山屋への奉公も決まり、前の仕事の引き継ぎをしていると聞いている。

「ここ、空《あ》いてるかい」

海五郎は小次郎の右隣に坐り、手にぶらさげた大徳利を飯台の上にとんと置いた。

「今日、長崎屋《ながさきや》に行って、朋輩《ほうばい》から土産《みやげ》にもろうてきた」

「長崎屋って酒屋かい？」

小次郎が聞くと、海五郎が首を振った。

「日本橋本石町《にほんばしほんごくちょう》の薬種問屋《やくしゅどんや》。阿蘭陀《カピ》商館長《タン》が江戸へ来たときの常宿さね。蘭学や西洋《ウランダ》に憧れる学者・商人が訪ねてくるんで、江戸の『出島』って言われているよ」

「しかし、また、なにゆえ長崎屋に？」

龍之介が海五郎にいぶかしげな視線を向けた。

「琉球生まれの通詞《つうじ》が来てると聞いたさ。ひょっとして長崎で親しかった人かもしれんと遊びに行ったら、まさにその人だったよー。みんなで一杯やってくれってさ」

海五郎がうれしそうに大徳利を持ちあげる。

小松菜《こまつな》を刻んでいた主人の吉太郎が、

「そりゃ、ありがてえ」板場から大声で礼を言った。

「すまんけど、湯吞みを三つ。あと、わんに何か豆腐料理もらえるかい」

海五郎は徳利の栓を抜き、小女の持ってきた湯吞みにとくとくと酒を注いだ。

その刹那、きつい香気がまたたく間にあたりに漂い出す。

小次郎は湯吞みに鼻を近づけた。

「これ、焼酎じゃないか」

「まさしくその通り」海五郎はにんまりした。「やしが、そんじょそこらの焼酎ではあらん」

小次郎は首をかしげる。

「阿蘭陀《オランダ》渡りの蒸留器でつくった焼酎さ」

ちょっと肩をそびやかして、海五郎がこたえた。

＊　　＊　　＊

「これからの山屋は焼酎が肝《きも》になるよ」

きっぱりと海五郎が言う。

「まずは柱《はしら》焼酎として使うことで火落ちへの手立てになる。さらに良いのは、焼酎を入れると酒に骨が入って味がきりっとするさ。酒飲みの多い江戸じゃあ、喜ばれるはず。ほら、この甘めの味噌にも合うさね」

木の芽田楽を頬ばった。

「たしかに、そうかもしれんな」

龍之介が腕組みしてうなずく。

「かつて甘味は高価で手に入りにくかった。よって酒食は甘ければ甘いほどありがたがられたものじゃ。しかるに砂糖は手近なものになり、菓子なども求めやすくなった。甘味は晴れ着から普段着になったというわけじゃの」

「むかしは奈良や京の酒が人気だった。それが伊丹《いたみ》になり、いまや灘《なだ》になりつつある。たしかに、ひとの好みは次第に辛口に移ってきてる」

と小次郎も同意した。

「甘い酒はそれだけ飲むのなら美味《うま》いかもしれんよ。やしが食事には合わんさね。ことに江戸の濃い醬油味にはね」

海五郎が言い足した。

いま市中に出回る焼酎は、江戸周辺の農家でつくられる粗雑なものだが、安く酔っ払えるので人気が高い。仕入れも安いので、町なかの居酒屋や芋酒屋《いもざけや》、一膳飯屋《いちぜんめしや》でもたいていのところでは置いている。

一方、海五郎が持ってきた焼酎は格段に味がよい。華やかな香りの立つ、やわらかな液体が口の中を満たし、のどもとをするすると落ちていった。

「この焼酎だけで立派に一つの代物《しろもの》として売れる」

小次郎がつぶやくように言った。

「酒をつくる道具からして違うさね。本場阿蘭陀《オランダ》の蒸留器から生まれた焼酎だよ」

海五郎は自慢げにこたえた。

「山屋が柱焼酎仕込みを世に出すのなら、これくらいの焼酎を使わねば名折れになるな」

龍之介は咳ばらいし、

「されど、おぬし、通詞の朋輩から蒸留器を入手できるか？」

真剣なまなざしで海五郎にたずねた。

「すこし余計に金子《きんす》をはずんで、朋輩の取り分を作ってもらえれば、たぶん大丈夫さ」

海五郎は眼をほそめ、したたかな笑いを浮かべた。

＊　＊　＊

少し手の空《あ》いた吉太郎が板場から出てきて、龍之介が注いだ焼酎をなめるようにして飲んだ。

「こりゃ、飲んだことのねえ美味さだ……」

しばらく何か考えていたが、ちょいと待ってなよ、と言い置くと、大きな湯呑みに「隅田川」を入れて持ってきた。

吉太郎はその湯呑みに焼酎を少し加えると、箸《はし》を回して混ぜ合わせた。

「これでよし、と」

つぶやいて眼をつむって飲む。誰も声をかけられぬほど神経を研《と》ぎ澄ましている。

ややあって吉太郎は、うむ、とうなずいた。

「この味ならどんな料理にも合う」確信をもった声を出した。

飯台に坐った三人はおもわず詰めていた息を吐いた。

「そうか。悪くないか」と龍之介。

「龍さんたちも試してみねえ。たちまちわかるぜ」

小次郎は吉太郎に、腐造対策も兼ね、質のいい焼酎を酒に入れたらどうかとちょうど考えていたところだと言うと、

「そりゃ、いい。焼酎で一本背骨を通しゃいい。近頃の酒は腰抜けが多くてだめだ」

「相変わらず水割り酒はよく出るのかい？」

「小次郎さんを前にして言うのも何だけどね……あっしがいくら原酒が好きでも、お客から水割りを注文されりゃ、断るわけにはいかねえんで」

「それは当然だ。商いは『売れてなんぼ』。金持ちの旦那芸じゃないからね」

小次郎の言葉に、吉太郎は我が意を得たりとうなずいた。

「売り物の中にも心から好きなものと方便《たずき》のためのものと二つありやす」

「いかさま。それは武士とて同じ。上役《うわやく》にも心《しん》から敬える者と詮方《せんかた》なく従わざるを得ぬ者と二通りおる。なれど、いくら好かぬやつでもその下知《げじ》には従わねばならぬ」

龍之介が言う。

「『たくさん盃を重ねるのがいっぱしの男』って風潮がありやすでしょ。水割り酒が流行《はや》るわけですよ」と吉太郎。

「酒合戦というつまらぬ競い合いもあるくらいさね」

海五郎があきれたように言う。

「そういや、どういう風の吹き回しか、この頃うちに丹波屋さんがちょくちょく見えるんだよ」

「あの、丹波屋か？」龍之介の眼が光った。

「お客が増えるのはありがてえんだが……」

吉太郎が渋い顔をする。

「あんな偉そうにされちゃ、いけねえや。丹波屋さん、当節やたら景気がいいようで」

「いままでは来なかった？」

小次郎が口をはさむ。

「なんでも、水割り酒にいっそう力を入れるそうですよ。だから蔵人や店者《たなもの》を増やさなくちゃなんねえって」

なるほど……。勢五郎や源助を引き抜いた理由はそれだったのか。

十

蔵にあるすべての道具を丹念に洗い、天日にあてる作業をひたすら続けるある日、通りの方から白酒《しろざけ》売りの声が聞こえてきた。

「早いねえ。もう桃の節句なんだね」

海五郎が桶を洗う手をやすめ、顔をあげて言う。

「琉球じゃあ、三月三日は浜下《はまう》りといってね、家の者みんなでご馳走を持って潮干狩《しおひが》りに行くんだよ。女のひとは手足を海に浸して身をきよめ、無病息災をお祈りするさ」

「へえーっ。江戸も大坂も桃の節句といえば、ひな人形と白酒だよ」

と小次郎もひと息ついて、手ぬぐいで汗をふいた。

「江戸に来てから、豊島《としま》屋の白酒の人気に驚いたよー」

「豊島屋って、鎌倉河岸《かまくらがし》のあの名高い酒屋さんかい？」

海五郎はうなずいた。

「ふだんは下《くだ》り酒を売って店で立ち飲みもやっている。連日すごい混みようさ。もともと酒を買いに来る客が、その場で飲みたいって主人《あるじ》に頼んで立ち飲みがはじまったそうさね」

「酒飲みはせっかちだからね。一刻も早く飲みたいんだ」と小次郎。

「主人はけちけちせずに原価で下り酒を出すことにした」

「原価？　そんなことしたら儲《もう》からないだろ」

小次郎の言葉に、海五郎は、いいやと首を振った。

「主人はでーじ《とても》賢い。空《あ》いた酒樽《さかだる》を転売して、それで儲けているよ。安いから客は何杯もお代わりする。酒樽はどんどん空いていくわけ。わん《おれ》もときどき飲みに行くけど、いつもおおぜいの客でごった返しているさね」

「豊島屋にはまだ行ってないな」

「おっ、そうかい。なら明日一緒に行こう。ちょうど白酒の売り出し日だからよ。買いに行こうと思っていたところさ」

「明日って……えらい急だね」

「初日じゃないと、白酒は買えん。毎年、半日で売り切れるからよ」

「え？　たった半日で？」

「ひな祭りの季節だけ白酒を売るわけさ。小次郎さんも商いの勉強のために、一度は店先を見たほうがいいよ」

　あまり甘い酒は好きじゃないが、せっかくの機会だ。豊島屋の白酒売り出しは、見ておいて損はないだろう。なんといっても市中で評判の酒だ。

「おれ、甘い酒がよくわからないんだ。白酒と甘酒、いったいどこがどう違うんだい？」

　小次郎は正直に訊いた。

「たしかに見た目は似てるさね。甘酒はご飯やお粥《かゆ》にこうじを混ぜて甘くなったもの。白酒はみりんや焼酎にもち米やこうじを仕込んで、もろみをすりつぶして造る。要するに、白酒は酒。甘酒は酒じゃないさ」

＊　　＊　　＊

万一、自分たちの前で白酒が売り切れてしまっては、意味がない。

翌朝、小次郎と海五郎は、まだ暗いうちに急ぎ足で鎌倉河岸に向かったが、豊島屋に着くと、すでに店先の広場には長蛇《ちょうだ》の列ができていた。

「去年も同じ時分に来たけどよ、もっと人は少なかったさ」

海五郎が思わずぼやいた。

周囲には竹矢来《たけやらい》が張りめぐらされ、店頭には「酒醤油相休申候《あいやすみもうしそうろう》（酒と醤油の商売は今日はお休みです）」と大きな看板が立てかけられている。

竹矢来の前には手桶《ておけ》がたくさん積み重ねられ、天秤棒《てんびんぼう》と対にして売られている。

まずはここで容器を買い、店内で白酒を注いでもらうという寸法だろう。列に並んだ人たちを見ると、みなが同じ手桶を持っている。

――手ぎわよく白酒を売りさばくというわけか。

じつにきめ細かい心配りだ。

「わんが手桶と天秤棒を買いに行ってくる。小次郎さんは列に並んどいてくれ」

空が明るくなるにつれ、どこから湧いてくるのかというくらい人が増えていく。女子どもが飲む酒なのに、買いに来ているのは男ばかりだ。

しばらくすると列の前のほうで怒声《どせい》が聞こえた。腕がぶつかったの何だのと小競り合いがおこっているようだ。

神田《かんだ》や富岡八幡《とみおかはちまん》の祭もかくやと思うほど人がひしめき合っている。血の気の多い江戸っ子に喧嘩《けんか》をするなというのは無理筋だ。女が並ぶなんてとんでもない。きっとここに並ぶ男たちは、家や主人《あるじ》の女子《おなご》衆に頼まれて来ているにちがいない。

入口の上には櫓《やぐら》がもうけられ、鳶《とび》の男とくわい頭の医者が数人待機している。気分が悪くなる者が出たり、大きな喧嘩がおこったときのための用心だ。

――じつに怠りなく手くばりしている……。

こうした心遣いが商いの成功に結びついているのだ。

感心して辺りを見回すうちに、すっかり日が昇り、気温も上がってきた。ほとんどの男は上半身裸だ。列に横入りする者も後を絶たず、そのたびごとに摑《つか》みあいがおこり、周りが囃《はや》したてている。すでに列はぐしゃぐしゃだ。

朝五つ（午前八時）の鐘が鳴ると、豊島屋の店主が櫓の上に登場した。堂々とした風格、悠揚《ゆうよう》迫らざる態度の、いかにも大店《おおだな》の主人《あるじ》といった初老の男だ。

群衆から声がかかり、どっと歓声があがった。店主は余裕の笑顔で手を上げてこたえ、おもむろに口を開く。

「山なれば富士、白酒なれば豊島屋とみなさまから毎度ご愛顧《あいこ》いただき、まことにありがたく存じまする。さて本日、白酒売り出し初日でござりますれば、ひと言申し述べさせていただきまする」

「待ってました！　鎌倉河岸の大旦那！」

笑いの波がおこった。

店主、片笑みを浮かべてうなずく。

「昔、徳川入国の　その以前より草分けと　人も知ったる豊島屋の　世に類《たぐ》いなき家伝にて　自ら言うも烏滸《おこ》ながら　すなわちこれが自慢の白酒　下戸《げこ》の殿方《とのがた》　ご婦人やお子どもさまは申すに及ばず　たとえ上戸《じょうご》のお方でも　ちょっと一杯召すときは目元ほんのり桜色　どこか心の春めきて　憂きを忘るる弥生空《やよいぞら》　雛の節句を当《あ》てこみに　今年も売り出しいたしますれば　えいとうえいとう　お求めをひとえに願い　奉《たてまつ》ります」

「いよっ、日本一！」

やんや、やんやの喝采《かっさい》が巻き起こり、時をうつさず入口扉がきしんだ音をたてて開かれた。

＊　＊　＊

さいわい悶着《もんちゃく》もなく手桶二つ分の白酒を買い、人波をかきわけるようにして店から出た。海五郎と二人、ほっと気が抜けて堀端《ほりばた》の柳までよろよろ歩いていく。

天秤棒をおろして手桶をおき、

「ちょいと味見を」

小次郎が懐から猪口《ちょく》を取り出した。

「ご新造《しんぞう》さんとお凜ちゃんには申し訳ないけど、お先にひとくち飲《や》りますか」

海五郎は腰にさした豆柄杓《まめびしゃく》を器用につかって、猪口に白酒をそそいだ。純白の液体は、ねっとりと糸を引くように見えた。

ひとくち飲む――。

刹那《せつな》、滑らかな甘さが春風のようにそよぐ。舌へのあたりが絹のように柔らかい。米のゆたかな香りが口の中いっぱいに広がった。味自体がじつに洗練されている。

柳の木陰《こかげ》で一献《いっこん》やりながら、ごった返す豊島屋の店先をぼんやり眺めるうち、

「おっ、我夢乱《がむらん》先生だ」ふいに海五郎が立ち上がった。

その視線を追うと、お祭り騒ぎを楽しむように上機嫌で歩いていく老人がいる。

「我夢乱先生ーっ！」

手を振って大声で呼ばわった。

日の光がまぶしいのか、総髪《そうはつ》で十徳《じっとく》姿の老人は眼の上に手をかざしてこちらを見た。

海五郎は嬉々《きき》として老人に駆けより、後から小次郎も手桶を天秤棒に担《かつ》いで追いかけた。

「どうした？　久しぶりじゃないか」

皺《しわ》だらけの顔に、老人は人なつこい笑みを浮かべた。

「おかげさまで何とかやってます」

海五郎がぴょこんと頭をさげる。

「豊島屋はどのくらいの人出かと来てみたんじゃが、毎年たいしたものよ」

「先生、わんは今こちらの酒蔵で働かせてもらってるんです」

そう言って海五郎は小次郎を来歴ともども紹介する。

「そうかい。山屋さんといえば由緒ある店じゃ。灘《なだ》から叔父御《おじご》どのの手伝いにとな。

感心なことじゃ」

老人は蘭方医の青木我夢乱《あおきがむらん》と自ら名のった。

「昨日、豊島屋の若旦那に白酒《しろざけ》を賞味させてもろうた。小次郎さんは造り手としてこの酒をどう思う？」

飄々《ひょうひょう》と訊いてきたが、眼光は鋭い。

「正直、想像以上の味で驚きました。主人の口上通り、上戸《じょうご》にもじゅうぶん楽しめる味ですね」

「いや、そこよ。じつによう考えて造っておる。なんだかんだ言うて、じつは女子《おなご》も大いに酒を好む。しかし慎み深いゆえ、そのようなことは表だって言わんからの」

我夢乱の言葉はすとんと小次郎の胸に落ちた。

「友人の阿蘭陀《オランダ》人もわしと同じ意見じゃった。かの国には甘き酒がたくさんあっての。なかでも利休酒《りきゅうしゅ》という薬酒が甘くてうまい。色もさまざま。紅《くれない》、みどり、みかん色の酒もある。色も味もじつに華やかで、これがまた女子に人気の所以《ゆえん》じゃ」

「りきゅうしゅ？　それはお灸《きゅう》と関係あるのですか？」

小次郎は怪訝《けげん》な顔になる。

「いやいや。利休酒は焼酎と薬草や果実から生まれる。甘酸辛苦《かんさんしんく》が調和した、じつに美味《びみ》なる飲みものじゃ。すまぬ、話がそれてしもうた。豊島屋じゃが、あの店はかしこい。これからは女子の得意も増えるのを見越して、商売をしておるのじゃな」

「先生は洋の東西にかぎらず、酒のことに詳しいのですね」

小次郎が言うと、

「そりゃ、そうさ。長崎に数年遊学されとったからよー」

かたわらに立つ海五郎がすかさずこたえた。

そのとき、こんどは櫓《やぐら》の上から「先生ーっ」と声がかかった。

見上げると、豊島屋の法被《はっぴ》を着た若者がにこにこしながら頭をさげている。青木我夢乱には年若い友人がたくさんいるようだ。

「あのひとが豊島屋の若旦那、幸太郎《こうたろう》さんさ」

海五郎がささやく。「そりゃ勉強熱心でね、店で出す豆腐の作り方に納得いかぬと言って、わんに教えを請《こ》いにきたよ」

豊島屋では酒を売るだけでなく、店の半分を仕切って立ち飲み居酒屋もやっている。商いの目玉は、原価で飲める下り酒と豆腐田楽《でんがく》だ。

串に刺した豆腐のひときれが大きく、しかも一串二文の超安値。店に集《つど》うのは、近くの旗本《はたもと》御家人《ごけにん》、中間《ちゅうげん》小者《こもの》は言うに及ばず、車力《しゃりき》、駕籠《かご》かき、大工、日傭《ひよう》とり……

さまざまな年齢職業の男たちが群れつどった。

田楽味噌もすこし辛めにして酒がすすむようにしたり、ひとの心を精緻に観察した商いを続けている。

海五郎によると、そんな豊島屋をさらに革新しようとしているのがこの幸太郎だという。

――見るからに颯爽《さっそう》としている。

小次郎はほれぼれと見上げた。きっと男からも女子からも受けがいいだろう。この若旦那の存在そのものが、豊島屋の披露目役《ひろめやく》になっているのだ。

するうち幸太郎が櫓《やぐら》から下りてきて、我夢乱と海五郎にあいさつした。

海五郎が小次郎を紹介すると、

「あなたが山屋の小次郎さんですか。お噂はかねがねうかがっていますよ」

やわらかい身ごなしで、幸太郎は白い歯をみせた。

とろけるような笑顔に、小次郎は一瞬で心を惹きつけられた。そばに立たれるだけで圧倒され、不思議な渦に巻きこまれるような気分になる。酒商いの人間として、あきらかな格の差を見せつけられた。

――とうてい太刀打ちできぬ器だ。

瞬時にしてひとの心をつかむ天賦《てんぷ》の才をもっている。

「このたびはたいへんでしたね」

眉間《みけん》にかすかに皺をよせ、気の毒そうな表情をみせた。

「……お心づかい、痛み入ります」

しかし、いったい誰に火落ちのことを聞いたのだ。江戸は大坂より大きな町とはいえ、酒の仲間うちでは消息はすぐ知れわたるようだ。

「お初にお目にかかれて、うれしいです」

小次郎が素直に言う。

「困ったことがあったら、あたしのところにいつでも相談にいらしてください。いずれあなたも家業を継ぐ立場になると思います。相身互《あいみたが》いですからね」

やわらかく上品な言葉遣いで、小次郎の手をすかさず両手でやさしく包みこんだ。とつぜんのことに気が動転した。おもわず手を引こうとしたが、初対面の幸太郎に失礼かと思い、握られるままにしていた。

「……あ、ありがとうございます」

何とか言葉を発したが、心ノ臓が止まりそうになっている。

「そうそう」

幸太郎は微笑んで、包んでいた手をようやく離し、我夢乱に向きなおった。

「つい先《せん》に丹波屋の昌輔《しょうすけ》さんがいらしてね。白酒の土台になる焼酎の銘柄を教えてほしいと唐突に言われるんですよ」

「え？　あの若旦那かい？」

我夢乱がちょっと渋い顔をした。

「先生もお知り合いで？」

「ああ、わしのところにも焼酎の良い蒸留法を教えろといきなりやってきた」

「ま、そうですか。ほんと図々しいですね」

「『白酒の決め手は焼酎だとわかった』と言いよった。わしが蒸留にくわしいことを知ってやってきたんじゃな。おのれの店で白酒も造りたいし、焼酎も売り出したい。そうたくらんでおると見た」

「うちの田楽立ち飲みの真似をして、薄利多売の［さくら屋］なんて居酒屋をはじめた人ですからね」

幸太郎もその美しい顔をしかめる。

「うちが長年苦労してつくりあげた白酒を、そう簡単に真似されてたまるものですか」

おほほほ、と幸太郎は口に手をあて、華奢《きゃしゃ》でやわらかい身体をすこし弓なりにして笑った。

十一

庭の葉桜《はざくら》を透かした光が、座敷の畳にみどりの斑《ふ》を落としている。

煙管《きせる》を置いた半三郎が、いきなり切りだした。

「今日から小次郎はわたしの名代《みょうだい》。若旦那として店を仕切ってもらいます」

小次郎は息を呑んだまま、二の句が継げずにいる。

「商いと酒造り。その両方で番頭と杜氏《とうじ》を引っ張ってもらいたい」

いずれ店を担《にな》っていくことになるとうすうす感じてはいたが、二年ほど成りゆきをみてからだと見当をつけていた。あまりに急な展開に、頭の中は混乱をきわめている。

向かいには半三郎とおちよが坐り、右隣には手代《てだい》の新太《しんた》が居ずまいを正している。

半三郎が、こんどは新太に顔を向けた。

「新しい番頭は、おまえにやってもらいます」

新太の身体《からだ》はかたまったままま、言葉が出てこない。

「これからは若いおまえたちが中心となって、山屋をもりたてておくれ」

おちよが二人にきりっとした眼を向けた。

小次郎の横に坐る新太は二十三歳。丁稚《でっち》の頃から目端《めはし》がきき、前の番頭・源助の下で金勘定はもちろん、問屋回りや商品吟味《ぎんみ》など大事なつとめをこなしてきた。

持ち前の素直な性格と役者のような端整な顔だちで得意先からも好かれ、将来を嘱望《しょくぼう》される商人として、半三郎とおちよから頼りにされている。

何を考えているのかわからぬ源助より、誠実で手がたい性格の新太がはやく番頭になればいいのに、と小次郎は当初から思っていた。

だから新太のことは納得できる。しかし新参者のおれがその上に立って若旦那をつとめるのは、荷が重すぎる。

小次郎の不安げな顔をみてとった半三郎が、ふたたび口を開いた。

「新太は小次郎より少し年長だが、いらぬ気を遣《つか》わなくともよい。おまえが灘《なだ》でつちかってきた知恵や知識をふんだんに活《い》かしてほしい」

「わたしは山屋での経験が浅……」

半三郎は首を振って小次郎の言葉をさえぎった。

「いま、うちは存亡《そんぼう》の危機に瀕《ひん》している。だからこそ血を入れ替えねばならぬ」

「…………」

「おまえには酒造りと商いの両方をみてもらおうと決めたのよ。豊島屋《としまや》さんも丹波屋《たんばや》さんもみな若旦那が商いを引っ張っています。世の流れは変わりつつあります」

とおちよが半三郎の言葉を引き取った。

「新太の支えにもなっておくれ」

小次郎はおもわず隣の新太をみた。新太も少しとまどったような顔をしている。

「小次郎には全体を見わたしてもらいたい」

半三郎がたたみかけるように言った。

「おまえはよそ者だから、より冷静に山屋を見られる」

「しかし、まだ新しい杜氏《とうじ》も見つかっていませんよ」と小次郎。

「その杜氏だがね。さっき堺屋さんから連絡があって、和泉屋《いずみや》の喜八《きはち》さんの杜氏仲間が多摩川《たまがわ》あたりの駒井《こまい》村、その名も玉川《たまがわ》屋という酒屋で働いているそうな。清兵衛《せいべえ》というらしい。少々気むずかしいところもあるが、折り紙つきの腕前だと喜八さんが請け合ってくれている」

「喜八さんの紹介なら、きっと確かな人だと思いますが……」

「だが実際に会ってみなければ人品《じんぴん》はわからないからね。で、さっそく明日にでも駒井村に行って、清兵衛に会ってきてもらいたいのだよ」

そのとき半三郎の娘・お凜がしずしずとお茶をはこんできた。

中庭のみどりを映した横顔は玲瓏《れいろう》として美しい。ますます娘らしく、しおらしくなった。ただ、どこか足の運びがおぼつかないのが気になった。

あいさつをした後、お凜は小次郎の前に茶碗を置こうとしたが、一瞬、お茶がこぼれ、畳と小次郎の膝をすこし濡らした。

「あ」

申しわけありません、とお凜はあわてて袂《たもと》から手ぬぐいを取り出し、畳に這いつくばるようにして、こぼれたお茶を拭きはじめた。頰を紅潮させ、大きくみひらかれた美しい眼は、どこか焦点が合っていないようにみえた。

＊　＊　＊

大山道《おおやまみち》を三軒茶屋《さんげんぢゃや》から多摩川に向かって歩くうちに空をおおっていた雲が切れた。瀬田《せた》の行禅寺《ぎょうぜんじ》を過ぎると、松林の向こうに大きくうねりながら流れる多摩川が見えてきた。

夏をおもわせる青空の下、小次郎は手をかざして川の方を見やった。

青い水面《みなも》が日の光を眩《まぶ》しくきらめかせている。

汗ばむほどの陽気だ。小次郎は歩みをとめて竹筒から水を飲んだ。折からの風が心地よい。樹々の葉がさわさわと音をたて、道ばたの草花は波のように揺れている。

みずみずしい空気を胸いっぱいに吸うと、少し生きかえった気がした。

大山詣《おおやまもうで》の人々がこの道を往還する。二子《ふたこ》の渡しのある瀬田村には宿や茶屋がたくさん集まっていた。

川べりにある茶店でだんごを食べてひと息ついた後、多摩川に沿って駒井村に向かう。岸辺に群生する丈《たけ》高い草の香りがむせかえるようだ。見なれた隅田川に比べ、多摩川はずっと野趣があふれていた。

膝まで水につかって釣りをするひとを何人も見かける。

——鮎《あゆ》を獲《と》っているのだろうか。

多摩川の鮎は公方様《くぼうさま》に献上されるそうだ。魚の味は水で決まる。美味《うま》い魚が獲《と》れるというのは、水が良質であることの証しだ。このあたりには多摩川の伏流水が流れているはず。その水は酒に適しているに違いない。

一里ほど行くと、みどりの草むら越し、右手遠くに民家がちらほら見えはじめた。多摩川は数年ごとに暴れ、堤《つつみ》をこわしては洪水をまねいている。だから岸からかなり離れたところに家を建てているのだろう。

集落に入ると茅葺《かやぶ》き屋根の大きな家があり、酒の香りがかすかに漂ってきた。玄関横には「玉川屋」という木切れの看板がかかっている。

おとないを入れると、婆さんがひとり出てきた。

清兵衛は村の名主《なぬし》から頼まれ、たしかにここで酒を醸《かも》しているという。

「あいにく野川《のがわ》の水車小屋に、搗《つ》き米の様子を見にいったよ」

名主は水車を何台か所有し、近在百姓の米、麦、蕎麦《そば》を搗いては江戸市中の蕎麦屋や穀類商、菓子商に売っているそうだ。水車をもつことで、名主は米や酒をつくる以外にも大きな商いをやっているのだ。

婆さんが教えてくれたとおりにしばらく行くと、小さな川のそばに、目指す水車小屋があった。真新しい大きな水車が規則的な音をのどかな風景にひびかせている。

小次郎は、うす暗い小屋の中をのぞき見た。

何本もの杵《きね》が上下し、米搗き臼《うす》のそばに初老の男がうずくまっている。

「清兵衛さん、ですか」

すっかり白くなった髪を後ろに引っつめた男は、手のひらに米粒を取り、精米具合を仔細《しさい》に見つめている。

耳が遠いのだろうか……。

「清兵衛さん！」もう一度、大きな声で呼ばわった。

柳のようにほっそりした男は、米粒を凝視したまま首をかしげる。

「八分搗《ぶ》きか」独り言をつぶやいた。

米搗きの音で聞こえないのだ。聞き覚えのある喜八の名前を出せば、届くかもしれない。

「和泉屋の喜八さんの口利《くちき》きで参りました」

「喜八……？」

一瞬、振り返った。が、眉を寄せ、いかにも癇《かん》の強そうな顔をしている。

小次郎は自ら名のり、おとないの理由《わけ》を話した。

しかし、それにはまったくこたえず、ふたたび米粒の磨《みが》き加減を一つひとつ確かめはじめた。

結局その日はいくらねばっても、清兵衛と話すことはできなかった。翌日も翌々日もまったく相手にされず、獲れたての鮎を持っていっても、すぐさま投げ捨てられた。

　気むずかしいと聞いてはいたが、これほどとは思わなかった。

　しかし喜八からはこの男以外はないと保証された人物だ。よほどの腕に違いない。

ここで清兵衛を逃しては山屋の再興はできぬ、と小次郎は肚《はら》をくった。

　四日目の昼すぎ。

　清兵衛は水車小屋のある野川の堤に坐って、美味《うま》そうに煙草《たばこ》をくゆらせていた。

その横に小次郎も黙って腰をおろした。対岸に咲きほこる菜の花を同じように眺める。うららかに日は射し、眼の前を白い蝶がひらひらと舞うように過ぎていった。

しばし時が経ち、うつらうつらしそうになった頃、

「しつこいやつだな」

　前を向いたまま、清兵衛がおもむろに口を開いた。

「用件はわかっておる。喜八さんから文《ふみ》をもろうた」

「ありがとうございます」おもわず頭をさげる。

「じゃが、大きな蔵元で働くのはもうこりごりじゃ」

　清兵衛は煙管《きせる》に煙草の葉をつめながら言った。

「すまじきものは宮仕《みやづか》えよ。灘でも金沢《かなざわ》でもひどい目に遭《お》うた。馬鹿な蔵元の下で働きとうない。おのれが納得できるどぶろくを細々と造っていければそれでよい」

小次郎はもっともだとうなずく。灘にいたときも蔵人《くらびと》の不平不満を幾度も聞いた。酒蔵の人間関係はじつにやっかいだ。

「名ばかりの蔵元も多い。酒のことを知らぬ金持ち旦那衆に、わしの酒造りについてあれこれ言われたくはない」

「……仰《おお》せのことはよくわかります。しかし、手前どもは違います」

「ちがう？　どこがどう違う？　おまえは上っ調子に『違う』と言っているだけだ。そんな言葉をだれが信じるか」

抑えていた憤怒《ふんぬ》に火をつけてしまった。

「わたしは矜持《きようじ》ある江戸の酒を造ります。金儲《かねもう》けだけの酒は造りません」

「それでは山屋はつぶれるだけではないか。喜八からは先行き厳しいと聞いておるぞ。だからおまえが灘《なだ》から送り込まれたともな」

「わたしはここで性根《しようね》をすえ、乾坤一擲《けんこんいってき》の大《おお》勝負をかけようとしています。質が良ければ酒は売れ、お客に信用され、結果として金は入ってくる。そういうふうに長い目でみています」

「言葉の上では何とでも言える」

冷ややかに小次郎を見つめたが、間髪《かんはつ》をいれず清兵衛は、はたと膝を打った。

「そうだ。玉川屋にもどるぞ」

言うが早いか清兵衛は立ち上がり、すたすたと歩きだす。清兵衛の上背《うわぜい》は小次郎よりはるかにあり、脚も長い。身体《からだ》はしなやかで歩き方も颯爽としていた。

まるで柳の精霊のようだ、と小次郎は思った。

＊　＊　＊

清兵衛は三本の一升徳利からそれぞれの酒を湯呑みに満たし、小次郎に突き出した。

「これらの酒の特徴を言うてみよ。どこの蔵のものか、できれば銘柄も当ててみよ」

突然の試問に小次郎は腰がひけた。いままでたくさん酒を飲んできたとはいえ、意識的に銘柄を覚えようとしたことはなく、身体に馴染んだものしかわからない。

「どこの土地の酒か、それだけでも教えてもらえますか。そうでなければ蔵の名前までは出てきません」

「よかろう。灘、伊丹《いたみ》、京の酒だ」

玉川屋の蔵の中はひんやりと暗く、鬱蒼《うつそう》とした森の中にいるようだ。ときおり鶺鴒《せきれい》のチチッというさえずりが聞こえてきた。

小次郎はまずは三つの酒の味を全体的に把握《はあく》しようと思った。眼をつむり神経を集中させて、順番に湯呑みをとっては香りをかぎ、舌の上で酒をころがす。酒を利《き》くたびに水で舌を洗った。

清兵衛はただ黙って見ている。

「では、こたえてもらおうか」

小次郎は、三つの湯呑みから一つを前に押しだした。

「まず、わかりやすいのは、こちら。京の酒ですね。白酒のようにねっとりと甘い。銘柄は……たぶん、萬屋《よろずや》の亀泉《かめいずみ》」

「うむ。当たり。次」

「こちらは、伊丹の剣菱《けんびし》以外の何物でもありません。うま口ながらキリッと辛い。木の実の香りもほんのりします。熟成香でしょう。やわらかい甘みと苦みが絶妙に調和して、これは江戸で売れるはず」

「正解だ……」

清兵衛は眼に光を宿らせ、「次は」と訊いた。

「これは間違いなく灘・嘉納屋《かのうや》の正宗《まさむね》。雑味のない、すっきりした味わい。切れのあるのど越し。どんな料理にも合う、非の打ちどころのない辛口です。わたしはこの三つの中で正宗が一番好きですね」

清兵衛は一瞬、言葉を呑んで深くうなずき、

「まさに正宗だ」のどの奥からしぼり出すように言った。

小次郎は身体の力が抜けてくずおれそうになったが、それに堪《た》え、「合格ですか」とかろうじて訊く。

清兵衛の眼もとがかすかにやわらいだようだった。

＊　＊　＊

「わしのどぶろくを飲ませてやる」

清兵衛は白い液体を丼《どんぶり》に入れ、小次郎に手わたした。

ひとくち飲む。米のつぶつぶ感はあるが、舌ざわりが驚くほど滑らかだ。甘く上品な香りが広がり、舌の上で微細な泡がぷちぷち弾《はじ》ける。

「こんなに美味《うま》いどぶろくは初めてです」深い息をつきながら言った。

「どぶろくも清酒と同じでね。米を磨けば磨くほど、品のいい酒になる」

清兵衛がおのれの業《ごう》を恥じるように、ちょっとはにかんで、

「おまえなら、わかってもらえると思うてな」

ひとの良さそうな笑みを浮かべ、あらためてどぶろくを注ぐ。手ぬぐいで顔をつるりとぬぐった。

「足踏みで搗《つ》くより水車の方が精米がはかどるし、芯に近いところまで磨ける」

清兵衛は問わず語りに言う。

玉川屋はこのあたりの名主だ。水車稼《すいしゃかせぎ》で実入《みい》りがよく、どぶろくを安い値で売ってきた。酒好きの玉川屋は、どうせなら美味いのを造りたいと、人づてに清兵衛の名を聞き、仕事を頼んできたという。

どぶろくや焼酎は江戸市中や関東一円では通年造られ、それら安酒は居酒屋で人気を博していた。玉川屋は酒造大手が造らぬどぶろくに眼をつけ、商いを広げているのだ。

「いざどぶろく造りをはじめると『誰にも負けぬものを』と思うてしまう。杜氏の性《さが》じゃな」

そう言って清兵衛は大らかに笑った。

＊　＊　＊

「江戸でこれほど水割り酒が出回っているとは思わなかったです。まずは生《き》のままの酒で勝負すべきだと思います」

小次郎は素直に自らの考えをのべた。

「うむ。原酒を飲んでもらわねば、われらの気持ちが客に伝わらん」

「まず蔵元で薄められ、次いで卸、小売、居酒屋で加水される。それぞれ水増しで儲けているんです。薄いから、酔うために客は何杯も飲み、ますます儲かる」

「まさに水商売。ようできた仕掛けじゃ。美味い酒より、儲かる酒を造る。金が主眼になっておる」

清兵衛が憫笑《びんしょう》する。

「もちろん商いだから金は大事です。でも、そちらに傾きすぎては、天につばすることになる。酒は不味《まず》くなり酒屋はつぶれます。わたしは原酒で勝負したいのです」

小次郎は勢いこんで言った。

「その通りじゃ。わしも久々に、清酒を造るかの」

清兵衛は晴れ晴れとした声で言うと、よっこらしょと腰を上げた。

十二

「小次郎どの、何を思いつめておられる?」

蔵の裏庭に煙草《たばこ》を吸いに出てきた檀上龍之介は、煙管《きせる》を手にもったまま立ちすくんだ。

紫陽花《あじさい》の花かげで文《ふみ》を読んでいた小次郎はあわてた様子で巻紙を懐にしまいこむ。

「おぬしもなかなか隅におけぬの。早くも江戸に思い人ができたか」

龍之介が口の端にからかうような笑みを浮かべた。

「……そんなのじゃない」

「では、どんなのじゃ? ん?」あごを突き出し、にやけた口調で言う。

「……」

「恋の悩みと見受けるが、どうじゃ? 図星じゃろ」

眼尻に小皺をよせて訊く。小次郎はこたえない。

「恥ずかしがらんでもよい。こう見えても、人生の先達《せんだつ》じゃ。多少は色恋の苦労もした。何事であれ相談にのるぞ」

煙管をもてあそびながらあかるい声で言うが、小次郎はこわばった顔のまま、小さく首を振った。

かたくなな気色《けしき》に、龍之介ははじめて不審のいろを浮かべる。

「いかがいたした?」

少しとまどった様子で龍之介が訊いた。

「わしの物言いが気に障《さわ》ったのなら、許してくれ」片合掌する。

小次郎はしばらく口をつぐんでいたが、やがて意を決したように、

「ちょっと、込み入った話なんだ」

「……?」

「ここじゃ、あれなんで。今晩、嶋屋で」

「あいわかった」

龍之介はおもおもしく首肯《しゅこう》した。

＊　＊　＊

しめやかな雨の音がする。町はすでに闇に包まれはじめていた。嶋屋の中には八間《はちけん》の光がまぶしいほどにあふれている。

「梅雨《つゆ》に入ったようだの」

誰に言うともなく龍之介がつぶやく。小次郎も顔をあげ、耳をそばだてた。

小女《こおんな》が酒と枝豆を持ってくる。

「これ、吉太郎さんからの気持ちだってさ」

あざやかな緑色の豆が眼にしみた。

嶋屋の主人《あるじ》は常連の好物をしっかり覚えている。何か思いわずらう気配の小次郎に、少しでも元気を出してもらおうと枝豆をつけてくれたに違いない。

「一つ、まいろう」

龍之介が小次郎の猪口《ちょく》に酒を注ぐ。思いのほか冷えていた身体《からだ》に、ほどよい温《ぬく》みの燗酒がしみとおっていった。ひと息に飲みほすと、ため息がもれた。

小次郎は返礼として、龍之介に徳利をかたむける。

「かたじけない」

あごをひいて龍之介は言い、猪口に酒が満たされると、その上に手をかざした。

「盃のやりとりはここまでにしておこう。さっそくだが、あの文は何じゃったのだ。おぬしの悩ましい姿はどうにも気にかかる」

小次郎は伏し目がちに静かにうなずいた。

「じつは……実家《さと》からの手紙なんだ」

「と申すと、灘《なだ》の和泉屋《いずみや》か」

「姉のおたかからだ」

小次郎は立て続けに酒をあおり、意を決したように語りはじめた。


手紙は、なぜ山屋は新しい杜氏《とうじ》を探し求めるのですか、と書きおこされ、小次郎が和泉屋の喜八から清兵衛を紹介してもらったことを難詰《なんきつ》していた——。

あんた（小次郎）を江戸に下したのはどうしてだか、わかっているの？　灘酒《なだざけ》の売り上げは破竹の勢い。江戸の田舎酒が灘酒に太刀打ちできるわけがないでしょ。

思い出してもごらん。松平定信様の改革のころ、御免関東上酒《ごめんかんとうじょうしゅ》と称す地廻り酒を造ろうとしたけれど、成功したものなんて一つとしてなかった。

その理由《わけ》、あんたにもわかるよね。

水が良くない。精米ができていない。なにより蔵人《くらびと》の技が劣っている。杜氏ひとりを替えたくらいで良くなると思うなんて、あんた、まだまだ酒造りがわかっていないよ。

あたしと平助があんたを山屋に送りこんだ意味あいを、飲みこんでいるのかい。先細りの山屋を助けようなんて、どだい無理な話なんだよ。

あんたはもう少し頭のめぐりがいいと思ったけど、合点してなかったのかい。

半三郎さんやおちよさんは世間知らずの似た者同士。商いにはとんと向いちゃいないんだよ。

山屋はこの五年あまり不振続き。いずれ蔵人は逃げ出すと、あたしらは睨《にら》んでいたよ。

そしたら、どうだい。思ってた通りの成りゆきじゃないか。

いまが山屋の店のたたみどき。和泉屋の乗りこみどきなんだよ。火落ちしたとき、どうしてすぐさま和泉屋に連絡《つなぎ》をつけなかったんだい。

杜氏はもう山屋に来たのかね。来る前なら、手当てだって払わずにすんだのに、もう来てしまったのなら、なんとか追い返すことさ。

で、半三郎さんとおちよさんには、和泉屋が梃入《てこい》れしますと伝えておくれでないか。和泉屋《うち》が金子《きんす》を積んで、山屋を買わせていただきますってことだよ。

このときのために、あんたを江戸に送りこんだんだ。この機に山屋は和泉屋《うち》の出店《でみせ》に、と思っている。

いま灘酒の人気はうなぎ上り。江戸でのうちの取り分を多くする絶好の機会なんだ。あんたの狭い了見《りょうけん》で、これからの山屋を差配しようなんて思っちゃだめだよ。

いいかい。山屋にはうちから貸付金があるのを忘れちゃいけないよ。

夏が過ぎたら平助に一度江戸に下ってもらい、半三郎さんとおちよさんにも話してきかせるから。

＊　＊　＊

おたかの文面に婿養子《むこようし》・平助の顔が見え隠れするのを、小次郎は感じた。のっぺり顔にいつも薄笑いを浮かべる平助は、手代から番頭へと出世し、いまや和泉屋を陰で牛耳《ぎゅうじ》っている。

手紙の勘どころを伝えると、溜まったものを吐き出せたようで、少しほっとした。

龍之介は腕組みして大きくうなずいた。

「そういうことだったのか」

「姉夫婦が山屋を和泉屋のものにしようとしてるとは、まるで思い至らなかった」

「おぬしが打ちのめされるのも、もっともじゃ。しかし、なにゆえ今なのだ？」

龍之介がつぶやくように言った。

「まさにそこなんだ」

考えをめぐらしながら小次郎は続ける。

「おれが思うには……和泉屋は大坂の料理茶屋や油問屋、薬種《やくしゅ》問屋にかなりの金子を貸し付けている。だが、その回収ができていないとも聞いていた。たぶん金回りが悪くなり、あせりだしたんじゃないのか」

「で、おぬし、どうする？」

「おれは山屋の小次郎だ」

背すじを伸ばし、あごを引いた。

「清兵衛さんにも来てもらった。姉たちがどう考えようと、それは和泉屋のたくらみ。おれとは一切関わりのないことだ」

「そうか。なら、わしも安堵《あんど》した」

「朋輩《ほうばい》は決して裏切らない。それがおれの掟だ」

＊　＊　＊

小女が干しがれいを持ってきた。

「おお、懐かしいのう。瀬戸内のでべらを思い出す」

龍之介が破顔一笑し、眼を輝かせる。小次郎は初めて聞く名に首をかしげた。

「でべらとは、福山で食す小ぶりのひらめじゃ。木槌で骨をたたいて柔らかくし、さっと炙《あぶ》って食う。これがまた酢醤油によう合う」

どれどれ、と龍之介がうれしそうに箸で干しがれいをつまみ上げ、口に入れる。

「焦げた縁側が、じつに香ばしい」

小次郎もつられて箸をのばした。

「そうだ、このかれいに熱燗を注いでもらうか。茶漬けもいいな」

龍之介はぶつぶつ呟《つぶや》きながら、一人にやにやして次のかれいに箸をつける。

と、口もとに持っていこうとしたそのとき、箸先から魚がぽーんと土間に飛んだ。

「ん？」龍之介が思わず振りかえる。

後ろを通った男が、龍之介の右腕にぶつかったようだ。男は謝りもせず、奥に向かって何食わぬ様子で歩いていく。

「ちょっと待った」

すかさず小次郎が立ち上がって、言った。男は聞こえぬふりをして、小上がりをめざす。小次郎はつかつかと男に歩みより、

「聞こえなかったかな」

「なんだとぉ？　この野郎」振りむいた男の眼が血走っている。

「おれの連れにぶつかったんだ。食べようとしていた干物が落ちた」

「知ったことか」鼻で笑う。

「謝りもしないのか？」

「知らねえって言ってんだろ」

「ほれ、そこを見てみろ」

小次郎は土間に落ちたかれいを指さした。龍之介が腰を曲げて、それを拾いあげようとしている。

「おめえが自分で落として、因縁つけてんだろが」

男がぐいと顔を近づけ、にらみつけてくる。酒くさい息がかかった。

もともと気の短い小次郎の神経は切れかかった。しかし頭の片方は醒《さ》めていた。

——こいつ、どこかで見たな……。

男の眼つきも少し変わった。「おめえ、このまえ店の酒樽をわざわざ検《あらた》めにきたやつだな」

思い出した。広小路のさくら屋にいた男だ。頼んだ隅田川があまりに水っぽいので、樽を見せてもらったとき、うさん臭げにおれをじろじろ見ていた男だ。

そうか。隅田川をじゃぼじゃぼにして売っているやつか。ますます肚《はら》にすえかねる。さくら屋は丹波屋《たんばや》直営。つまりこいつは丹波屋の一味だ。怒りが倍加した。

「あれぇ？　おめえ、山屋の小次郎だな」

男が小馬鹿にしたように言う。

——どうしておれのことを？

瞬間、すきができた。男は小次郎の襟《えり》をすばやく締め上げてきた。

「灘から来たそうだが、江戸には江戸のやり方があるんだ。郷に入っては郷に従えだ。おめえのにやけた上方《かみがた》訛りで、江戸酒を造れるかってんだ」

龍之介がやって来て、二人の間に割って入る。酒場でのいざこざを厳禁されている龍之介だ。なんとしても悶着《もんちゃく》は避けたい。

ところが男は龍之介が加勢してきたと思ったようだ。よけいに興奮しはじめた。

「杜氏も番頭もうちに逃げてきやがった、火落ちの山屋か。悔しかったら、まともな酒を造ってみろ。丹波屋よりいっぺえ売ってみろや」

小次郎の顔は青ざめ、額の血管が浮き上がった。

「ここじゃ、客と店に迷惑がかかる。表に出ろ」

男の腕をつかんで引っ張りだそうとする。

「やってやろうじゃねえか」

男は息まいて、小次郎の腕を払いのけた。

＊　＊　＊

龍之介も縄のれんをくぐって外に出てきた。霧のような雨が路地を濡らしている。湿気《しけ》た土のにおいがした。

男はいきなり身体をぶち当てるように突っかかってきた。小次郎はひらりと体《たい》をかわす。

「野郎っ」

男は血相を変え、大きく腕を振り回す。喧嘩にあまり慣れていないようだ。

小次郎は上体を動かし、こぶしをかわした。

男は再びいのししのように突進し、つかみかかってくる。

小次郎はわざと襟をとらせた。右手で男の帯を引き寄せる。その刹那、左手で男のあごを突き上げた。

「うっ」男がうめき声をあげる。

さらに押し込むと、男はのけ反《ぞ》って仰向《あおむ》けに倒れた。

受け身もできない男は、両手で頭を抱えてうなっている。一瞬の勝負だった。

「そこまで」龍之介が大声で言った。

小次郎は男のそばに膝をつき、大事ないかと声をかけたが、くぐもった声が路地に低く響くだけだ。

「おぬし、なかなか手練《てだ》れだの」

龍之介がうなずきながら感心した。

「いちおう柔術の道場に通っていたんで」

手のひらをはたきながら、こたえる。

「放っておけばよい。介抱してやっても、いずれ諸所《しょしょ》でおぬしと山屋をあしざまに言いたてるだけよ」

雨は本降りになってきたようだ。雨脚《あまあし》が白く煙り、店の脇に咲く紫陽花《あじさい》が震えている。

ふたりはうなり続ける男をそのままにして、嶋屋にもどった。

「怪我ぁなかったかい？」

主人の吉太郎が心配そうな顔で迎えた。

「うむ。ちと仕置きをしたまでじゃ」

冷や二つ、と言って龍之介と小次郎は飯台《はんだい》にもどる。

「こういうときは冷やが美味《うま》いね」

小次郎は枡酒《ますざけ》を一気に飲みほし、飯台に置いた。

「おぬし、大坂でかなり暴れていたであろう」

龍之介がのぞき込むようにして訊く。小次郎は黙って、さかやきを掻《か》いた。

「ただの町人では、ああは手早くけりをつけられん」

「……じつは姉夫婦やお店《たな》の者たちの鼻つまみ者だったんだ」

「山屋を立てなおしに来たというのは偽《いつわ》りか」

「いや」あわてて手を振った。

「嘘じゃない。でも、やっかい払いされたというのが本当のところかもしれない。言おうと思っていたが、その機を逸してた。広小路のあれくらいの騒ぎであれこれ言えた義理じゃない」

「そうか。それでわしを庇《かぼ》うてくれたのか」

龍之介がのけぞって笑う。

されど、と真顔になった。

「みなが眉をひそめるほどだったというのは、何かわけがありそうじゃな」

小次郎は大きく息をついた。

「……餓鬼《がき》のころからいじめられていたからね」

「おぬしが、か」

龍之介は合点がいかぬ顔をする。「それはまたなにゆえに」

「言葉が違っていたから」

「ことば？」

「おふくろが江戸生まれ。だからおれの言葉は江戸弁だった。周りの餓鬼どもから

『なんや、おまえ、女みたいな言葉つかいよって』とからかわれた」

「童《わらべ》は残酷じゃからの」

「上方の人間は江戸に対して上から見る。寺子屋に行っても友達もできず、いつもひとりだった。遊び場所は和泉屋の酒蔵《さかぐら》。おかげで喜八《きはち》にいろいろ教えてもらった」

「そうか。そのようなことがあったのか」

龍之介が神妙に言った。

「ずっと無勢《ぶぜい》の側で生きてる……。上方者でも江戸者でもない。中途半端に生きてきたんだ」

「よいではないか。清酒より濁り酒のほうが、雑味《ざつみ》があって味に深みがあるぞ。それに酒飲みは弱き者の味方じゃ。多勢《たぜい》になると嫌われるぞ」

「そんなこと言ってくれるのは龍之介さんぐらいだ」

「わしとて今や福山者でもなく江戸者でもない。まっとうな武家《さむらい》でも町人でもない。どっちつかずの己《おのれ》が情けなくなるときもある。されど両国橋を渡っているときにふと気づいたんじゃ」

小次郎はじっと耳をかたむける。

「鰻《うなぎ》も沙魚《はぜ》も白魚《しらうお》も、美味《うま》い魚がとれるのは海と川が混じり合うところじゃ。そう考えると、わしは美味い魚になれると思うた。江戸も福山も両方知っておるからの」

なるほど、と小次郎はうなずいた。

「おれたちは『どっつかず』じゃなく、『どっちもあり』ってことだ」

「さよう。真水と潮水が混ざる河口《かこう》あたりは、縁側のような『あわい』の場所じゃ」

「かれいも縁側が美味い」

龍之介は微笑み、

「そう思うと、気持ちがちと楽になった。『混じり合い』の知恵は酒でも生きる」

「……？」

「酒に焼酎を混ぜるのはよいことじゃ。より美味《びみ》なるものが生まれるはずぞ」

そう言うと、龍之介はからからと笑った。

十三

「今夜も繁昌《はんじょう》してるねえ」

縄のれんが揺れる気配がして、独特の抑揚《よくよう》の声が背中から聞こえてきた。小次郎は飯台《はんだい》から思わず振りかえる。

「なんだ、海五郎じゃないか」

「やっぱりいたさね。きっとふたりに会えると思ったさ」

小次郎と龍之介があらためて向きなおると、海五郎が分けた縄のれんの向こうに、男がひとり立っている。

「今日はね、我夢乱《がむらん》先生をお連れしたよー」

「そりゃ、うれしい。先生とは一度飲みたかったんだ」

小次郎は店の中を眺め回し、「でも空《あ》いてる飯台が……」と眉をよせる。

主人《あるじ》の吉太郎がすかさず板場から出てきて、海五郎に目顔で中に入れと言う。

ありがとねえ、と海五郎は礼をのべ我夢乱を手招きすると、勝手知ったる様子で板場の横にある階段をとんとんと上っていく。吉太郎は小次郎と龍之介に向かってひとつうなずき、二階に上がるよううながした。


「じつはな、長崎屋に来ておる阿蘭陀通詞《オランダつうじ》から珍陀酒《ちんたしゅ》をもろうての。酒のわかる人と一献《いっこん》傾けられればと海五郎がここに連れてきてくれたのじゃ」

と我夢乱は持ち来たった四合徳利を持ちあげた。

「……阿蘭陀の酒ですか？」

小次郎の眼が徳利に釘づけになり、龍之介も興味深げに身を乗りだした。

「ま、正しくは、阿蘭陀生まれではない」

我夢乱の言葉に小次郎は首をかしげた。

「珍陀酒はぶどうからできる酒。されど阿蘭陀でぶどうは育たぬ。育つのは欧州の南の地、葡萄牙《ポルトガル》や西班牙《イスパニア》、伊太利《イタリア》、仏蘭西《フランス》。かつて信長《のぶなが》や秀吉《ひでよし》、もちろん権現《ごんげん》様も好んだそうじゃ」

海五郎が風呂敷包みをとき、木箱に入ったギヤマンの杯を取り出すと、行灯《あんどん》の光にきらきら輝いた。

我夢乱が慎重に徳利の栓《せん》をあけ、香りをかぎ、満足そうな表情を浮かべる。

徳利を両手で持ち、トクトクと珍陀酒を注いだ。その色は鮮やかな血のようだ。小部屋の中には、清酒とは違ったとろけるような芳香が漂いだす。

まずは我夢乱が味見をする。満足そうにうなずき、ギヤマンの杯を小次郎に手わたした。

眼をつむってひとくち啜《すす》る。

うっとりするようなぶどうの甘みが広がり、やがて濃い霧がはれるように、ほどよい苦みと酸味があらわれた。

紅毛人《こうもうじん》はこの酒をいったいどんな食べものと飲むのだろう。芋の煮ころばしや焼き魚には合わない酒だ。

かたわらに坐った龍之介も、はじめての珍陀酒に言葉を失っているようだ。

「いかがかな。助けになろうかの」

我夢乱はふたりの反応に眼をほそめた。

「海五郎からあんたたちが山屋で新しき酒造りに挑んでいると聞き、大いに興味がそそられた。わしも左党《さとう》ゆえ、何か知恵になるものはないかと思案しておった」

「嶋屋に行ったら会えるんじゃないか、とわんが言うたのさ」

海五郎が後を引きとる。

「して、この酒は？」我夢乱が小次郎に視線を向けた。

「甘いのにべとつかない。後味がさらりとしている。それが不思議です」

龍之介も小次郎に同意してうなずいた。

「なかなかの炯眼《けいがん》。珍陀酒の神髄《しんずい》を突いておる」

しかし神髄といわれても、小次郎は珍陀酒自体がどういうものかよくわかっていない。

「これはポルトという葡萄牙《ポルトガル》の酒での。ヴィーニョ・ティントとも言われる。ヴィーニヨはぶどう酒、ティントは赤。ティントがなまって珍陀《ちんた》となった。もともと長い航海のためにこの酒を造ったらしい」

「それはどうしてですか？」

「欧州から印度《インド》、澳門《マカオ》、阿弗利加《アフリカ》に行くには炎熱の海を通らねばならぬ。腐らぬ酒がほしかったのじゃ」

「ぶどう酒も腐る酒なのですね」

小次郎の言葉に、我夢乱は大きくうなずいた。

「とくに暑さに弱い」

――清酒と同じだ。

「腐らさぬためには、ある程度ぶどうが醸《かも》されたころあいで、焼酎のように強い火酒《かしゅ》を注いでやることだ」と我夢乱。

「焼酎と似たような酒が葡萄牙《ポルトガル》にもあるのですか？」

「うむ。ぶどう酒を蒸留して作った火酒《かしゅ》がある。これを発酵終了直前のぶどう酒に注ぐと、甘さもほどよく残り、絶妙の味になる。そうして生まれたのがポルトじゃ」

「まさに火落ちを防ぐために柱《はしら》焼酎を加えるのと同じやり方だ」

小次郎の眼がみひらいた。

「火酒を加えることで、味がすっきりするという利もある。さきほどあんたが言うた『甘いのにべとつかず、後味がさらり』につながるわけじゃ」

「海の向こうでも同じように火落ち対策を考え、結果として美味《うま》い酒ができた。じつに心強い話です」

「わしは長崎におったとき初めて珍陀酒を飲み、この馥郁《ふくいく》芳醇の味わいに驚愕《きようがく》した」

「長崎ですか……」

龍之介がふっと何かを思いめぐらす顔つきになる。

「じつに楽しい歳月じゃった」

我夢乱は微笑みながら、遠いまなざしになった。

「好きな学問を追い求める日々。飽くことなく研鑽《けんさん》を重ねる朝夕《ちようせき》じゃった。人生においてあれほど充実したときはなかった。わけへだてなく語り合える学友も得た」

「恐れながら……」

龍之介が口をはさむ。

「拙者、福山藩におりましたころ、上役《うわやく》が長崎に遊学いたしておりました」

「何、長崎にな？」笑顔がより深くなった。「して、その方の名は」

「久野《くの》兵衛《ひようえ》様と申します」

「久野どの?」

　さらに顔が明るくなった。「おお、覚えておる。よう覚えておるぞ」

「拙者が勘定方《かんじょうかた》におりましたとき、二年ご一緒いたしました。聡明な久野様はこれからは西洋科学が肝要と考え、長崎に行かれました。されど帰藩後ほどなく床に臥《ふ》され、そのころ拙者は致仕《ちし》。久野様のその後を知るよしもなく……」

「そうでしたか。たしか、久野どのはいま福山藩江戸家老を務めておいでのはず」

　龍之介はかすかに息をのみ、

「江戸におられるのですか。しかも出世なさって」声音《こわね》が思わず高くなった。

「一年ほど前に江戸詰《づめ》になったそうでの。日本橋本石町《にほんばしほんごくちょう》の阿蘭陀宿にもときおり遊びに来るそうじゃ。長崎屋源《げん》右衛《え》門《もん》が言うておった」

「我夢乱先生は久野様とは会われましたか?」

「いや、まだじゃ」

　と言って、我夢乱は何事か思案するいろを示し、

「あんたたちは上質の蒸留器を購入したいそうじゃな。わしは海五郎から『長崎屋によしなに取りはからってほしい』と頼まれた。いま気づいたのじゃが、龍之介どのと久野どのは旧知の仲。わしからより久野どのから長崎屋にお願いしたほうがより強力

じゃ」

龍之介は納得したいろになり、意思を込めてうなずいた。

「ちかぢか久野どののもとに参りませぬか」

と我夢乱が誘ってきた。

＊　＊　＊

「これから新しき酒を造ろうとするあんたたちに言《ゆ》うておきたいことがある」

青木我夢乱があらためて小次郎と龍之介に膝を向けた。

「蒸留というものはじつに奥深いものでの。たとえば米焼酎は、清酒が火にかけられ一度死んだ後に生きかえったものじゃ。そこには米のたましいが残っておる。同じように西洋のぶどうの火酒にはぶどうのたましいが生きておる」

「一度、死んだものが生きかえる……」

小次郎がおもわずつぶやいた。

「いま山屋のことを思うただろ？」

我夢乱が鋭い眼で小次郎を見つめる。

「失った信用を取り戻そうと再生に努めるあんたらには、『蒸留』は要《かなめ》の言葉。すなわち『よみがえり』じゃ。良質の焼酎を造り、それを使いこなすことじゃ」

小次郎と龍之介、海五郎は我夢乱の言葉に耳を澄ました。

「もう一つ。世阿弥《ぜあみ》は『初心忘るべからず』と言うたが、この初という字が大切じゃ。衣偏《ころもへん》に刀で『初』。そもそもは『衣を刀（刃物）で裁《た》つ』こと。まっさらな生地にはじめて刃物を入れることじゃ。折あるごとに今のおのれを裁ち切り、新しきおのれを生みださねばならぬ。初心とは真剣の緊張。山屋の火落ちは心構えがゆるんでいたからこそ生じたのじゃ」

小次郎と龍之介は痛いところを突かれ、何も返せない。

「酒造りは人づくり。肚《はら》と肚で話しあい、知恵を集め、信頼され親しまれる酒を造りなされ。新しき売り方を見つけなされ。世阿弥はこうも言うておる。ひとの心を動かすものは、『新しきこと、珍しきこと、面白きこと』とな」

十四

吸い込まれそうに青く澄んだ空が広がっている。並木町《なみきちょう》の樹々のみどりは陽光を撥《は》ねかえし、しっとりと水気をふくんだ風が、草木のにおいを運んでいく。経文《きょうもん》を読むような蟬《せみ》の声が、町のそこここから降ってきていた。

梅雨《つゆ》がようやく明けたようだ。

新しい杜氏《とうじ》の清兵衛が駒井村での仕事に区切りをつけ、山屋にやってきた。

清兵衛は数日間にわたって蔵の中の桶《おけ》、樽《たる》など酒造道具を検分し、蔵人《くらびと》たちの話にじっくりと耳をかたむけた。小次郎にも火落ちのときの経緯や情況を事細かにたずねてきた。

そしてこの朝、半三郎とおちよ、番頭の新太と小次郎が立ち会うなか、清兵衛は蔵《くら》人《びと》全員を酒蔵に集め、これからの酒造りについて話をした。

「信用を回復する。それが、まずわしらがやらねばならぬことじゃ」

清兵衛は柳のようにほっそりした身体《からだ》をのばし、飄々《ひょうひょう》とした調子で続けた。

「山屋の酒造りを一新する。前例は踏襲《とうしゅう》せぬ。造りのそれぞれの段階で是々非々《ぜぜひひ》でのぞむ。何が良くて何が悪いか、分別はわしに任せてくれ」

きっぱりと清兵衛は言った。

「親方」と酛屋《もとや》の米蔵《よねぞう》が手をあげた。

「一新と言ったけどよ、つまり清兵衛さんの思うやり方でいくってこったな」

「そういうことだ。もし失敗《しくじ》ったら、わしがすべての責めを負う」

清兵衛は皆を見わたし、

「これからの一年は、伸《の》るか反《そ》るかの大勝負。後のない背水の陣だ。これが最後の酒造りという気概《きがい》でのぞんでくれ。そして思う存分おまえらの力を発揮してくれ」

山屋半三郎が咳ばらいをして口を開いた。

「わしからは二つ。まず酒造りは清兵衛、商いは新太に任せるということ。それからもう一つ。ここにいる小次郎に――」

そこまで言って、かたわらに立つ小次郎の肩をたたいた。

「若旦那として、酒造りと商いの両面で、新しい山屋を担《にな》ってもらう」

小次郎はかすかに頰を上気させ、

「未熟者ですが、粉骨砕身《ふんこつさいしん》いたします。よろしくお導きのほどお願いいたします」

深々と腰を折った。

清兵衛がその言葉を引きとる。

「まだまだ人手は足りん。やる気のある者をこれからどんどん雇っていく。商いの方は若い二人が新しいことを考えてくれるじゃろ。わしらは造ることに専念し、悔いの残らぬ仕事をする。それだけじゃ」

清兵衛の言葉に蔵人全員が深くうなずいた。

麹《こうじ》造りを担当することになった龍之介、酛屋の米蔵、釜屋《かまや》に命じられた海五郎、追い回しの又七、小僧の亀吉《かめきち》たちが半円を描くように居ならんでいる。

そこに賄《まかな》い場からお凜がゆっくりと姿をあらわした。湯呑みを載せた盆をもった下女をしたがえている。小次郎が若旦那になってからは、女人も蔵の中に入れるようになっていた。

「さ、とりあえず、皆で飲もうじゃないか。お凜がつくった甘酒だ。夏場は身体《からだ》が弱る。これで滋養をつけてくれ」

半三郎の声に合わせ、お凜は湯呑みをまずは杜氏の清兵衛、次に龍之介へと手わたすべく一歩踏み出そうとした。

しかし、お凜の足もとがどうもおぼつかない。

小次郎はそれが気になった。このまえ座敷でお茶をこぼしたときの様子がずっと心に引っかかっている。あれはうっかりというものではなかった。内心はらはらしながら、お凜の歩みを眼で追った。

そのとき、お凜の身体が平衡《へいこう》を失い、小さな叫びを上げた。湯呑みの落ちた大きな音が蔵の中に響きわたる。

一瞬、みな凝然《ぎょうぜん》と立ちつくし、異様な静寂が広がった。

「ご、ごめんなさい……」

お凜はおろおろしながら砕けた湯呑みを拾おうとひざまずいた。腕をのばし、両手を土間に這わせる。だが、どこに焦点が合っているかわからぬ眼つきだ。ただやみくもに土間の上に散らばった湯呑みの欠片《かけら》を手でさぐっている。

すぐそばにいた新太が膝を折った。

「大丈夫です。わたしが拾います。お怪我するといけませんから」

お凜の肩にやさしく手をかけ、抱え上げるように身体を起こしてあげた。

「すみません。ちょっと眩暈《めまい》がして」

額に霧のように細かい汗が浮かんでいる。

「わたしが母屋《おもや》までお送りいたします」

新太は袂《たもと》から手ぬぐいを取り出すと、お凜の額の汗をそっとぬぐってやった。

＊　＊　＊

お凜を心配しておちよも母屋にもどったが、半三郎はそのまま蔵に残った。

この集まりは蔵人《くらびと》たちの鼓舞激励《こぶげきれい》が趣旨だ。蔵元がここで愛娘《まなむすめ》を心配して去るわけにはいかない。それに、蔵人たちに対して重大な計《はか》らいを披露せねばならなかった。

「みな、甘酒を飲みながらよく聞いておくれ」

半三郎はそう言って清兵衛に目くばせした。

「火落ちの後に桶《おけ》や樽《たる》を毒消ししてもろうたのじゃが」

清兵衛が気息《きそく》をととのえて続ける。

「ここにある道具を、すべて取り替える」

龍之介が驚いて、顔をあげた。

「道具を替えるとな?」

清兵衛がゆっくりとうなずく。

蔵人たちは水を打ったように静かになった。外の雀《すずめ》のさえずりが高く聞こえる。

「太っ腹の旦那が、わしの求めにぜんぶ応じてくれたんじゃ」

と清兵衛が言い、半三郎がこころもち渋い顔になる。お坊ちゃん育ちのせいか自分の感情をうまく隠すことができない。

皆のやりとりを聞きながら、小次郎の頭の中に七日前の話し合いの模様が鮮やかによみがえってきた。

山屋の奥座敷――。

半三郎、おちよ、小次郎、新太と清兵衛の五人は張りつめた空気の中で坐っていた。

清兵衛が酒造道具一新の話をいきなり切りだしてきたからだった。

それでなくても金繰《かねぐ》りにあえぐ山屋の主人・半三郎が、大規模な新規購入をすんなり受け入れるわけがない。

いまの道具でできうる限り最良の酒を造るしかない、と半三郎は諄々《じゅんじゅん》と説いたが、清兵衛は頑《がん》として首を縦に振らなかった。

山屋の困難な経営情況を知る新太は、半三郎の意見に与《くみ》していた。

勝ち気で竹を割ったような性格のおちよは、今年勝負をしないでいつするのだ、できるかぎりのことをすべきだ、と清兵衛の考えに同調した。

小次郎は、清兵衛のような思いきった改革をしなければこの山屋は生き残ることはできない、と勘づいてはいた。ただ銭勘定を考えると、すぐさま賛成はできかねた。

「費用《かかり》はどうするのだ？」

半三郎は一座を見わたし、何度目かの同じ質問を投げかけた。

「それでなくても灘の和泉屋さんから莫大な借入金がある。その返済もままならない。そんななか、新たな道具一式をそろえるなどあり得ぬ」

だれもが俯《うつむ》いたまま黙りこんだ。

小次郎も腕組みしてため息をつく。おたかからの言伝《ことづて》をまだ半三郎とおちよには伝えてはいなかった。

和泉屋は、火落ちで経営がさらに厳しくなった山屋を乗っ取り、江戸の出店《でみせ》にしようと目論《もくろ》んでいる。

平助とおたかのたくらみを知れば、清兵衛の考える新規まき直しどころではなくなる。のっぴきならない情況なのは小次郎もよくわかっていた。

半三郎は眉をよせて煙管《きせる》をふかしている。部屋の中にただよう煙草《たばこ》の香りをかいでいると、小次郎の頭にある思いつきがひらめいた。

「叔父さん。わたしが北新川《きたしんかわ》の堺屋《さかいや》さんに行って、金を工面《くめん》してもらってきますよ」

わざと明るく言った。

「おまえ、そんなに簡単に言うがね」

話を続けようとする半三郎を、申しわけありませんがと小次郎はあえてさえぎった。

「堺屋さんはもともと和泉屋の出店だった経緯《いきさつ》があります。父と太左衛門《たざえもん》さんとの交わりも特別なものでした」

「……」

半三郎は憮然《ぶぜん》とした表情を浮かべた。

「わたしに蔵元名代《みょうだい》をさせてくださるのなら、ここはひとつお任せください」

きっぱりと言った小次郎におちよも心配そうな顔を向けてきた。しかし小次郎には妙な勘ばたらきがあった。

堺屋太左衛門には江戸に来た日に初めて会い、ほんの半刻《はんとき》（一時間）話しただけだが、そばにいるだけで気持ちを安らがせてくれるあたたかい人柄を感じた。このひとは信じられると直観的に思ったのだ。

大坂でいろんなひとと接してきたが、その頭格《かしら》になる一流の人物はきまって穏やかな風合《ふうあい》で、どこかこころを和ませる気を身にまとっていた。

町場でとことん遊んできた小次郎には、顔つきや挙措動作《きょそどうさ》からひとを見とおせるという自負があった。

「わたしが頼めば、太左衛門《たざえもん》さんに否《いな》はないはずです」

「わかったよ」おちよは、小次郎の言葉に意気を感じて、

「なら、堺屋さんに行ってもらえるかい」

すっぱり聞き入れ、夫のほうに眼をやると、婿養子の半三郎も不承不承うなずいた。

＊　＊　＊

「『外相《がいそう》整えば、内相《ないそう》おのずから熟す』という言葉がある」

清兵衛が口をひらいた。

「さっぱり意味がわからんけど、どういうことなのかね？」

海五郎が首をひねる。

「外見を整えることで内側の気持ちも自然によい方向に変化する、という意味だ」

清兵衛がこたえた。

「一度ケチのついた桶《おけ》を使うのはどうか、と拙者も思うておった」

龍之介は、清兵衛の言葉に我が意を得たりという顔をした。

「あの桶を見ると、どうしても火落ちを思い出す。すると気持ちが萎《な》えてくる。それ

では良い酒はできん」

「金さえあれば、おれも新しい道具にしたかった。買い替えは大賛成だ」

と酛屋《もとや》の米蔵《よねぞう》がうれしそうな顔をし、

「弘法《こうぼう》筆を選ばず、というけどよ、そんなこたぁねえ。新しくきれいな道具があれば良い酒ができる望みが大きいってもんだ。こちとらの気の入れようも違ってくらあな」

蔵人たちも新しい道具が入ることを歓迎した。

小次郎は小次郎で、火落ちは心のすきから生じたと自省していた。

――おれには遠慮があった……。

山屋に来たばかりで、先輩蔵人に言いたいことも言えなかった。ああすればよかった、こうすればよかった、といまでも悔やんでいる。

蔵人たちのはやる姿を見つめながら、小次郎は堺屋太左衛門とのやりとりを思いかえした。

太左衛門から示された借り入れ条件は、向こう三年堺屋のみが山屋の酒をあつかい、返済はいまから五年後一括ということだった。

江戸有数の大店《おおだな》である堺屋は下《くだ》り酒専門だが、特別に江戸の酒「隅田川」を商おうと言ってくれたのだ。これは「隅田川」に箔がつくということだ。

小次郎はとっさに差し引きを考えた。太左衛門から出された条件は良いことばかりではないからだ。

問屋を堺屋に限るということは、今までつきあいのあった地廻《じまわ》り酒問屋との取引きをやめざるを得なくなるということだ。地廻り酒問屋からは苦情が殺到し、売り上げもかなり落ちるだろう。

太左衛門も、もちろんそのことはわかっている。

しかし一時《いっとき》地廻り酒問屋との商いが失われたとしても、一流の下り酒問屋のあつかいという価値は山屋にとってきわめて重要だ、と堺屋太左衛門は説いた。

小次郎は熟考し、長い目で見ると山屋にとって損にはならないと踏んだのである。

というのも、江戸では地廻り酒がとことん見下されているのを感じるからだ。

江戸のことなら何でも自慢する江戸っ子が、土地《ところ》の酒を虚仮《こけ》にする。そのことが小次郎にはどうしても納得できなかった。上方であらゆる酒を飲んできた小次郎にとって、江戸酒《えどざけ》が灘酒《なだざけ》より劣っているのはわかる。しかし、それほどひどいものだろうか。

江戸の安酒場で見ていると、みんな「まずい、まずい」と笑いながら江戸酒で盃を重ねている。

――照れだろうか？

江戸っ子ははにかみ屋が多い。ひと目を気にして卑下《ひげ》したり衒《てら》ったり、背伸びをして粋《いき》がる。「灘酒を飲みつけると江戸酒にゃ戻れねえ」などという。それももっともだが、どの酒を飲むかは懐具合にも関わってくるだろう。

とくに飲み助は毎度灘酒を飲むことなどできない。江戸酒は懐にやさしいのだ。

そういうふうに考えていくと、当たり前の結論に導かれる。

――美味《うま》くて安い江戸酒をつくればいい。


堺屋太左衛門はこうも言った。

「丹波屋さんの良いところを見習いなさい」

江戸の競合相手である丹波屋の名が出て、内心びくっとした。しかも見習えなどと言う。

「丹波屋さんは自らいとなむ居酒屋［さくら屋］に安酒をたくさん卸していますが、その一方、大店の旦那衆や大身《たいしん》の旗本《はたもと》、江戸詰の留守居役《るすいやく》などには上等な酒を納めています。安いものと高いもの。その両方ともに大事だとわかっているのです」

「丹波屋の安酒はかなり水で割ってますよね」

小次郎が皮肉っぽく言うと、太左衛門はうなずいた。

「薄すぎてひどい味ですよ」と小次郎。

「知っています。わたしも飲んだことがあります。なにもあなたにあんな酒をつくれと言っているのじゃない」

「……」

「商いのやり方が、山屋にきっと役立つはずです」

小次郎はむっと黙りこむ。

太左衛門がなだめるように言った。

「お武家も町人も、みなを味方につけるんです。そのためには高級ものと庶民ものと両方つくらねばなりません。ただし、いくら水割りといっても不味《まず》いものではだめです」

「水で割っても腰くだけにならない酒をつくるってことですか?」

「そうです。最高品質の原酒」と太左衛門は微笑んだ。「身体に芯が一本通った酒をつくるのです」

「酒の身体……」

「酒は生きもの。神さまとひとの間にいる生きものですよ」

「芯の通った酒って何ですか？」

「骨のある酒。骨がしっかりしていると水で割ってもぶれません。まずは原酒で美味《うま》いという評判をとり、その水割りも飲んでもらうのです」

十五

大川《おおかわ》の堤《つつみ》に出ると、生い茂った葦《あし》の葉がさらさら鳴っている。

夕映えの残る空をうつし、さきほどまで緋色《ひいろ》に輝いていた水面《みなも》は徐々に赤紫になり、やがて群青《ぐんじょう》のいろを流しはじめた。

土はまだ昼間の暑熱を帯びていたが、吹きすぎる風はひんやりとしている。

右手、両国橋《りょうごくばし》の方には屋形船《やかたぶね》やうろ舟といわれる物売りの船がひしめきあっている。その灯《あか》りが川のおもてを昼間のように明るく照らし、船上の嬌声《きょうせい》や三味《しゃみ》の音も風に乗ってときおり聞こえてきた。

花火を近くで見ようと、眼の前を数艘《すうそう》の小舟が競いあうように滑っていく。

「よかった。ことしは花火を見られて」

床机《しょうぎ》の隣に坐るお凛は錫《すず》茶碗に入った白玉を頬ばりながら、うれしそうに言った。川風に肌をなぶらせて笑う、その横顔を見ているだけで小次郎は猛暑の疲れがいっぺんに吹き飛んでいく気がした。

ふたりは、この季節にだけひらく冷や水売りの茶屋に来ている。

数日前おちよから、お凛の眼が光を失いつつあるようだと打ち明けられたとき、小次郎は一瞬絶句した。

——そうだったのか……。

お茶をこぼしたり甘酒の入った湯呑みを落としたりした理由がようやくのみこめた。しかし、どうしてお凛がそんな目に遭わねばならないのだ。

現世の不条理に、小次郎はやりきれない気持ちになった。何かおれにできることがあるだろうかと思っていた矢先、おちよから、

「あの娘《こ》は小さい頃から花火が大好きなの。せめて雰囲気だけでも味わわせてやっておくれでないかい」

眼をうるませながら頼まれたのだった。

できるだけ花火の近くまで連れて行ってあげたかったが、お凛の足もとのおぼつかなさを考えると、長い道のりを歩くのは剣呑《けんのん》だ。駒形堂の近くなら山屋《やまや》からもそう遠

くはない。人出の渦《うず》に飲みこまれることもない。

ちょっと気恥ずかしかったが、意を決してお凜の手を引いて行くことにした。おちよと番頭の新太が見送ってくれたが、まばたき一つしない新太の視線がなんとなく気になった。

小次郎はいつもの三倍ほどの時間をかけてゆっくりと大川堤までお凜を導いていった。ほんのり甘い冷や水を飲み、ここまで握って歩いたお凜の手のやわらかさを思いかえすと、どこか気持ちの底にはずむものがある。

と、晴れわたった夜空に、しゅるしゅると花火が上がった。

火の玉が一瞬にして開き、みかん色がかった紅《くれない》の火花が大川の上に飛び散る。蛍を何万匹も集めたような明るい光の粒は、やがてしだれ柳のような筋を残して水の上にゆっくりと落ちていった。

両国から浅草にかけて大川端のあちこちで歓声とどよめきが起こる。

その音にお凜は敏感に反応し、

「まるで隅田川が大きな吐息をついたみたい」

遠い花火を見つめながら、やわらかい笑みをこぼした。

愁いに沈みがちないつもの表情と打って変わり、別人のように晴れやかだ。無心につぶらな瞳を見開いているその姿がせつない。幼女のように天真爛漫《てんしんらんまん》に喜ぶお凜の姿が、小次郎の胸にかなしく染みた。

お凜の眼に、あの花火はいったいどんなふうに映っているのだろう。あざやかな色や形も、ぼんやりとした光が茫洋《ぼうよう》と広がっていくように感じるだけかもしれない。

小次郎の脳裏に子どもの頃の勝ち気だったお凜の姿がよみがえってくる。

小次郎が両親に連れられて江戸に来たとき、お凜はわがままいっぱいの振るまいでおちよと半三郎をしばしば困らせていた。あの玩具がほしいと言って路上にひっくり返り、手足をばたつかせたり。小次郎が白玉を食べていると、どうしてもそれを食べたいといきなり椀を奪い取ったりもした。

いま隣で夜空を見つめるお凜の眼には大川の景色はどう映っているのだろう……。

「あたし、去年麻疹《はしか》にかかっちゃってね」

何発目かの花火が打ち上がった後、お凜がつとめて明るく言った。

去年の春から夏にかけて、大坂でも麻疹が流行《はや》った。江戸は大坂よりたいへんだったというのは人づてに聞いていた。若い盛りの罹患者《りかんしゃ》が多かったそうだが、まさかお凜がかかっていたとは思わなかった。

「大きくなってかかると、たいへんだったんじゃないのか？」

「発疹《ほっしん》がいっぱい出て、十日以上高熱が続いてね。それがなかなか下がらなかったの。変な夢ばかり見ていたわ」

おちよは浅草田圃《たんぼ》近くの太郎稲荷《いなり》に毎日参詣《さんけい》してお凜の恢復《かいふく》を祈り、その甲斐《かい》あって、二十日間ほど寝ついた後に床上げができたという。

「でも、そのあと、ものがよく見えなくなってきたの」

まるで他人事《ひとごと》のように淡々とお凜は続けた。

「もともと近眼《ちかめ》だから、それが進んだのかなって思ってた。最初は箱膳にのったお茶碗やお箸が霞《かす》んで見えた。煮麺《にゅうめん》なんて一本一本がよく見えないの。で、何か変だなって」

おちよも半三郎も「疲れがたまったんだ、よく眠って眼を休めればいい」と言ってくれ、なるべく休むようにはした。

しかし一向に視力は回復しない。夜空の星を眺めたり、吾妻橋《あづまばし》から富士山を眺めたり、なるべく遠くのものを見るよう努めたが、だめだった。

紗《しゃ》のかかった景色のなかで、すべてのものの形が徐々に、しかし確実に失われていった。

先行きの不安をおさえて、お凜は話す。その声を聞いているだけでつらかった。

――だが、一番つらいのは本人だ……。

夜の底を滔々《とうとう》と流れる大川の瀬音を聞きながら、小次郎は冷静にたずねた。

「で、今はどうなんだい？」

お凜がくるっと振りむき、

「花火の色がとってもきれいに見えたよ。小次郎さんが連れてきてくれたおかげ」

にっこりとうなずいた。

「そりゃ、よかった」

「もう一生花火を見ることなんてできないって思ってた」

「……」

「でも、ちゃんといつもの大川の花火ってわかったよ。ありがと」

そう言ってお凜は両手で小次郎の手をそっと包んでくれた。

＊　＊　＊

それから五日後の夜。

本所松井町《ほんじよまついちょう》［つるや］の座敷に小次郎と新太はいた。両国広小路で龍之介の煙草《たばこ》入れを拾ってくれたおみつの働く料理茶屋である。

一献傾《いっこんかたむ》けながら山屋の行く末を腹蔵《ふくぞう》なく話そうと、小次郎が番頭の新太を誘ったのだ。

案内してくれた小女《こおんな》におみつがいるかと訊《き》くと、今日は出の日だが、別の部屋で客の相手をしているという。

「とりあえず冷や二本。できれば、隅田川」小次郎が注文する。

「あら。お客さん、よくうちの店のおすすめをご存知ですね」

「え？　隅田川をすすめているのかい？」

小女は、そうなんですよ、と気安そうに小次郎の肩をぽんと叩く。

「女中頭のおみつさんがね、お酒の銘柄をあれこれ言わないお客さんには隅田川を出すようにって。それで、こだわらないひとには出してるんです」

無邪気な笑顔でこたえた。

「どうしてまた隅田川なんだろうね」

「なんでもおみつさんの亡くなったご亭主が隅田川しか飲まなかったらしくて。遺言《ゆいごん》みたいなもんだって笑いながら言ってましたよ」

「じゃ、おみつさんが来るまでは、ちがうお酒が主だったのかい？」

「やっぱり普通は下り酒でしょ」

「そういうもんかね」

「だって地廻り酒なんてお呼びじゃない。よっぽど良いのじゃないと下り酒に太刀打ちできないでしょ」

「隅田川なら下り酒と思われるのかい？」

小次郎はあまり酒に詳しくないふりをしながら訊いた。

「黙ってたら、誰もわかりゃしないよ」

小女はけらけら笑って一拍おき、

「お客さん、何か隅田川と関わりあるおひと？」ちょっとさぐるような眼になった。

「ま、親戚があそこの蔵で働いてるんでね」

「あら、そうなんですか」

と言って小女はちょっと声をひそめ、

「なんでも、あの蔵はこの春に酒を腐らせちゃって、杜氏も蔵人もほとんど逃げ出したって話じゃありませんか」

「そりゃ、知らなかったな」

小次郎は初めて知ったふうに、驚いた気色《けしき》をみせた。

「おみつさん、えらく心配してましたもん」

「隅田川が困ってるなら、なおさら飲んでやらんと。なんたって江戸の酒だものね」

「そうですよ。ほんとは土地《ところ》のおいしい酒を飲みたいんだもの」

「お姐《ねえ》さんもそう思うかい？」

「あたり前ですよ。地廻り酒は安いのはいいけど、まずくてね。安かろう不味かろうはだめ。やっぱり安くて美味《うま》いが一番。死んだお父《と》っつぁんもそう言ってました」

「隅田川は江戸の酒の中でもいいほうだと思うがね」

「うちのお客さんが下り酒と思って飲んでるくらいだからね。でも一度ケチつけちゃったから、これからあの蔵どうなるんだろって。ま、お客さんのはうちに売るほどありますから、大丈夫。今晩はどうぞごゆっくり」

そう明るく言いおいて、小女は下がっていった。

＊　　＊　　＊

しばらく新太と盃をやりとりした後、潮どきをみはからって小次郎が言った。

「新しい隅田川ができたら、店で樽から飲ませようかと思ってる」

「店先で居酒屋をするってことで？」

新太はおもわず盃を置き、あごをひいた。

小次郎はうなずき、ひとくち酒を啜《すす》って続ける。

「豊島屋《としまや》さんの商いを知って、目から鱗《うろこ》が落ちたんだ」

豊島屋では小売りだけでなく、店の半分を仕切って立ち飲み居酒屋もやっている。原価で飲める下り酒と大きな豆腐田楽《でんがく》が人気で、いつも満員だ。

田楽味噌《みそ》の味は辛めにして酒がすすむようにし、原価で酒を売ると儲けがないので、酒樽を醤油屋などに転売して儲けを生む。そんなこんなでじつに商いがうまい。

いまの山屋にとって必要なのは商いの知恵だ。規模は小さくていい。灘《なだ》に対抗しなくてもいい。おれたちは良質な酒を売る酒屋として江戸っ子の心をつかめばいい。

そのために肝要なのは、まずは蔵人も商人も心底美味いと信じる酒を造ること。そして、その酒の名と味を広く伝える知恵なのだ。

「面白い考えだとは思いますが……」

新太はいままで浮かべていた一見親しげな微笑みを引っこめた。

「店の一部を居酒屋にするとなると、そのための人も雇わねばなりません」

蔵人すら十分集まっていないのに、という不満のいろが声ににじんでいた。

「ひと探しは海五郎や龍之介さんがやってるし、堺屋さんにも周旋《しゅうせん》をお願いしてる」

「しかし何と言っても物入りです」

「金のことは今は考えぬようにしないか」

「ですが……」

おもわず新太は、商いの素人が何を言っている、という顔をした。

「このまえ言ったように、堺屋さんから金子《きんす》は借りることになった。だからそっちの方はおまえは心配しなくていい」

「でも若旦那。道具や桶《おけ》は総取っ替え、蒸留器とやらも買い入れ。さらに改築して居酒屋を開く。わたしには無茶《むちゃ》としか思えません」

新太は次第に問いつめるような口調になっていった。

「おまえの言うことはわかる。尋常一様《じんじょういちよう》ならばもっともなことだ。ただ山屋にはもう後がない。今年勝負をしなければ、おれたちに明日はない」

「お言葉ですが、仕事はていねいに順をふみ、関わる者に合点《がてん》してもらうことが大切。一気にあらためるのは危険です。剣《けん》が峰《みね》を歩くようなものです」

「言う通り、山屋は崖っぷちにいる。どちらへ傾いても転がり落ちてしまう情況だ」

「……」

「おれたちには気持ちの張りが足りなかった。だから火落ちを起こした。ある人から『初心忘るべからず』の話を聞いたんだよ。剣が峰の話に通じることだ」

小次郎はそう言って、少し間をおいた。

「初心の初という字は、衣偏《ころもへん》に刀と書く。もともとは『衣を刀（刃物）で裁《た》つ』という意味だったそうだ。まっさらな生地にはじめて刃物を入れるときの冴《さ》えかえる気持ち。それが初心。山屋は今こそ初心に戻らねばならない」

新太は肚《はら》におちぬ顔をして首を振り、

「若旦那は心がけの問題ばかり言ってます。出る金、入る金、差し引いて儲けが生まれる。商いは儲けてこそ。出るばかりではそれこそ山屋は潰れてしまいます」

鼻で笑った。

「おれは、山屋のみんなに一本骨を通さねばと言っている。そのためには、はっきりと眼に見える立て直しと意気込みが必要だ。店舗も蔵人も新しい顔にして外見をまず変えねばならん」

「若旦那は、青い。青すぎる」

「何をっ」

ついに気色《けしき》ばんだ声を出してしまった。

その刹那《せつな》、まずい、切れたら終《しま》いだ、とおのれを省《かえり》みた。

小次郎は気持ちを鎮めようと深く息を吐き、わざとゆっくり口を開いた。

「おれは地に足の着いた策も練っている。だから商いに通じたおまえの力を貸してほしいんだ」

「これだけは言っておきます。物事はあまり急《せ》いて進めないほうがいいですよ。いろんなところに軋《きし》みが生じますから」

「正直、商いのことはわからないことだらけだ。そんななか、おれが他の商人より抜きんでるところはないかと自問してきた」

小次郎は素直な物言いで続ける。

「おれは大坂市中で遊んできた。その経験から学んだことがある」

それは何だ、と新太があごを上げた。

「どんな品をどうやって売れば町衆に好かれるか。おれはそこを見てきた」

「わたしは地道な商売が一番だと思っています」

新太が昂然《こうぜん》と言いはなつ。

「もちろん真面目《まじめ》は大事だ。質の高い酒を一所懸命造って売る。最低限やらねばならぬ、いわば必要条件だ。だが、それだけでは十分でない」

「では、どうするのですか？」

新太が冷ややかに小次郎を見た。

「面白おかしく売っていくんだ。隅田川に関わったみんなが、この酒とつき合って幸せだったと思えるようにする。酒を飲むというのは酒とともに時を過ごすこと。一緒に旅することだ。ならば、実りある忘れられぬ旅にしてやる。そこまで酒屋は考えるべきだ。酒を造り売る人間がこの品にはこういう夢が詰まってますよと言ってやる。そこが勘《かん》どころなんだ」

「………」

新太は腕組みし、口をへの字にして聞いている。

「よし、わかった」

小次郎はさっぱりした顔で言う。

「戦いの責めはぜんぶおれが負う。だからおまえはおれが暴走せぬよう、今夜のようにときどき苦い言葉を言ってくれ。そうするとつり合いがとれる」

そして決然と続けた。

「一か八かの大博打《おおばくち》と言われようと、おれは一気呵成《いっきかせい》にやる。山屋にとって、これは桶狭間《おけはざま》の戦いなんだ」

「……若旦那は気が短すぎます」

小次郎は新太の言葉を聞きながすように盃をあおった。

十六

翌朝、小次郎はいつもより早めに山屋《やまや》に出てきた。

汗をぬぐいながら玄関を入ると、すでに帳場格子《ごうし》の中には新太が坐り、積み上げた帳簿をにらみながら算盤《そろばん》をはじいていた。

「おはよう」

小次郎がくぐもった声で言う。まだわだかまりが残っていた。新太は明るい声で、おはようございますと返してきた。

悔しいが、思わず感心した。長く商いにたずさわるだけあって、じつにおとなの対応をみせる。

昨夜はふたりとも感情をあらわに侃々諤々《かんかんがくがく》の議論をしたが、新太には叩きあげとしての強い矜持《きょうじ》があった。地道でねばり強く、石橋を叩いても渡らぬほど保守的な新太は、手堅い商売が信条だ。小次郎のやり方に異議を唱えるのは無理からぬことだった。

——仕事がらみの衝突もあったが……。

じつは互いの胸底にあるお凜への思いがぶつかったに違いない。冷静になったいま、小次郎はおのれを振りかえってそう思った。

奥座敷に行くと、半三郎はすでに外出して不在だった。

おちよによると、向島《むこうじま》で開かれる俳諧《はいかい》の集まりに嬉々として向かったそうだ。

「むかしからちっとも変わっちゃいないのよ」

肩を落として、おちよはため息をついた。

「仕事はからっきし。遊びのときだけ、ほいほい飛んでいくんだから……」

叔父は商いについてすべて小次郎と新太にまかせ、隠居に近い日々を送っていた。俳諧や狂歌の会合であれば、雨が降ろうが風が吹こうが馳《は》せ参じるが、いまやその頻度は高まるばかりだとおちよはこぼす。

「今日は寺島の鞠塢《きくう》さんのところに行ってんのよ」

鞠塢とは向島の旗本屋敷を買い取り、広大な庭園をつくった男で、狂歌師の大田《おお た》蜀山人《しょくさんじん》、書家の亀田鵬斎《かめ だ ほうさい》、画家の酒井抱一《さか い ほういつ》など当代一流の文化人に愛されている。以前は日本橋で骨董商いをしていたが、出入りの文人墨客《ぶんじんぼっかく》と親しくなり、趣味人として生きる道を選んだそうだ。

「俳諧の会なんだって」

おちよが諦めきったように笑う。

こっちは今年の酒造りをどうするか毎日頭を痛めているというのに……。飄々《ひょうひょう》と趣味に生きる半三郎には、呆《あき》れかえって開いた口がふさがらなかった。

派手好きなおちよですら、最近は好きな芝居《しばい》見物にも行っていない。呉服屋も小間《こ ま》物屋《もの や》もよばず、財布の紐《ひも》をかたく締めていた。叔母もさすがにすまなそうな顔になって、すこしうつむいた。

そのときお凜がしずしずと盆に載せたお茶を運んできた。足もとはそれほど危なっかしくない。茶碗もしっかりと眼の前に置いた。ちょっと安堵《あん ど》する。

「先日はほんとうにありがとうございました」

島田髷《しま だ まげ》を揺らし、ていねいにお辞儀をする。その頰がほのかに染まったのを小次郎は見のがさなかった。

「いえ、こちらこそ……」心にさざ波が立ち、言葉につまってしまった。

「お凜はあれから花火の話ばっかりよ」

そう言って、おちよは表情をくずし、さ、召し上がれ、とお茶をすすめた。照れくさくて身の置きどころがない小次郎はわざと音たててお茶を啜《すす》る。

その音に敏感に反応して、

「なんだかご隠居さまみたい」

お凜がぷっと噴き出した。

「やだ、ほんとね」

そう言って、おちよもことこと笑った。

障子を開け放つと、中庭のみどりに染まった座敷に涼やかな小鳥の声が聞こえてきた。

「あ、雪加《せっか》だわ」

お凜が大きな瞳を見開くようにして、ささやくように言う。そのさえずりに聞き覚えがあった。夏になると灘《なだ》の住吉川《すみよしがわ》でよく聞いた声だ。

「雪加って鳥の名前?」

小次郎が訊くと、

「大川の葦《あし》の茂みによくいるの」

よくぞ聞いてくれたというふうに、はちきれんばかりの笑顔を見せた。

「お凜は小《ち》っちゃい頃から、鳥の声が聞き分けられるのよ」とおちよ。

「もともと眼があまり良くなかったぶん、神さまがわたしの耳をよくしてくれたみたい」

そう言ってお凜は首をすこしかしげ、外からの音にいっそう耳を澄ます。

「遠くで雨の音がしてるわ。もうすぐザーッと来るんじゃないかな」

小次郎が常磐町《ときわ》から並木町に来る間にも気温はどんどん上昇し、両国橋を渡るころには空の縁に入道雲《にゆうどうぐも》が立ち上り、頂きの部分が鉄床《かなとこ》のように広がりつつあった。

今日はひと雨来そうだと思っていたが、その雲がこちらに近づいているのだ。

「土のにおいも立ちはじめたわ」とお凜が言う。

小次郎は犬のように鼻をくんくんいわせたが、庭の草木の香りしか感じられない。

「あ、雷の音」

立て続けにお凜が教えてくれるが、小次郎にはまったく聞こえない。

そうこうするうちに生あたたかい風が吹きはじめ、見る見るうちに空はかげり、風景の輪郭が薄らぼんやりしてくる。

ぽつり、ぽつり、と八《や》つ手《で》の葉に雨粒が落ちる音がしたかと思うと、縁側があっという間に黒く染まり、やがて篠突《しのつ》く雨となった。

「お凜は天気の変わりがすぐわかるのよ」

おちよがちょっと誇らしげに言い、「おかげで夕立に遭わずにすんだことも一度や二度じゃないよ」

「耳や鼻がいいのって誰に似たんだろ。叔父さんにはとてもそういう感覚はなさそうだし」

「わたしに決まってんじゃない。お酒好きなのもそっくり」

おちよが、ふふと笑った。

「えっ」小次郎は眼をまるくさせた。

「あら、びっくりさせちゃったかい？」

「……お凜ちゃん、お酒飲むんですか？」

「小っちゃい頃から仕込んでるせいか、うちの旦那よりずっと強いわよ。ひょっとして、あんたより強いかも」

おちよがからから笑う。

「お母さん、余計なこと言わないでよ」

お凜がおちよを軽くにらんだ。

いいの、いいの。小次郎さんには正直に言っとかなきゃ、とおちよが手を振り、

「そういえばね」

と膝を乗りだした。

「桶で泡立ってる音も聞き分けられるのよ。まだよちよち歩きだった時分に、旦那さんがとくべつに蔵に連れていったことがあったのよ。そうしたら、『桶の声がみんな違う』なんて言ってたもの」

すべて初めて耳にすることだった。

お凜はきっと利《き》き酒もできるのではないか。山屋を担《にな》っていく素質を十分もっている。男として生まれていたなら、いまごろ山屋は安泰だったかもしれない。そんな妄想が浮かんだ。

いつの間にか雨は上がり、薄日が射しはじめている。じっとりと肌にまとわりつく空気のなか、蟬たちが一斉に鳴きだした。

「あれは、みんみん蟬と油蟬の声だね」

小次郎が中庭の松の木を指して言うと、

「それくらい、誰だってわかるわよ」

おちよがからかうと、お凜はうつむいたまま肩を震わせくすくす笑った。

＊　＊　＊

酒蔵《さかぐら》に行くと、龍之介や海五郎が仕込み用の大桶をすえつける仕事をしていた。なかに見知らぬ男が三人いる。

小次郎の姿を見た海五郎が、「いい造り手を見つけてきたよー」と三人の男を小次郎に引き合わせた。

なかでもとびぬけて図体の大きい一人は、いがぐり頭で髭《ひげ》もじゃ。弁慶《べんけい》もかくやと思わせるむくつけき男だ。赤《あか》ふんどしに黒いぼろぼろの衣をひっかけ、半ば裸の身なりである。

毛深く厚い胸板に馬のような筋肉質の四肢《しし》。首の太さは普通のひとの二倍はある。道端で商いをしていたとみえ、顔も身体も真っ黒に日焼けしている。

「願人坊主《がんにんぼうず》の呑海《どんかい》です」

海五郎にうながされ、大男がひょこっと頭をさげる。汗と垢のむれた臭《にお》いがぷんと立った。

「小次郎だ。よろしく頼む」

と言ったが、思わず顔をしかめる。「うちで働くからには、これからは毎日風呂に入れ。おれたちはひとの口に入るものを造ってる。風呂代くらい払ってやるから」

「へい」

呑海が剛毛の生えた太い指で坊主頭をかりかり搔く。

「こっちのなよっとしたのは、音吉《おときち》って三味線《しゃみせん》弾《ひ》きでさ」

海五郎が次の男を紹介する。

「奥山で呑海の阿呆陀羅経《あほだらきょう》にあわせて三味線かき鳴らしてます」

色白の細面《ほそおもて》で歌舞伎の女形《おんながた》もじゅうぶんこなせそうな優男《やさおとこ》だ。

「いよっ。よろしくな」

小次郎が片手をあげる。音吉は小首をかたむけ、片眼をつむってあいさつしてきた。

「で、この小っちゃいのが、かわら版屋の清次《せいじ》」と海五郎が紹介する。

「むかし軽業《かるわざ》もやってたんで、はしっこいさ。言葉たくみに売り込み口上もできるよ。いろんなとこで隅田川の話を盛り上げてくれるはず」

「よろしくお願いしやす」

と清次は人なつこい笑顔を向け、頭をさげた。

「三人ともずっと浮き世をただよってましてね、まえから顔見知りであったわけさ。決まった給金もらえる勤めがないかって頼まれてたからよ。山屋で働いてみないかって持ちかけたわけ」

自分自身も浮草暮らしの長かった海五郎が言う。

「とにかく、この一年は食うことは心配しなくていい」

小次郎は三人を見わたし、重々しく口を開いた。

「ただし前もって言っとくが、来年は食えるかどうか、わからん。それもこれも今年にかかってる。おれも肝をすえてやるから、おまえたちも精一杯やってくれ」

気迫ある言葉に、呑海、音吉、清次の三人はそれぞれうなずいた。

＊　＊　＊

あくる日、「つるや」のおみつが山屋を訪ねてきた。

このまえ新太と夕飯を食べに行ったとき、結局おみつとは会えずじまいだった。

それを気にして、わざわざ休みの日に小次郎に会いに来たのだった。

「火落ちのこともうかがい、どうされてらっしゃるのかとずっと案じていました」

おみつは長い無沙汰を詫びて言う。

小次郎はその後の山屋の混乱を手短に話した。

「人集めもはじめ、夏になってようやく動き出したところなんです」

――せっかくだ、龍之介にも会ってもらおう。

蔵で酒造道具をととのえていた龍之介は、

「店で隅田川をすすめてくれているそうじゃな。まことにかたじけない」

と言い、深々と腰を折った。

おみつはかぶりを振り、

「あたしはただ隅田川に思い入れがあるだけなんです」

「われら、江戸一番の、いや日本一の酒を造ろうと新たに門出《かどで》したところじゃ」

「うちの方はこのところ丹波屋《たんばや》さんの締めつけが、そりゃあきつくて」

龍之介は興味深そうに相づちを打つ。

「丹波屋はしゃにむに勢力を広げておるようじゃな。市中各処で聞き及ぶぞ」

「うちのような料理屋では江戸酒《えどざけ》はせいぜい二銘柄。競い合いが激しいんです」

「そこに丹波屋は食いこみ、さらに多くの分け前を望んでおる。われらの窮状をよくよくわかったうえで、ここを先途《せんど》と攻めてきておるな」

「じつは、つるやは丹波屋さんからお金をかなり用立ててもらっているようです」

とおみつは声をひそめた。

「丹波屋は金貸しまでやっているのか」

小次郎が苦々しい顔つきになった。

灘《なだ》や伊丹《いたみ》では廻船問屋《かいせんどんや》はもちろん、大名《だいみよう》や町人に金を貸す両替屋をいとなむ造り酒屋が何軒もある。同じようなことを丹波屋はやろうとしているのか。

酒屋は酒だけに力を注ぐべきだ。金儲けのためなら酒以外にも手を出すなど、酒屋の風上《かざかみ》にもおけない。

おれは酒を造って、それを売るのが好きだから酒屋になったのだ。酒を金儲けの手段と考えるのは、神が宿る酒に対して無礼千万だ。

「じつは、一昨年の夏につるやで食あたりを出してしまって、償い金がかさんで台所は火の車になりました」

おみつは肩を落とした。

「そうであったか」龍之介が声をくもらせる。

「それから二年間、よく持ちこたえましたね」小次郎が口をはさんだ。

「丹波屋さんが支えてくれているんですが、締めつけがめっぽう厳しいんです」

　おみつはため息をもらした。

「江戸桜《えどざくら》は隅田川の二倍仕入れることになっていて……でもお客さんから不人気で、それほど出ないんです」

　結局、江戸桜は売れ残り、在庫がどんどんたまる。取りきめ上、丹波屋からは毎月決まった数がつるやに納入されるが、なかなかさばけないそうだ。

「あたしはそんな江戸桜を無理やり出すより、お客さんから好かれるお酒を出したいんです。ですから、名指しで注文されないときは隅田川を出すように、と女中たちに言い聞かせているんです」

　このまえ、つるやの小女から聞いた話はほんとうのことだった。

　おみつは続けた。

「みなさんの前だからってわけじゃなく、隅田川は下り酒と比べても遜色《そんしょく》のないお酒だとあたしは思ってます」

　大量に買い入れた江戸桜はほとんど料理用に使われ、結局つるやは負債ばかり増えて、利子の返還すらままならなくなってきているという。

「どうして丹波屋は、つるやにそんなに肩入れするのだろう」

小次郎が首をひねった。

「聞いたところでは、蔵元の丹波屋市兵衛《いちべえ》さんとつるやの旦那・鶴八《つるはち》さんとは幼なじみで、むかし丹波屋さんの商いが苦しかったときに、鶴八さんが江戸桜をたくさん買い上げたそうなんです。そのころ江戸桜は質もよくて、お客さんからの評判も上々だったと聞いています」

「いかさまな」

龍之介が大きくうなずいた。

「丹波屋はつるやと浅からぬ因縁があるわけか」

小次郎も合点がいった。

「市兵衛さんは何度かうちにいらっしゃいましたが、物腰のやわらかい、たいへん懐の深いお方でした。でも近ごろは体調をくずされ、婿養子の昌輔《しょうすけ》さんが采配を振っていらっしゃいます」

「若旦那といわれているひとかな?」小次郎が訊く。

「ええ。つるやにもたびたびお越しになりますよ。さかのぼると京都の公家《くげ》の血を引いているそうで、なかなかのやり手だとうかがいます」

おみつの物知りぶりに小次郎はすくなからず驚いた。

「あたしもお客商売の端《はし》くれですから。『さくら屋て安酒屋考え出した知恵も、うっとこでっせ』って昌輔さん、鼻を高くしてましたよ」

「なるほど、目端《めはし》のきく商人なのだな」

龍之介は首肯《しゅこう》しつつ、されどと言葉を継いだ。

「妙に知恵のはたらく丹波屋昌輔のこと。じつはつるやの乗っ取りをはかっているやもしれぬな。まさに恩を仇《あだ》でかえすというやつで」

「しかし本所の小さな料理屋が、丹波屋にとってそれほど大事な店だろうか?」

小次郎はどうにも解《げ》せぬというふうに聞きかえした。

「そこじゃ」龍之介が太い息をつく。「丹波屋の得意先はわれらよりはるかに多いであろうにの」

いままで紫煙《しえん》をくゆらせ黙って話を聞いていた杜氏の清兵衛が、

「わしは丹波屋は好かぬな。あの酒屋、公儀や諸侯諸藩、大身《たいしん》旗本らに賂《まいない》で取り入る蔵だと杜氏の仲間内では通っておる」

と言って煙管《きせる》を灰吹《はいふき》にポンと打ちつけた。

「つるやは山谷《さんや》の八百善《やおぜん》や浮世小路の百川《ももかわ》のような名のある料理屋ではござらん。そこのところが肝ではないか」

龍之介があごをなでて、ひと呼吸おき、

「すなわち、つるやで丹波屋昌輔がひそかな寄合《よりあい》をもったとしても、それほど目立つことではござらぬ」

ぎろりと一同を見わたした。

「あり得ることじゃ」

紫煙に包まれながら、清兵衛が淡々とこたえる。

「多額の借金を背負わせ、その形《かた》に店をとる……じゅうぶん考えられるな」

小次郎はうなずいた。

十七

酒蔵に入ると、杉材のすがすがしい香りに包まれ、深い森に分け入ったような気分になる。

このところ小次郎は毎朝早く蔵に来て、蔵人《くらびと》たちと大小さまざまな桶《おけ》や樽《たる》をすえ置く仕事をしていた。汗をかいた後、かれらとともに裏庭の朝顔を眺めながら握り飯を食う。それが毎日のささやかな楽しみになっている。

——それにしても……。

こんどばかりは叔父の日ごろの遊びが役立った。木場にある材木問屋・熊野屋《くまのや》が、常識では考えられない安い値段で杉材を売ってくれたのだ。半三郎の俳諧仲間、熊野屋惣五郎《そうごろう》が侠気《おとこぎ》を出して一肌脱いでくれたからだった。

おかげで七月下旬にはどうにか新しい酒造道具一式を据えつけることができたのである。あとは阿蘭陀《オランダ》渡りの蒸留器があれば、山屋の酒造りは火落ち前よりはるかに質の高いものになるはずだ。

そんなある日、龍之介は我夢乱《がむらん》とともに、福山《ふくやま》藩江戸家老の久野《くの》兵衛《ひょうえ》に目通りすることになった。

我夢乱は嶋屋《しまや》で龍之介と会った後、すぐに久野に文《ふみ》をしたためていた。かつて久野の下で働いた元藩士・檀上《だんじょう》龍之介が江戸にいること、その龍之介が山屋ではたらき、焼酎製造のために長崎屋からの蒸留器購入を思案していることなど、おおよその用件は伝えている。

龍之介が久闊《きゅうかつ》を叙《じょ》すと、久野は再会を大いに喜んだ。

「長崎屋からは定期的に物品を買い求めておる。わしも長崎遊学をした身ゆえ、たびたび店に寄らせてもろうてもおる。主人《あるじ》の源右衛門《げんえもん》とは昵懇《じっこん》じゃ。おぬしの酒造りのためにいささかなりとも力添えできるかと思う」

久野は龍之介の頼みをこころよく聞き入れてくれた。

「かたじけのうございます」

龍之介と我夢乱はともども平伏する。

「そうかしこまらず、茶でも飲んでいってくれ。積もる話もある」

久野はへだてのない様子で言い、

「そうじゃな、しばらく後に長崎屋を訪ねてもらえるか。万事相整《あいととの》えておくよう、わしから源右衛門には話を通しておく。国でもおぬしの酒造りには定評があった。いかなる酒ができるか、いまから楽しみじゃ」と磊落《らいらく》に笑った。

「もったいないお言葉、痛み入ります」と頭をさげる龍之介に、

「面《おもて》を上げてくれ。かたくるしいのは不得手じゃ。気がねなくやろう」

久野はすすんで茶碗に口をつけた。開け放った障子の向こう、庭の木立からは時鳥《ほととぎす》の鳴き声が聞こえてくる。

「……して、久野様、お身体《からだ》の具合はいかがでございますか」

龍之介がおずおずと訊いた。長崎から帰藩後、久野は病床につき、龍之介は致仕《ちし》したときも挨拶に行くことがかなわなかったのである。

「うむ。それよ」いたずらがばれた子どものような顔になった。

「長崎で銀しゃりを食べ過ぎての。言うところの江戸わずらい（脚気《かっけ》）になってしもうた」

「そうでござりましたか、心ノ臓の病《やまい》とうかがっておりました」

「激しい動悸《どうき》もあったが、足がむくみ、しびれもひどく、歩くこともままならなかった。医者から言われて玄米にし、酒も断って暮らしておったら、一年も経たずに治ってしもうた」

莞爾《かんじ》として笑ったその顔を見ると、勘定方《かんじょうかた》でともに励んでいたころの明朗闊達《めいろうかったつ》な久野兵衛がよみがえってくる。肚《はら》の底になつかしい気持ちが動いた。

「華の長崎暮らしで浮かれてしもうた。のう、我夢乱」

久野が我夢乱のほうに向きなおって、同意を求めた。

「当方の浮かれ癖を感染《うつ》してしもうて……ようふたりで遊びましたなあ」

眼尻に皺《しわ》をよせ、我夢乱がうれしそうにこたえる。

「ま、おのれの軽佻《けいちょう》浮薄《ふはく》の性《さが》が、あの病につながったわけじゃ」

久野が首に手をやり、忸怩《じくじ》たる思いをにじませた。龍之介はうなずくわけにもいかず、ただ眼をしばたたかせる。

「して、おぬし、いま何処《いずこ》に住まわっておる」久野が訊いた。

「深川海辺大工町《うみべだいくまち》の裏長屋にひとり住まいでございます」

「そうか……」

言いさして、久野は扇子《せんす》をぱちぱちと鳴らした。

「おぬしには言うておかねばならぬことがある」

「……」龍之介はちらと我夢乱のほうを見やった。

「心配はいらぬ。口のかたい男じゃ」

龍之介は背すじを伸ばして、坐りなおした。

＊　＊　＊

「おぬしの一番の心がかりであろう、ありし妻女、佐紀《さき》どののことじゃがの」

久野兵衛はひとつ咳ばらいをし、あらためて龍之介に向きなおった。

「離縁後のことは存じておるか」

「いえ……」

「じつはおぬしが致仕《ちし》したあと、縁あって目付《めつけ》の小泉康則《こいずみやすのり》に改嫁《かいか》したのじゃ」

「小泉？」龍之介は眉をひそめた。

同じ高柳《たかやなぎ》道場に通っていた男だ。幾度か竹刀《しない》をまじえたことがあったが、負けたことはなかった。身のほど知らずで負けず嫌いの小泉は、その後もしつこく手合わせをせがんできたが、そのたびに蹴散《けち》らした覚えがある。

代々高禄《こうろく》を食《は》んできた家の嫡子《ちゃくし》だが、それを鼻にかけ仲間内でも不評を買っていた。上役《うわやく》にはもみ手《で》をし、下役《したやく》や軽輩には居丈高《いたけだか》になる男だった。

悪いことに小泉はそのころから佐紀にしつこく懸想《けそう》していた。しかし佐紀が縁づいたのは、檀上《だんじょう》龍之介だった。

そんなこんながあり、龍之介は小泉のことをわずらわしい小物《こもの》としか見ていなかった。まさか小泉に再嫁していたとは……。

「高柳道場の師範代《しはんだい》であった佐紀どのの父御《ちちご》に頼みこんで、嫁取りしたそうだ」

佐紀の父親は藩内での政治姿勢の違いから、龍之介に対して良い感情を持っていなかった。離縁してほっとしたというのが真情だったにちがいない。

佐紀の父親と同じ派閥に属し、藩の実力者からの受けもよく、しかも良家の子息である小泉ならばと思ったのであろう。

「ところが」

と久野はふたたび口を開いた。

「その小泉とも離縁になっての、江戸に来て料理茶屋につとめておるそうじゃ」

龍之介はめまぐるしく変転した佐紀の人生に思いをめぐらし、二の句が継げなかった。

「小泉は酒癖が悪うての。かつてのおぬしとの明け暮れに嫉妬《しっと》し、くどくど嫌味を言うては佐紀どのを打擲《ちょうちゃく》したそうじゃ。佐紀どのはほうほうの体《てい》で実家《さと》に戻ったが、やがてそこにも居づらくなり、江戸におる縁者を頼ったと聞いておる」

「……………」

「わしもまだ行ってはおらぬが、柳橋の［やなぎ屋］という高級料理茶屋におると聞いた」

龍之介の頭の中はひどく混乱していた。この五年の間におのれも苦労をしたが、佐紀は比較にならぬほど塗炭《とたん》の苦しみを味わってきたのだ。

愛しながらも引き裂かれるように別れた佐紀のことを思うと、胸ふたがるようで、部屋を満たす静寂が耐えきれぬほど重くのしかかってきた。

＊　　＊　　＊

十日後、日本橋本石町《にほんばしほんごくちょう》にある長崎屋を訪ねると、当主の源右衛門は我夢乱《がむらん》と龍之介を奥の小部屋に案内した。

「いや、檀上《だんじょう》どのはたいへん運のお強いかたでございますな」

そう言って、長崎屋源右衛門はあごを上げ、呵々大笑《かかたいしょう》した。阿蘭陀人《オランダ》とつきあいがあるせいか、龍之介には源右衛門の挙措動作《きょそどうさ》がやや大げさに見えた。

「やにわに蒸留器を所望《しょもう》されても、通常ならば、おいそれと購《あがな》うことはむずかしゅうございます」

太い眉をあげ、両手を広げて肩をすくめる。

「しかるに諸方に手づるを求めてみますと、大坂の阿蘭陀宿、長崎屋辰吉《たつきち》さんのところにちょうど手ごろな蒸留器がございました」

「なんと」

龍之介が思わず眼をみはって一拍おいた。「まことでござるか？」

「いかにも、でございます」

源右衛門は自信たっぷりに深くうなずく。

「いや、僥倖《ぎようこう》、僥倖」我夢乱も手をたたいて喜ぶ。

「大坂長崎屋では二年前阿蘭陀商館長《カピタン》が立ち寄った際に、銅《あかがね》の蒸留器の用命を受けておったそうにござります」

源右衛門によると、大坂の住友《すみとも》某《なにがし》という男が銅の製錬をやっていて、阿蘭陀商館長《カピタン》は江戸参府の途中、必ず製錬所に立ち寄るのだという。阿蘭陀商館長《カピタン》はその技術をいたく気に入り、母国で愛飲した蒸留酒を長崎で造れぬものかと、蒸留器製造を住友に打診していた。

「住友は図面をもとに蒸留器をつくったのですが、阿蘭陀《オランダ》商館の掛かりが減らされて購えなくなり、蒸留器はそのまま蔵に置いてあるそうにございます」

「なるほど、そういうわけか」

龍之介は納得して、うなずいた。

「蒸留器というのは銅がいちばんよろしいそうです」

「それはなにゆえじゃ？」

陶製の蘭引《らんびき》で蒸留したことのある龍之介は、疑問を口にした。

「銅は熱が伝わりやすく、不快なにおいのない上質な酒をつくれるそうにございます」

「金物《かなもの》なら何でもよい、というわけではないのじゃな」

「はい。阿蘭陀ではなべて銅で作るそうで。わけても人気なのがジュネバ（ジンの原型）という蒸留酒にございます」

「その酒は何からできるのか？」重ねて訊いた。

「大麦などを蒸留し、杜松《ねず》の実の香りをつけておるようで。はじめ薬として熱病治療に使われたそうにございますが、あまりに美味ゆえ、酒として飲みはじめたとか」

「いずこの国も酒飲みは同じじゃ。酔えるものならば何でも飲もうとする」

と我夢乱が笑い、「そのジュネバ、長崎におるときに一度振る舞われたが、樟脳《しょうのう》のごときにおいがして、どうにも口に合わんかった」

「ぶどう酒を蒸留したブランデヴェインというものを手前はいただきましたが、こちらは上等の酒でございました」と源右衛門。

「しかし……銅の蒸留器、値が張るであろうな」

龍之介は恐るおそるたずねた。

源右衛門は大仰《おおぎょう》に手を振る。

「久野様もこちらの我夢乱先生も旧知の仲。精一杯勉強させていただきます。大坂長崎屋としても売れぬものを抱えているよりは、売り先ができてかえって喜んでいるのではと推察いたします」

「それは心強き言葉」

まことか、この商人めと思ったが、龍之介はおもむろにうなずいた。

「して、大坂から運ぶとなると、時日を要するであろう。当方としては九月から酒造りを始めるゆえ、蒸留器の到着は早ければ早いほどありがたい」

「そうですな」

源右衛門は難しい顔になる。「何やかやと手数《てかず》がかかりますゆえ、船で運ぶとはいえ、ひと月ほどお時間をいただければ」

「となると……江戸に着くのは八月下旬か?」

「はい。野分《のわき》さえ来なければ大丈夫かと存じます」

源右衛門は、しかとうけたまわってござります、とうなずいた。

＊　＊　＊

蒸留器入手の目途《めど》がつき、小次郎は龍之介とともに久野《くの》兵衛《ひょうえ》に御礼のあいさつに向かった。庭を見わたす部屋に通され、生い茂る松のみどりと白砂の彩《あや》なす光と影を眺めるうち、久野が足音高くやって来た。

「いや。じつに重畳《ちようじよう》」

襖《ふすま》をあけるが早いか、明るい声で言いはなつ。

まずは面《おもて》を上げよという声でふたりが平伏から直ると、邪気のない笑みを浮かべ、久野が端然と坐っていた。

「そのほうが山屋小次郎か」鋭い眼光を向けてくる。

小次郎はその眼をまっすぐに見つめかえした。

「なかなか良い面構《つらがま》えじゃ」

「こたびはまことにありがたき幸せに存じます。おかげをもちまして、いままでになく上質の酒を醸《かも》すことができることと存じます」

「そうか。おぬしは灘《なだ》から来たそうじゃが、福山藩で定評のあった檀上《だんじよう》の技も加味される。生まれる酒を楽しみにしておるぞ」

ふたりは再び平伏した。

「わかった、わかった。たびたび平伏せずともよい」

と手で制し、「わしはかたくるしいのは得手でない。ゆるりといたせ」

久野がほがらかな声音で言う。

小次郎はひとを逸《そ》らさぬ笑顔を浮かべ、

「では、お言葉にあまえて」

いけしゃあしゃあとすぐさま膝をくずした。久野に対して畏《おそ》れ入らない小次郎に、龍之介は驚愕《きょうがく》した。

「慎みなされい」

身が縮まる思いで、おもわず小声でたしなめた。

「いいじゃないですか、久野さんがそうおっしゃってるんだから」

小次郎が、口をとがらす。

「そうじゃ、その通りじゃ」

久野が笑みを浮かべて言葉を引きとった。赤子のように素直な小次郎をいたく気に入った様子だ。

「わしも胡座《あぐら》をかこうかの。人間、楽がいちばんじゃ」

「そうです、お酒も身心をやわらげるためにあります」小次郎がにっこりする。

「然《しか》り。良いことを言うの」

とりあえず久野との対面は予想以上になごやかな雰囲気ではじまった。

やがて女中が盆に提子《ひさげ》と盃《さかずき》をのせて、しずしずと運んできた。

「一つまいろう」

そう言って、久野が朱塗りの盃に酒を注いでくれる。

盃からは胸のすくような芳香が漂ってきた。

口をつけると、切れがよく、しかもコクがある。さらさらとした辛口だが、ほのかな甘みもあり、上品な酸味も感じる。円《まる》いうま味もある。早春のふきのとうのような爽やかな苦みも感じる。

飲んだ後には、味わい全体が蛍のあえかな光のようにすーっと消えていった。

――まるで水のようだ……。

「おぬしら、この酒はどうじゃ？」久野が身を乗りだして訊いてきた。

「この酒は当世流行《はや》りの灘の正宗《まさむね》でしょう」

小次郎は確信にみちた声で言った。

「最上の酒ですな。この飲み口は灘以外には考えられませぬな」

龍之介は何度も試し飲みをしてこたえた。

久野は、さもあろうな、と含み笑いをした。

「これほどの酒は、灘酒と誰もが思うであろう。されど、下り酒にはあらず」

小次郎も龍之介も意外な答えにおどろいて、久野を見かえした。

「ふ、ふ。これは江戸の酒じゃ」

「土地《ところ》の酒？」小次郎はおもわず坐りなおした。

「江戸桜《えどざくら》じゃ」

「なんと」

龍之介が目をむいた。小次郎も怪訝《けげん》な顔をする。

ふたりの顔を見くらべるようにして、久野はおもむろにうなずく。

「上撰《じょうせん》江戸桜というそうじゃ。丹波屋の若旦那が手ずからここまで運んできよった」

昌輔《しょうすけ》め……と思ったが、何食わぬ顔をしたまま、

「上撰なんて銘柄があるんだ。いままで聞いたことがなかったな」

小次郎は首をひねった。

「江戸桜は［さくら屋］で売る酒とは銘柄を違《たが》えて売っておるのだな」

龍之介が腕組みして言う。

「そのほうらも瞠目《どうもく》したであろう」

久野兵衛が口をはさんだ。

「丹波屋はちまたで受ける水割り酒のみならず、上質な酒も造っておる。この上撰江戸桜は、諸大名、大身旗本《たいしんはたもと》や大商人などに贈答しておるそうじゃ。高級酒ゆえ、そういう者しか飲めんわけだ。ところでこの江戸屋敷に馬渕孫之進《まぶちまごのしん》という次席家老がおっての。丹波屋昌輔はその馬渕と親しいらしい」

「あの勘定組頭《くみがしら》だった馬渕どのでございますか？」

龍之介の身体が一瞬かたまった。

うむ、と久野兵衛はかすかに眉をひそめた。

龍之介は福山藩《ふくやま》士時代、勘定方《かた》で藩造酒を管掌していたが、造りをになう酒屋・備《びん》後屋《ごや》と癒着《ゆちゃく》しているというあらぬ風説を流されて失脚した。

備後屋に替わったのは、競合である瀬戸屋《せとや》だったが、その瀬戸屋から賄賂《わいろ》をもらい利権を得たのが、当時の龍之介の上役《うわやく》・馬渕だった。

そのことは龍之介の耳にも確かな筋から入っていた。馬渕さえいなければ、龍之介の離縁や致仕もなかった。龍之介は馬渕孫之進にはめられたのだ。

馬渕と丹波屋昌輔が近しいという消息はじつにきな臭い、と龍之介は感じた。

しかし、再びおのれの人生に彼奴《きやつ》がからんでくるとは、いかなる巡り合わせか……。

久野は馬渕についてそれ以上語らず、小次郎の方に顔を向け、話頭《わとう》を転じた。

「そのほうは、上撰江戸桜の売り方についていかが思う?」

問われた小次郎は、失礼しますと言って、あらためて酒を口にふくんだ。

「たしかにこれは美味《うま》い。これだけの酒を飲むとなると、居酒屋あたりでは目の飛び出るような値になり、滅多なことでは飲めないでしょう。でも飲めなければ飲めないほど、『美味い酒だ』という幻は大きくなりますよね」

「そこじゃ、丹波屋が狙《ねろ》うておるのは」

と龍之介が膝を乗りだした。

「上撰江戸桜はとびきり美味いという噂が富貴大身《ふうきたいしん》から次第に下々に降りて、やがてのどから手が出るほどほしくなる」

「ところが上撰はおいそれと飲むわけにいかない。いつもの手ごろな江戸桜を飲みつつ、そこに夢を託す。そして江戸桜という銘柄の印象はよくなる……」

小次郎は、自分の言葉を確認するように何度もうなずいた。

「おぬしらの掛け合い、じつに面白い。ふたりはなかなかの配合じゃ。さだめし美酒を造るであろうぞ」

そう言って、久野が高笑いした。

「檀上《だんじょう》。おぬしが馬渕に含むところがあるのは知っておる。馬渕はわしに次ぐ家老職。どうも陰でわしのことをあれこれ申しておるようじゃ」

久野は膝の上で扇子《せんす》をぱちんと鳴らして、語りはじめた。

　　　　　＊　　　＊　　　＊

馬渕と久野は、もともと政治信条が真っ向から対立している。

福山藩では昨年、藩主が五代・阿部正精《あべまさきよ》にかわり、いまは公儀の奏者番《そうじゃばん》もつとめている。

前藩主は老中《ろうじゅう》にまで上りつめたが、いまの藩主にも早い出世をのぞむ家老や年寄がいる。中にはあらゆる手を使って、幕閣入りを画策する者もいるそうだ。

その筆頭格が主席家老・倉田外記《くらたげき》。馬渕はその倉田の片腕である。

目的のためには手段を選ばぬ馬渕は、多額の賂《まいない》を使って幕閣入り工作をしているらしい。久野は間者《かんじゃ》をはなって、その情報をつかんでいた。

自らの政治信条を通すためには悪計もいとわぬ倉田一派に対し、久野は以前から強く反発してきたという。

久野は藩主・阿部正精が老中になれるかどうか、それは実力次第だと思っている。金を使って早々に昇進したとしても、周囲の反発をまねくだけで、かえって正精のためにも藩のためにもならぬというのが、久野の信念だった。

「馬渕はまいないの資金が足りぬと始終ぼやいておるらしいが、そこにつけ込んだのが丹波屋じゃ。なんとかいたしましょうと耳もとで囁《ささや》いたらしい」

「その金を馬渕にわたして、丹波屋は何を得ようとしてるのだろう」

小次郎がつぶやくと、久野が冷静に言った。

「丹波屋の上撰を藩造酒に仕立てるのではないかの」

「なにゆえ福山の酒をわざわざ丹波屋に?」

龍之介が眉をひそめる。藩造酒を管掌していた身としては、あれだけの上質酒を公儀に贈答せぬのは納得できない。

「そこよ、檀上」久野が扇子で膝をうつ。「馬渕が江戸に来たのは半年前。勘定方在職のころ、二年立て続けに酒造りに失敗しよった」

「と申しますと、ことし公儀に献上する酒は質が悪いと」

龍之介の言葉に、久野がうなずく。

「……?」小次郎は首をかしげた。

久野が小次郎に向きなおる。

「藩からは毎年公儀に酒を贈っておる。他藩でも同じじゃ。酒の良し悪《あ》しは藩の評価につながる」

龍之介が久野の言葉をひきとった。

「馬渕には良酒を造る使命があった。されど失敗《しくじ》ったがゆえ、いまもその責務を果たさねばならぬということですな」

「しかり。ことしこそ上質の酒を、と倉田から厳命されておる。しかも倉田は底意地が悪い。よりによって馬渕を同年で宿敵でもあるわしの下につかせた」

久野はにやりとし、銀煙管《ぎんぎせる》を取り出した。

「丹波屋は自らの蔵では酒をそれほど造れず、灘酒を仕入れて調合しています。ですから調合にかけてはお手のものでしょう。灘酒を混ぜ合わせて上撰にし、福山藩造酒にすることは容易です」

小次郎が言うと、久野がうなずき、「その藩造酒、良きものになるであろうの」

冷ややかに笑って続けた。

「丹波屋の目的は、第一に、福山藩の酒造りに食いこみ、おのれの酒の評判を上げること。第二に、倉田一派のために金子《きんす》を用立てて恩を売り、藩のそのほかの利権を得ようとしておるのであろう」

久野はそう言うと、胸深くまで吸い込んだ紫煙をゆったりと吐きだした。

十八

朝ごとに咲くあさがおの数も減り、空がすこし高く感じられるようになった頃、大坂長崎屋から購入した銅《あかがね》の蒸留器がすえつけられた。

杜氏《とうじ》の清兵衛をはじめとする蔵人《くらびと》、半三郎、小次郎、番頭の新太以下、商いの者全員は、蔵に祀《まつ》られた松尾《まつお》さまに手を合わせ、良酒が生まれることを祈願した。

杉の香りただよう蔵の中で、清兵衛は一同を前にして口を開いた。

「ひとも道具もそろった。いよいよ来月から酒造りをはじめる。わしからまず言っておきたいのは『酒はひとが造るものにあらず』ということじゃ。この蔵に昔から棲《す》むかびたち、そして杉から生まれた道具たちと共に造り上げていくのじゃ」

風にそよぐ柳を思わせる清兵衛の発する言葉は、心にやわらかく染みこんでいく。

「酒の神さまは清い所にしか降りてこられん。蔵を常に清潔にし、道具はきっちり片づけよ」

清兵衛は皺《しわ》だらけの顔に淡い笑みをたたえて言う。

山屋《やまや》の者たちそれぞれがしっかりとうなずいた。

「さて。いろんな顔ぶれがそろったが」

そう言って、一同を見まわす。

「何があろうと喧嘩《けんか》はご法度《はっと》じゃ。神さまは喧嘩を嫌う。神さまが不機嫌になられると美味《うま》い酒はできん。蔵にいるかびも逃げていく。蔵に入ったら顔だけでもにこにこやってくれ。笑顔で心も和らぐ。酒は和らぎの飲みものじゃ」

その日の午後、大八車《だいはちぐるま》が土ぼこりをたてて何台も山屋に横づけされた。たくさんの米俵が降ろされ、吞海《どんかい》たちが車力《しゃりき》とともに米置場に運びこむ。清兵衛がどぶろく造りをしていた駒井村《こまいむら》で米を精白し、山屋に持ってきたのだ。

その様子を見ながら、半三郎は首をかしげた。

「どうしてわざわざ多摩川《たまがわ》あたりで精白せねばならんのかね」

「灘《なだ》の酒造りを念頭においているからです」と小次郎。

「……？」半三郎は眉根を寄せる。

「灘酒は地廻り酒にくらべて、ずっと精白度が高いんです」

「すると、どう違ってくるんだい」

「米は磨けば磨くほど、酒の雑味《ざつみ》がなくなります」

「駒井村とはどう関わる？」

「灘酒は水車で精白され、米が磨きこまれます。多摩川や野川《のがわ》には水車がたくさんあるんですよ」

小次郎は清兵衛と話しあい、灘に追いつくには水車精米だと思った。しかし市中にはそれほど水車がない。近郊で水車のある所はどこかと思案したとき、頭に浮かんだのは、駒井から猪方《いのがた》、和泉《いずみ》にかけての土地だった。

あのあたりは多摩川に沿って小高い段丘が続き、湧き水がほとばしり、水車が点在しているのだ。

清兵衛とともに小次郎、半三郎は運びこまれた米を確認しに米置場に向かった。積まれた俵から米を取り出し、清兵衛が手のひらに載せて二人に見せる。

「おっ、今までの米よりはるかに白いな」半三郎が驚きの声を上げた。「しかも粒もあきらかに円《まる》くて小さいぞ」

清兵衛がにやっとして、

「旦那、まずはここからです」

＊　＊　＊

その夜、嶋屋《しまや》の二階で、小次郎は新太、龍之介、海五郎と膝をつき合わせていた。新酒ができるまでに、世間をあっと言わせる売り込み方法を考えねばならない。

「『新しきこと、珍しきこと、面白きこと』と我夢乱《がむらん》先生は言うておった。わしらにとって新しきはこの酒。されど『珍しき』は何じゃろう？」

龍之介が盃を置いて問いかけると、新太がおもむろに口を開いた。

「先《せん》に若旦那が持ちかけたお話ですが、造り酒屋が店先で飲ませるのは『珍しきこと』ですね」

――新太はおれの意見に反対したはずだったが……。

「あのときと考えが変わったのか？」小次郎は首をかしげた。

「へえ。すこし思案したんですが、居酒屋を小さくして常に客であふれるようにすれば、行列に並ぶ心持ちってやつで、かえって評判を呼ぶんではと。店に立つ者も少なくてすみますし」

「小さい居酒屋か……妙案だな」

「ん？　どういうことじゃ」龍之介と海五郎が視線を向けてきた。

「山屋の店先をうちの樽酒が飲める直売居酒屋にしたいんだ」

小次郎は、新太に打ち明けた秘策を二人に開陳《かいちん》した。

「いかさま。世阿弥《ぜあみ》の言葉にぴったりじゃ。されど豊島屋《としまや》の真似ではないか」

龍之介が、小次郎に眼をすえた。

「何にしても『まなぶ』は『まねる』から始まる。おれたちはまだ新参者。ほかの商人の良いところは真似るんだ。ただし豊島屋は下り酒だが、うちは眼の前で生まれたばかりの土地《ところ》の酒だ」

小次郎は毅然《きぜん》と言いはなった。

「新酒を蔵で飲めるとなれば、客にはたまらぬの」龍之介がうなずく。

「豊島屋では力自慢の人足《にんそく》たちが、店先で樽を鞠《まり》のように転がしては蔵におさめている。町衆は『豊島屋の樽ころがし』と囃《はや》したて、そりゃあ人気だ。うちもそういうことを考えてはどうだ」

小次郎が矢継ぎ早に案を出すと、海五郎が手をうった。

「山屋には三味線弾きの音吉《おときち》も、願人坊主《がんにんぼうず》の呑海《どんかい》も、軽業《かるわざ》をやっていた清次《せいじ》もいるよ。わんも手伝えるよー」

そう言う海五郎自身、琉球の歌三線《うたさんしん》の名手である。

「いくら酒質が良くても、その魅力を伝えないとお客には一顧《いっこ》だにされない。興味をもってもらうには面白おかしく伝えること。まずは引き札をつくろう。団扇《うちわ》も作る。川柳や狂歌に隅田川を詠《よ》みこんでもらおう。狂歌師や俳人にただで樽酒を配り、贔屓《ひいき》になってもらうのもいい」

おりふしに考えていた新機軸を小次郎が打ちだすと、一座の眼のいろが変わった。

「三勺枡《さんじゃくます》を景品として配るのはどうかね？」と海五郎。

「景品で枡か。そりゃあいい。『隅田川』の文字を焼きつけるんだね」

小次郎が大きくうなずいた。

「そうだ、これにも文字を入れてもらおうよ」海五郎は猪口《ちょく》を持ち上げた。

「われらの使う手ぬぐいにも『名酒隅田川』と染めるのはどうじゃ？」

龍之介がちょっと得意気に言う。

「酒を買えば、手ぬぐいがもらえるようにすればいい」と小次郎。

「粋な手ぬぐいなら、お客は手ぬぐい欲しさに買うこともあるさね」

海五郎が勢いこむ。

「手ぬぐいだけが欲しい人には、店先におみやげ所をもうけて買ってもらえばいい」

小次郎の言葉に、番頭の新太の顔つきが変わり、

「うちの手ぬぐいや法被《はっぴ》、猪口、三勺枡をおみやげで買ってもらうと、披露目《ひろめ》になるだけでなく儲けも入る。一石二鳥です」

珍しく高ぶった声になった。

そんな新太の顔を見ながら、小次郎はまた思いついた。

「俳人や狂歌師、戯作者《げさくしゃ》あたりは大旦那が親しい。その線をたどっていくと、版元《はんもと》や絵師、役者も近い。芝居の小道具として使ってもらったり、錦絵《にしきえ》の片隅に酒樽を描いてもらうように大旦那から頼んでもらおう」

十九

福山《ふくやま》藩江戸詰家老・久野《くの》兵衛《ひょうえ》から文《ふみ》が来て、龍之介は上《かみ》屋敷に出向いていった。

「先日はなつかしき話もできた。されど江戸酒を売るのも苦労が多いものよの」

「滅相《めっそう》もございませぬ」

龍之介は平伏する。

「檀上《だんじょう》。もう少しゆるりといたせ。あの小次郎を見なろうてはどうじゃ。あの男、

分水嶺《ぶんすいれい》を歩いてるようでいかにも危なっかしい。されど見ていて大いに興がわく」

そう言って煙管《きせる》に火をつけ、紫煙《しえん》をくゆらせた。

「あれからなにかと思案したのじゃが、いかにも山屋《やまや》は難儀の様子。おぬしのために、このわしにできること、他になんぞなきかと思うてな」

「もったいないお言葉にござります」

「国元で描いた酒造り、中途で断念せねばならなかったおぬしの悔しき思い、ようわかる。わしが病に臥《ふ》しておらねば、おぬしへのいつわりの風評を防げた。わしはおぬしに借りがある。それを返さねばならぬ」

「丹波屋《たんばや》が福山藩の藩造酒を造るなど、言語道断と存じまする」

「そうよの。馬渕孫之進《まぶちまごのしん》には嫌なにおいがつきまとうておる。あやつの腐った魚のごとき眼を見るだけで反吐《へど》が出る。丹波屋との線は面妖《めんよう》じゃ」

「馬渕の尻尾《しっぽ》をつかまえたい、ということでござりますか」

「しかり。丹波屋と福山藩のつながりを断たねばならぬ」

「では、贈答酒をこの機にわたくしども山屋に指名されてはいかがでござりますか」

「うむ。そこよ」

と久野がにやりとして続けた。

「馬渕は上撰江戸桜を藩造酒とし、公儀や諸大名への贈答に使おうとしておる。そこを断つ」

「……」

「その代わり、新しき隅田川を贈答に使うというのはどうじゃ。ま、それも出来ばえが良ければの話じゃがの」

そう言って、久野があかるく笑った。

龍之介は瞠目し、

「ありがたき幸せに存じます。山屋一同、喫驚仰天《きつきようぎようてん》いたしまする」

「山屋とわしら福山藩改革派との利害は一致しておる」

「敵は同じ、ということにござりまするな」

「おぬしの積年の怨《うら》みをはらそうではないか」

「ご家老に降りかかる火の粉《こ》も払いましょう」

＊　　＊　　＊

そんなおり、かわら版屋だった早耳の清次《せいじ》から、丹波屋の当主《あるじ》・市兵衛《いちべえ》が大八車に轢《ひ》かれて亡くなったという知らせが入った。

表茅場町《おもてかやばちょう》の霊岸橋《れいがんばし》近く、夕方の混み合った道で起こった事故だという。

競争相手とはいえ、かつて丹波屋はそれほど貪欲なやり方はしていなかった。山屋とも険悪な関係でなく、下り酒に対抗するという共通のこころざしがあり、山屋半三郎と丹波屋市兵衛は寄合《よりあい》では親しく話をかわす間柄でもあった。

「近ごろ丹波屋さんはずいぶん変わってしまったね。市兵衛さんは懐の深いひとだったのだがね」

と半三郎はつねづね小次郎に言っていた。

安酒を売る［さくら屋］を矢継ぎ早に何店もつくったり、弱り目の山屋から杜氏《とうじ》や蔵人《くらびと》を引き抜いたり、このところの丹波屋のあくどいやり方には半三郎も首をひねっていた。

「しかし江戸の酒仲間にとって、惜しいひとを亡くしてしまった……」

市兵衛の訃報に接し、半三郎は悄然と肩を落とした。

「丹波屋は名実ともに婿養子の昌輔《しょうすけ》が牛耳《ぎゅうじ》ることになりますね」

と小次郎が言うと、半三郎も憂鬱《ゆううつ》そうな顔でうなずいた。

「市兵衛さんは、地廻り酒問屋の今津屋《いまづや》さんの車に轢《ひ》かれたそうじゃないか」

半三郎が困惑気味に訊《き》いてくる。

「面倒なことが起こらなければいいのですが」

小次郎がくぐもった声でこたえると、半三郎も渋い顔でうなずいた。

翌日、半三郎は市兵衛の葬儀のあった寺から、並木町の山屋まで鼻息荒く帰ってきた。

「なんだ、あの昌輔という男は」

珍しく吐き捨てるように言う。

「まあまあ、いったい何があったのですか」

居間でおちよが着替えを手伝いながら取りなすように声をかけた。

居合わせた小次郎も半三郎の剣幕におどろいた。

「焼香をし香典をわたしたその帰りぎわに、わざわざ昌輔がこちらに立ってきて……」

半三郎は言いかけ、怒りのあまり唇をへの字にして、おし黙る。

「で、昌輔が何か？」

小次郎が半三郎に顔を向ける。

「参列したわたしに礼も言わず、『もう義父《おやじ》の時代とは違《ちゃ》いますさかい、料理屋さんで扱《あつこ》うてるお宅さんの酒、ぜんぶうちに取って代わらせていただきますわ。容赦しまへんよってに』とせせら笑いながらぬかした」

あまりに無礼な言葉に、小次郎も開いた口がふさがらなかった。

山屋と干戈《かんか》を交えるというあからさまな意思表示だ。しかも先代の葬儀の場でそれを言いはなったのである。

「おまえのことも何やら言《ゆ》うておったぞ」

半三郎が小次郎に眼をすえた。

「居酒屋でさくら屋の男と立ち回りをしたそうだな」

「そういうこともありましたっけ」そらとぼけた。

「酒を飲んでの騒ぎはやめろ、とあれほど言っているのに。龍之介もおまえもすぐ手が出る」

「あのときは、龍之介さんは手出ししてません」

「そういうことを言うているのではないっ」

すみません、と小次郎は頭をさげる。

「市兵衛さんは若い衆にはよくあることと不問にしたようだ。ところが昌輔は『あたしは違《ちゃ》いますよってに。やられたら、やり返しますさかいな』とぬかした」

「……」

「わたしも昔は喧嘩っぱやかったが、あるとき、たわけたやつの両腕を折ってしまってからは、なるべく力で訴えぬよう心がけてきた。山屋は酒商い。酒と乱暴が結びついては困ると思ってきたからだ。しかし……」

と半三郎はひと呼吸おいた。

「降りかかる火の粉は払わねばならぬ。おまえも柔術から学んだ通り、何事も緩急《かんきゅう》自在《じざい》が肝要だ。昌輔とじかに話してよくわかった。あやつらをはびこらせてはならぬ。さくら屋の男との一件はゆるす」

「あ、ありがとうございます」

半三郎の思わぬ裁きに、居ずまいを正した。

「昌輔め。どんな言いがかりをつけてくるかわからん。用心にこしたことはない」

小次郎は背すじを伸ばし、

「……叔父さんに言っておかねばならないことが、もう一つあるんです」

ようやく落ち着きを取り戻した半三郎は、いつものおだやかな眼を小次郎にくれる。

小次郎が意を決して口を開こうとすると、

「和泉屋のおたかさんからの文だろ?」

さえぎるようにして半三郎が言った。

どうしてあの手紙のことを……。

「だいたい内容もわかる。和泉屋さんも義兄《にい》さんが亡くなられてからはたいへんだ。おたかさんと平助さんが自分たちの考えで進めていることだ。代替わりとはそういうことなのだよ。そのことを一番よくわかっているおまえに言うのも釈迦《しゃか》に説法だが」

小次郎はうまい具合に受け答えができずに黙したままでいた。

「いつだったか義兄さんと二人きりになったとき、『くれぐれも小次郎を頼む』と言われた。義兄さんは男らしいひとだったから言葉数は多くなかったが、おまえの行く末が心配でたまらなかったようだ。義兄さんは、おたかさん夫婦の性格もようくわかっていたよ」

「……………」

「義兄さんの遺言も、すべてを含んでのことさ。だからいずれ和泉屋から連絡《つなぎ》が入るだろうと、おおかた見当はつけていた。おまえから、『呆《ほう》けた半三郎はだませおおせましたよ』とでもおたかさんに言っておきなさい。すると、あちらもほっとして、江戸に下ってくることも当分なかろう」

二十

外はまだ暗い。蔵の裏庭の草むらからは、虫のすだく声がしきりに聞こえてくる。

ことしの夏は例年以上に暑く、しかも長かった。

酒造りに炎暑は禁物だ。春に火落ちを出したこともあって、小次郎は早く気温が下がってくれないかと気が気ではなかったが、九月に入ってようやく秋風を感じるようになった。

清兵衛の指揮下、夜も明けぬ八つ半（午前三時）から、蔵人《くらびと》たちは汗みずくになりながら一心に酒造りにはげんでいる。

こんどは決して失敗は許されない。

そのために、小次郎はじつはかねがね一つ秘策をもっている。

それはお凜を酒造りの一員に加えることである。

お凜は遠い土地の雨の香りを感じとり、やがて雷雨になることを予想できるし、鳥の声を聞くだけでその種類をすぐさま判別できる。幼いころは酒蔵の桶の中で泡立つ音を聞きわけていたそうだ。

実際に小次郎もお凜の鋭敏な感覚を何度か目《ま》の当たりにし、酒造りを手伝ってもらおうとひらめいたのだった。

ふつう酒造りに女性《にょしょう》がたずさわるのは禁じられている。しかし、もともと杜氏《とうじ》は刀自《とじ》。家事をつかさどる婦人を意味すると灘《なだ》の喜八《きはち》から聞いたことがある。

かつて酒は客にふるまうべくそれぞれの家で造られ、その仕事は女性が担っていたのだそうだ。

しかし蔵では重い桶《おけ》をかついだり、太い櫂《かい》で米をすり潰すという力仕事がほとんどだ。体力のない女性には不向きだから遠ざけられたのではないかと小次郎は思っている。

――女子《おなご》が酒造りに関われないのはおかしい……。

力を使わぬことをやってもらえばいい。利き酒や酒の沸き立ち具合の判断など、お凜の天才的な感覚を発揮できる仕事はたくさんある。

清兵衛にこのことを持ちかけると、一瞬、眼をしばたたかせて何か考えをめぐらせていたが、ひと言「面白い」と言ってくれた。

「『新しきこと』『珍しきこと』じゃ。わしの傍《かたわ》らで耳と鼻と舌を助けてもらおう」

＊　＊　＊

磨いた米を洗い、水を含ませ、大きな甑《こしき》で蒸し上げる。蔵の中は蒸気と熱気でむんむんし、蔵人は全員ふんどし一丁だ。

しかし近眼《ちかめ》のお凜にはそんな男たちの姿はまるで気にならない。

頃あいを見はからって、清兵衛が合図をすると、釜屋の海五郎が甑のふたを開け、中をのぞき込む。

海五郎が蒸《む》し米《まい》をひと握り取り、「サバケがいい」とつぶやいて、手のひらの上で米を押しつぶし、平たいひねり餅にする。そして杜氏の清兵衛に手わたした。

清兵衛はひねり餅をさらに薄く伸ばし、手ざわりや伸び具合を調べる。光に透かして蒸し米の透明度も確認した。

海五郎は蒸し米をこんどはお凜に――。

お凜も清兵衛と同じ所作《しよさ》をし、「手にくっつかないわ」と言って、次に香りを確認する。そうして、「いい香り」と清兵衛に向かって微笑む。

蔵の中は立っているだけでも身体《からだ》じゅうから汗がふきだすくらいだが、お凜は爽やかな小川のほとりにいるように涼しげだ。

清兵衛はお凜に向かってうなずく。

米の状態が良いのとお凜の感覚が正しいこと、その両方に満足しているようだ。

「よし、甑《こしき》とりを始めるぞ」

清兵衛はおごそかに命じ、ひねり餅を松尾さまに供えた。

＊　＊　＊

やがて「もろみ」造りにうつったが、春の火落ちはこの工程でおこった。米蔵《よねぞう》には一生忘れられない屈辱の経験である。

いま米蔵の頬はげっそりと肉が落ち、眼光だけが異様に鋭くなっていた。

酒造りが始まってからは小次郎も龍之介も杜氏以外の蔵人は全員、大きな座敷で寝泊まりしていたが、米蔵が夜中に幾度も寝床をぬけ、もろみの様子をあらために行くのを小次郎は知っていた。

米蔵はもともと言葉数が少ないが、もろみ造りに入ってからは眉間に皺を寄せたまま ひとことも口をきいていない。神経が高ぶり、毎日ほとんど寝ていないようだ。食事は湯漬けを一杯食べるだけ。ただ意地だけで生きているように見えた。

米蔵がぴりぴりするのはわかるが、彼ひとりにその荷を負わせるのは忍びがたい。かといって余計な口をはさんで、米蔵の矜持《きょうじ》を傷つけてはいけない。

小次郎は米蔵がうつらうつらする時間を見はからい、息をするように発酵を続けるもろみをお凜とともに見回りに行った。

お凜は大桶《おおおけ》をのぞき込み、胸いっぱいに酒気《しゅき》を吸いこむと、手を差し入れてはもろみの温度や粘りをはかった。

そんなこととの続いたある朝、米蔵は清兵衛とともに大桶に立てかけた梯子《はしご》に上って、泡の状態を確認した。

梯子の下では小次郎とお凜がふたりの様子を見まもっている。

「杜氏《おやっ》さん。これで何とかなります」

桶の中をのぞき込みながら、米蔵がぼそっと口を開く。

ひと月ぶりに聞く米蔵の声だ。

「うむ」

清兵衛は眼をほそめて、大きくうなずいた。

二十一

できあがった「もろみ」を酒袋に入れ、重石《おもし》をかけて搾《しぼ》る「上槽《あげふね》」の工程がはじまった。たいへんな力仕事だ。筋骨隆々《きんこつりゅうりゅう》の呑海《どんかい》がこのときとばかり皆に発破《はっぱ》をかけて頑張っている。

最初に出てくるのは「あらばしり」と言われる薄い濁《にご》り酒。ぷちぷちと泡立ち、華やかな味わい。次いで、きれいで均整のとれた香味の「中汲《なかぐ》み」。最後は、かなりの力で搾《しぼ》った「責め」といわれる力強い酒である。

追い回しの清次《せいじ》は元かわら版屋だけに酒落《しゃれ》のめしながら仕事をする。段取りを違《たが》えて謝るときは「申しわけ有馬《ありま》温泉」とおちゃらけ、龍之介が麹《こうじ》造りで悩んでいるときは「杏子《あんず》よりも梅《うめ》が安しですよ」となぐさめる。

「あらばしり」と「中汲み」の違いを小次郎から聞いたときには、「なるほど、なるほど。世の中は澄むと濁るで大違い。刷毛《はけ》に毛があり、ハゲに毛がなし、ですもんね」と納得し、ぴりぴりした空気をやわらげるのにひと役買っている。

さて――。

酒を造るとき、普通は「あらばしり」「中汲み」「責め」を混ぜ合わせるが、小次郎はまず「あらしばり」だけを「隅田川新酒あらばしり」というこの季節限りの酒として売り出すことにした。

「あらばしり」はいままで酒関係者以外は飲めない特別な酒だった。しかし少々値が張っても、初もの好きの江戸っ子にはきっと受けると思ったからだ。

小次郎は山屋の玄関に青々とした酒林《さかばやし》を吊り下げ、店先の立ち飲み屋に「新酒あらばしり」の樽酒を置いて、原価で提供することにした。

そして、元かわら版屋・清次の親しい版元に「見たか飲んだか、隅田川のあらしばり。いよいよ発売。ますます美味なり」という記事を書いてもらい、辻々《つじつじ》で元三味線弾きの音吉《おときち》とともにそのかわら版をまいた。

効果はてきめんだった。山屋に無類の酒ができたという噂はまたたく間に広がった。

「新酒のあらしばりがおれたち素人《とうしろう》も飲めんだってよ」

「しかも水割りなしの原酒だぜ」

「量も限られてるそうだ、今しか飲めねえ」

噂は燎原《りょうげん》の火のごとく、口から口へと伝わり、とてつもない人気を呼んだ。店先には長蛇の列ができ、またたく間に売り切れてしまった。

だが、小次郎にとって、これはほんの小手調べだった。

最も肝心なのは、「新しい隅田川」の売り出しである。そのためには「あらばしり」「中汲み」「責め」の三種を良い比率で混ぜ合わせねばならない。

まだお客に提供していないのが「中汲み」と「責め」だが、「責め」は辛くて強く、えぐみや尖《とが》りもある。この扱いはめっぽう難しい。

「よし。焼酎造りには、責めを使う」

清兵衛はきっぱり言い、蒸留担当の海五郎《うみごろう》も賛成した。小次郎にも龍之介にも否《いな》やはなかった。

＊　＊　＊

海五郎が先頭に立って蒸留をはじめると、清兵衛と小次郎、我夢乱《がむらん》、龍之介そしてお凜が蒸留器の周りにあつまった。

蔵の高窓から入る光を受け、蒸留器は美しい銅《あかがねいろ》色にきらめいている。優美なたたずまいは湖をただよう白鳥のようだ。

長崎遊学の長かった我夢乱でさえ、このように形のととのった蒸留器は見たことがないと言い、清楚でりりしいその姿に、思わずため息をもらした。

呑海や清次が新酒の「責め」を蒸留器に運び入れ、釜の下にたくさんの薪を積み上げる。火をおこすと、やがて蒸留器の中でぐつぐつと煮えたぎる音がしはじめた。周囲の温度がぐっと上がり、海五郎は手ぬぐいで幾度も汗をぬぐっている。

祈るような気持ちで四半刻《しはんとき》（三十分）ほど経つと、透きとおった液体がぽたり、ぽたりと桶《おけ》に滴《したた》り落ちてきた。しずくの一粒一粒が虹色《にじいろ》の輝きをはなっている。

神々《こうごう》しい液体をつくる実感が胸の底にわいてきた。

海五郎は厳しい目つきで、高く香りたつ液体を一心に見つめている。にじみ出る汗のような蒸留酒のしずくに、皆の眼は釘づけになった。

「爪哇《ジャワ》のアラックという蒸留酒を飲んだことがあるが、アラックとは汗のことだと聞いた。まさに清酒の汗が焼酎になっていくのじゃな」

我夢乱が感心するうちに、しずくの落ちる速さが増していった。

海五郎は眼をつむって桶に顔を近づけ、その嗅覚《きゅうかく》を十全に発揮させて香りをきく。

やがて大きくうなずくと、小さな柄杓《ひしゃく》で透明な液体を利き酒用の「蛇《じゃ》の目猪口」に入れ、清兵衛に差しだした。清兵衛はそれをくるくる回して香りをきいた後、液体を口にふくむ。

ひゅるるという音をたてて口の中で空気を混ぜ合わせ、あらゆる角度から味を点検する。そして表情を変えず、かたわらに立つお凜に猪口を手わたした。

お凜は猪口に鼻を近づけた瞬間、

「お米のまるい香りがするわ」ふっと微笑んだ。

「いかにも、な」清兵衛も口の端を上げる。

お凜から猪口を受けとった小次郎は華やかな香りときれいな味わいに眼をまるくし、この焼酎だけで売物《うりもの》として成り立つし、柱《はしら》焼酎としても間違いないと確信した。

二十二

小次郎は柱焼酎を入れた新酒を配って、皆を見わたした。

「さあ、遠慮なく意見を言ってくれ。長い目でみて、それが山屋《やまや》のためになる」

自分たちの酒だからと依怙贔屓《えこひいき》せず、酒の良し悪しを判断してほしい。手直しできる今の時点で、冷静に酒の良否を評価せねばならない。

ひと息に酒を飲みほした呑海《どんかい》は、

「気骨のある酒になりましたな」どんぐり眼《まなこ》をしばたたかせた。

「こりゃあいい。剣菱《けんびし》に負けないきりっとした切れ味が出やしたぜ」

元かわら版屋の清次が真剣な面差《おもざ》しで言う。話しぶりにいつもの軽薄さはない。龍之介も海五郎も酒の味に悦に入っている。

予想以上の高評価に小次郎は清兵衛と顔を見あわせ、我が意を得たりとうなずいた。

しかし、食べものに合わせたときはどうか。

冷やと燗《かん》でも味が変わる。実際に客が味わう居酒屋で飲みくらべ、食べ合わせをやらねば、ほんとうのところはわからない。

ならば嶋屋《しまや》がいい。主人《あるじ》の吉太郎は遠慮なくものを言うし、客にも飲んでもらい、素直な意見を聞かせてもらおう。

その夜。

小次郎と龍之介、海五郎、番頭の新太は深川元町《ふかがわもとまち》の嶋屋の暖簾《のれん》をくぐった。

例によって板場から吉太郎の威勢のいい声がかかり、奥の小上がりに向かう。

「小次郎さん」

飯台《はんだい》でやや猫背になって酒を飲んでいた女が振りかえって言った。

見ると、おみつだ。

「おや、どうした？」

一瞥《いちべつ》すると、連れはいないようだ。「ひとりなら一緒にどうだい？　ちょうど新しい酒ができたばかりでね、今夜はこいつらと試し飲みだ」

「あらっ。そんな晴れのときにいいんですか」

さきほどまでと打って変わって少女のような笑顔になった。

「さ、遠慮なんかしないで」

さらにすすめると、おみつははにかみながらも弾むような足どりで小次郎の後ろからついてきた。

＊　＊　＊

主人の吉太郎が新酒に合わせて出してきたのは、すずきの刺身だった。

すずきは江戸前を代表するいなせな魚。紡錘形《ぼうすいけい》の美しいなりは江戸のこざっぱりと涼やかな女を思わせる。せいご、ふっこ、すずきと成長するにしたがい名前が変わる出世魚でもある。

「縁起《えんぎ》も良いしよ、いまの季節の落ちすずきは絶品だぜ」

吉太郎の言葉に龍之介がちょっと首をかしげた。

「すずきは夏の魚ではなかったか？」

「たしかに旬は夏だ。けど秋になると、川に上ったのがまた海に帰る。この落ちすずきが脂《あぶら》がのって美味《うま》いんだ」

刺身の大皿を置きながら、吉太郎が言った。すすいで洗ったような、白く清らかな身が薄造りにされている。

小次郎は持ってきた一升徳利を開け、皆の猪口《ちょく》に注いでやった。それぞれ盃を上げた後、刺身に箸をのばす。

ちょっと甘みのある、淡泊で上品な白身に二杯酢と紅葉《もみじ》おろしが合っている。おもむろに酒で舌を洗う。渓谷《けいこく》のせせらぎのような酒がすずきの土っぽさを洗い流し、清涼の味に磨きをかけた。

次に出てきた塩焼きには柚子《ゆず》をしぼる。さかなの滋味深さがきわだった。

小上がりに坐りこんだ吉太郎に、

「どうだい。すずきの塩焼きと隅田川の相性は？」小次郎が酒を注ぎながら訊く。

「悪くないね」

「それって良くないってことか？」小次郎はむっとした。

「まあ、あせりなさんな。判をくだすのはまだ早いぜ」

こんどは湯豆腐が出てきた。小鍋に昆布を敷き、木綿豆腐を入れただけの単純素朴な鍋だが、よけいな飾りがないだけに、酒との相性は直截《ちよくせつ》にわかろうというものだ。

元豆腐屋の海五郎がはふはふと頰ばり、隅田川をクイッとやった。

「あい。これ、いけるよー。豆腐の淡い苦みと酒の腰の強さがぴったりさ」

じつは小次郎は豆腐との相性をいちばん気にかけていた。塩むすびで米の味がわかるように、豆腐は酒を知るにはうってつけだ。

おみつは亡くなった夫に餡《あん》かけ豆腐をつくり、夫はそれを肴《さかな》に隅田川を飲んでいたという。そのおみつが言う。

「前のお酒より、きりっとしてます。お酒が豆腐に染みとおっていきますよ」

追いかけるように、吉太郎が口を開く。

「たしかに酒品が良くなってる」

小次郎はようやく安堵《あんど》の吐息をもらした。

店の客にもべつの一升徳利を一本手わたして、好きに飲んでもらった。

「ほとんどの客はてっきり灘酒《なだざけ》だと思って飲んでたぜ」

しばらくして、吉太郎がほくそ笑んで教えてくれる。

「それは、大いにはげみになる」

龍之介が言うと一同深くうなずき、まずはひと山越えた印象を皆がもった。

＊　＊　＊

そうするうち、おみつが周りをちらりと見て、

「丹波屋《たんばや》さん関係のひとはお客にいませんよね」と吉太郎にたしかめた。

「あったりめえだ」吉太郎はきっとした顔になり、

「ひと月前、あすこの手代《てだい》が酔っ払ってグダグダからんできやがってよ。おめえら丹波屋は出入り禁止だと言ってやった。あいつら二度と暖簾をくぐらせねえ」

凄味《すごみ》のある笑みを浮かべた。吉太郎はむかし香具師《やし》をしていたこともあり、その筋とはいまもつながっている。

「じつは丹波屋の昌輔さん、このところたびたび「つるや」にいらっしゃるんです」

でした」

とおみつは声をひそめ、

「十日前、大店《おおだな》の旦那風の方とお見えになって。その方は何かとても怯《おび》えているよう
その夜、おみつは昌輔の席をまかされ、何度か座敷に入ったという。

「昌輔さんは『今津屋《いまづや》さん』と呼んで、丁重《ていちょう》にもてなされてました」

「今津屋……どこかで聞いた名だな」

龍之介が首をかしげる。小次郎はすぐにぴんと来た。

「丹波屋の先代、市兵衛さんを轢《ひ》いた大八車。あれが、たしか今津屋だった」

小次郎の言葉に、龍之介はかすかに眼をみひらいた。

「そうか。昌輔のことだ、他人の弱みにつけこんで何かたくらんでおるな」

「やつの義父が殺されたことで、償い金を取ろうとしているのかもしれないな」

小次郎が推しはかる。

「それですめばマシでしょう。もっとあくどいことを考えてるんじゃないですかね」

と番頭の新太が口を開いた。

「ほかにどんな手がある?」小次郎が訊く。

「今津屋そのものの乗っ取りです」新太がこたえた。

「まさか、そこまで……」

小次郎は笑いでごまかそうとした。

新太は、いや、と首を振って続ける。

「地廻り酒問屋の今津屋さんはこのところ商いがかんばしくありません。かなり借り入れがあるようです。うちもそうですが、地廻り酒は安売りでなんとか糊口《ここう》をしのいでいる具合です」

小次郎は、なるほどと首肯《しゅこう》した。

新太は小次郎に向きなおる。

「最近は地廻り酒問屋の合従連衡《がっしょうれんこう》が激しくなっています。儲けの出ない小店《こだな》は大店に呑みこまれるか、つぶれるかです」

「丹波屋は弱り目の今津屋に狙いをつけた？」

はい、と新太はうなずき、

「たぶんかなり前からでしょう。丹波屋は販路を広げるため、傘下《さんか》の卸《おろし》をできるだけ多く持ちたい。今津屋に金子《きんす》もかなり貸し付けているようです。事故にかこつけ乗っ取りをはかっていると、わたしは睨《にら》みます」

「新太さんの話で思い出しました」

とおみつが口をはさんだ。

「『うちの下なら楽できますえ。悪いようにはしまへんさかい』と昌輔さん、言ってました」

おみつの言葉に一瞬その場がざわめいた。

ややあって海五郎が猪口を置いて言う。

「清次がかわら版仲間から聞いた話を思い出したさね」

皆の視線がいっせいに海五郎に注がれる。

「あの事故の前、丹波屋の先代と今津屋の弥助《やすけ》が酒を酌み交わしていたようだよ」

「弥助……誰だ、そいつは？」

小次郎が酒仲間にくわしい新太に顔を向ける。

「今津屋の番頭です。主人の今津屋勘右衛門《かんえもん》が心だのみにして仕事をまかせていると聞いています」

「というと、じつのところ、弥助が今津屋を差配しているんだな」

小次郎が念を押すと、新太がうなずいた。

海五郎が再び口を開く。

「事故当日、その弥助は酒好きの丹波屋市兵衛さんを昼間から接待していたそうだよ。とびきり美味《うま》い越後《えちご》酒が入ったって誘い文句でね。市兵衛さんは酒好きではあるけれど、それほど強くはないらしい。つい飲み過ぎてしまったそうさね」

「それは誰から聞いた？」小次郎が訊く。

「柳橋の料理茶屋［やなぎ屋］の女中から清次が聞いたよ。その女中、清次の情女《いろ》さね」

やなぎ屋の名に、龍之介が肩をぴくりとさせたが、小次郎はそれには気づかず、にやりとした。

「さすがに元かわら版屋の清次。いろんなところに筋をもっているな」

「市兵衛さん、酒を飲んで帰るときはいつも駕籠《かご》を呼ぶらしい。やしが《でも》、その日はなかなか駕籠が見つからず、結局酔いざましに歩いて帰ることになったそうだよ」

「その帰り道に今津屋の大八車に轢《ひ》かれて亡くなった……」

小次郎が瞑目《めいもく》して考えをめぐらす。

やりとりを聞いていた新太が口をはさんだ。

「やなぎ屋は江戸酒にかぎっていえば、丹波屋の江戸桜《えどざくら》しか扱っていません。やなぎ屋と丹波屋は昔から強いつながりがあるようです」

「その夜、駕籠が見つからなかったというのはどうも解《げ》せんな。駕籠屋にとって、やなぎ屋は上客。何としても駕籠を用意するはずだ」

小次郎は首をかしげる。

「そこさね。やなぎ屋はわざと駕籠に乗せなかったんじゃないのかね」

と海五郎が推しはかった。

「駕籠を出さないことで、いったい誰が得する？　歩いて帰っていなければ、丹波屋市兵衛は大八車に轢かれることもなかった……」

そう言って、小次郎は腕組みしてむずかしい顔になる。

「それは『駕籠に乗せずに歩かせるようにした』ということではないか」

と龍之介が引き取った。

「大八車で轢くために市兵衛を歩かせたのか」

小次郎は、はっと気づいた。「しかし、轢いたのは今津屋の大八車。そこんところは、どう考える？」

「今津屋がたまたま轢いたとは思えぬ。市兵衛を轢こうとたくらんだに相違ない」

龍之介が膝を乗りだした。

「じゃあ、なぜそんなたくらみを？」

「丹波屋市兵衛を今津屋の大八車で死なせることで、丹波屋は今津屋に大きな貸しをつくれると考えたのではないか」龍之介は言った。

「丹波屋昌輔が、今津屋に傘下に入るよう迫ったことと符合するさね」

海五郎が龍之介の意見に同意した。

「おそらく一連のことは昌輔が今津屋の誰かと通じあって謀《はか》った見込みが高いな」

小次郎が自分の考えを述べると、皆は大きくうなずいた。

「番頭の立場から見て、弥助はかなりの野心家ですよ」

新太が酒でのどを潤して、語りはじめた。

「弥助は主人・勘右衛門《かんえもん》のやり方では今津屋の将来はない、と見限ったのかもしれません。今後おのれが酒の世界で生きていくためにも、いま売り出し中の丹波屋昌輔とつるむのが得策と考えたんじゃないですかね」

「なるほど。弥助は主人を裏切って昌輔と組んだというわけか」と小次郎。

「弥助は呉服屋、薬種問屋などいろんな店を渡り歩いてきました。自分の売り込みや損得にはめっぽうさといですよ。それに香具師《やし》の世界、闇の筋ともつながっているという噂もある。いわゆる『仕掛け』を頼むのも弥助にとってそれほど難儀《なんぎ》なことじゃない」

新太は商人として冷静な分析をおこなった。

「もし、それがまことだとすると、昌輔とやら、血も涙もないやつだな。おのれの商いを広げるため、義父を亡き者にするとはな」

そう言って、龍之介はぐいと酒をあおった。

＊　＊　＊

「おみつさん。昌輔と今津屋勘右衛門が会食したとき、ほかに何か気づいたことはなかったかい」

小次郎が問いかけた。

「あたしが部屋に入ると、途端に二人とも押し黙っていました。一刻《いっとき》（二時間）ほどして駕籠をお呼びしましたときは、今津屋さん、すっかり青ざめていました」

小次郎は納得した表情をし、

「昌輔がかなり脅《おど》しをかけたんだろう」と龍之介に目くばせした。

「たぶん、そのときに乗っ取りは決まったな」

龍之介はうなずいて、おみつの方に膝を向けた。

「昌輔は大身旗本《たいしんはたもと》や藩留守居役《はんるすいやく》などの武家をもてなすこともたびたびではないか」

「ええ。そりゃもう、三日に一度は立派な身なりのお武家さまといらしてます」

「藩の名前など洩れ聞かぬかの？」

「このところ多いのは福山藩です」おみつが即答する。

予期した通りのこたえが返ってきた。龍之介は質問の二の矢を継ぐ。

「して、話のなかに藩士の名や役職などは出てこぬか？」

「えーと……」おみつの眼がしばらく宙をさまよった後、

「『たぶち』とか『なぶち』とかいう名だったような……たしか次席家老様と昌輔さんは呼んでいらしたように思います」

「なに、次席家老とな」

丹波屋昌輔が接待していたのは、福山藩江戸詰次席家老・馬渕孫之進《まぶちまごのしん》であることはほぼ確実だ。

「そのほかに、何か聞き及んだことはあるか」龍之介がさらに問う。

「昌輔さんご自慢の『上撰江戸桜《じようせんえどざくら》』を持ち込まれたときに、その方が『これならば藩造酒として恥じぬ』とおっしゃってました」

龍之介はおみつの話に深く相づちを打った。

二十三

朝、ひとしきりしぐれが通り過ぎたが、昼近くになって雲間に淡い青空がのぞいた。空を行く雲の流れは速い。

見え隠れしていた日の光がくっきりと射しはじめ、大川はいま眩《まぶ》しいほどにきらめいている。水気をふくむ川風はひんやりとして、肌に心地よい。

小次郎はお凜とふたり、大川堤《おおかわづつみ》の水茶屋でみたらし団子を食べながら滔々《とうとう》と流れる川面《かわも》を眺めていた。

叔母のおちよからは、ときどきお凜を気晴らしのために外に連れ出してほしいと頼まれている。並木町界隈は人出も多いし、大八車や駕籠《かご》も行きかう。眼の悪いお凜がひとりで外出をするのは危険だった。

河原のすすきは銀色に輝き、おりからの風に、波うつように揺れている。

「雨上がりの秋のにおいっていいね」

団子の皿を置き、大きく息をすって、お凜が言った。

「新酒も柱《はしら》焼酎入れも思いのほかうまくいって、少しほっとしたよ」

小次郎は煎茶を美味《うま》そうに飲んだ。

「新しい『隅田川』もようやく船出したね」

「いまのところ帆《ほ》は風をはらんでいるけど、いつ嵐が来るかわからない。酒造りは来年の春まで続く長い船旅みたいなもんさ」

「杜氏《とうじ》の清兵衛さん、蔵人《くらびと》みんなから好かれてるでしょ？」

「清兵衛さん、『災難にあう時節には災難にあうがよし。死ぬる時節には死ぬるがよし』なんて言ってたよ。友だちの坊さんから教えてもらった言葉なんだって。思いわずらうときはこの言葉を唱えると言ってたよ」

「それ、どういうことなんだろ？」

「肚《はら》をくくれ。与えられた運命《さだめ》の波に翻弄《ほんろう》されろと」

「そうね。身を捨ててこそ浮かぶ瀬もあれ、だわ」

そう言って、眼の前に広がるすすきの原に視線を転じた。

「すすきの穂って、駆けっこしてる狐《きつね》の尻尾みたい」と微笑んでお茶をひとくち飲む。

自分とまったく違う角度から世界を見つめるお凜に、小次郎はうらやましいような不思議な思いをもった。

そういえば清兵衛が、

「ものは見方次第。上から見るのと下からとでは形も色も違う。この世にはそれぞれのひとの分だけ世界がある。酒もまったく同じじゃ。他人の五感を当てにせず、おのれの五感を鏡にしろ。そしてその鏡をみがけ」と言っていた。

「五感を鏡にしろ、とはどういうことですか？」

と小次郎は清兵衛に訊いたものだ。

「おのれの感情に傾かず他人を忖度《そんたく》せず、味や香りを公正に映しだすことじゃ」

清兵衛は飄々《ひょうひょう》とこたえて続けた。

「わしらの造った酒はわしらの鏡じゃ。わしらの思い……かなしみ、喜び、怨《うら》みやつらみ、器の大きさ小ささ……みんな映してしまう」

小次郎はお凜の手を引いて浅草寺へと向かった。

雷門《かみなりもん》から仲見世《なかみせ》を通り、仁王門《におうもん》をくぐる。左の阿形《あぎょう》像、右にある吽形《うんぎょう》像をぼやけた視界の中でとらえたお凜が、

「なんだか山屋を守る、小次郎さんと龍之介さんみたい」ところころ笑った。

「そういえば、龍之介さんが泣く泣く離縁した奥さまが江戸にいたそうなんだ」

小次郎の言葉に、お凜は大きな眼をさらに見ひらいた。

色づいた木の葉がはらはら落ちる境内を歩きながら、小次郎は龍之介とその妻・佐紀との経緯《いきさつ》をかいつまんでお凜に話した。

龍之介からは、つい先《せん》に佐紀の働く料理茶屋［やなぎ屋］を訪ねたと聞いていた。

「また逢えたのはきっと深いご縁があるからね」

「ただ、佐紀さんは龍之介さんの顔をまったく覚えていなかったそうなんだ」

「えっ……」

お凜は声を失い、握っていた手をさらに強く握り返してきた。

＊　＊　＊

十日前、龍之介は［やなぎ屋］に行き、受け持ち女中に佐紀を指名し、胸高鳴らせて佐紀が料理を運んでくるのを待った。

座敷の障子が開けられたその瞬間、少し面《おも》やつれしてみずみずしさを失ってはいたが、別れたときの容貌《かんばせ》を残した佐紀がそこにあらわれた。

心ノ臓が止まりそうになったが、そのことは毛ほどもおもてに出さず、龍之介は頃あいを見はからって、

「拙者《せっしゃ》のことを覚えておらぬか」まっすぐ眼を見て、直截《ちょくせつ》に問うた。

しかし佐紀は小首をかしげ、

「お武家様とははじめてお目にかかります」

とこたえて、品のいい笑みとともに、その後も酒肴を運んできたという。

「佐紀はむかしからどこか陰りのある面《おも》だちだったが、いっそうその陰翳《いんえい》を深めておった。長らく辛酸《しんさん》をなめたことで、さまざまな記憶を自分でも気づかぬうちに胸の奥深く抑えこんでしもうたのやもしれぬ……」

佐紀は龍之介と離縁後、龍之介の同僚で競争相手でもあった小泉康則《こいずみやすのり》に再嫁《さいか》した。しかし小泉は悋気《りんき》深く、まえの暮らしをねちねちと言いつのった。あげくの果てに酒を飲んでは暴力沙汰におよび、半年間で結婚生活は終わった。

その後、実家《さと》にもどった佐紀は気鬱《きうつ》になり寝たり起きたりの日々であったが、外面《そとづら》を気にする父親が出戻りの娘をこれ以上家に置くことは恥とし、上役《うわやく》の倉田外記《くらたげき》に泣きついた。結局、倉田の口利きで、佐紀は縁者の住む江戸に下り、料理茶屋で働くことになった。

龍之介は久野兵衛《くのひょうえ》からこれらの経緯《いきさつ》を聞かされていた。

「おふたりのご様子はあまりにせつないわ」とお凜がつぶやく。

「龍之介さんは何としても佐紀さんの記憶をよみがえらせ、『われらは夫婦《めおと》だった』とわかってもらいたいそうだ」

「もし誰かいいひとがいたら？」

「…………」まったくそのことを考えていなかった。

しかし、好きなひとがいようがいまいが、記憶をなくしていることは、佐紀と龍之介との日々が失われているということだ。龍之介にとっても佐紀にとっても、おのれの一部が死んでしまっているということではないか。

ひとは二度死ぬと言われる。一度目は肉体が滅びたとき、二度目はひとから忘れ去られたとき。他者の記憶にあるかぎり、ひとは生きている。ましてや愛し合ったひととの記憶だ。

龍之介も佐紀も人生の一部が死んでしまっている。つらい記憶なら失われた方がいいかもしれないが、ふたりの暮らしはそうでなかったはずだ。

「佐紀さんが今どんな暮らしをしているにせよ、幸せの思い出は大切だと思うんだ。楽しかった思い出は生きる力となる。今どれほどつらくても明日も頑張ろうと思えるんじゃないかな」

小次郎は子どもの頃、蔵のなかで喜八と一緒にいるのが楽しかった。言葉が違うということで受けた、周りからのいじめを忘れられた。おかげで酒造りに興味がわき、いまその仕事についてもいる。

あのころの楽しかった記憶が今の生きる力になっている。人間は記憶の力で生きていくことができるのだ。

＊　＊　＊

銀杏《いちょう》の黄葉《こうよう》が裏をみせ表をみせながら、かすかな音をたてて散っていった。

「銀杏の葉っぱは風に舞うと金色の小鳥になる、とずっと思ってたの。秋になると、母がこの樹の下に連れてきて、『ほら、葉っぱが黄鶺鴒《きせきれい》になっていくよ』って」

この黄色い葉が小鳥に見えていたのか……。

「銀杏の葉っぱと黄鶺鴒、いつもそろって思い出すのよ」とお凜が続けた。

「お凜ちゃんにとって、二つは表裏一体なんだね」

「うん。切っても切れないの」

そう言うと眼がきらりとし、お凜は小次郎に向きなおった。

「龍之介さん、佐紀さんの生き形見《がたみ》を持っていなかったっけ？」

「佐紀さんがお守りに持たせてくれた螺鈿《らでん》のほどこされた櫛《くし》だね。でも、今はおみつさんの預かりになっている」

「母から聞いてるわ、あの日のやりとり」

「で、その櫛が？」

「あの櫛は佐紀さんの分身のはず。別れるときに佐紀さんが龍之介さんに贈った大切な品物でしょ」

　小次郎はうなずいた。

「龍之介さん、こんど佐紀さんに会いに行くとき、あの櫛を持っていったらどうかしら」

　お凜がはずんだ声で言う。

「なるほど。それは、いい」思わず膝をうった。

お凜にとって銀杏の葉が金色の鳥に重なるように、佐紀にとって櫛と龍之介は分かちがたい関係だ。

　あの櫛を見せて……そうだ、福山弁でしゃべりかければいい。それが刺激になって記憶がよみがえるかもしれない。

二十四

店先の立ち飲み居酒屋［やまや］は、連日大賑わいの盛況をみせていた。

いままで関係者以外は飲むことのできなかった酒を、造ったその場で飲めるのだ。まさに「新しきこと」「珍しきこと」「面白きこと」のそろったこの店は、好奇心旺盛な江戸っ子を惹きつけてやまなかった。

酒の肴は豆腐とこんにゃく料理のみというのも人気を呼んだ。店としては仕入れや調理も楽になり、客を待たせる時間も少なくなる。

豊島屋《としまや》の田楽《でんがく》を真似ることで成功の確率を高められると小次郎は踏んだのだが、「酒飲みには凝った料理なんかいらねえ」「品書きを見る手間が省けるってもんだ」と思いのほか客受けがよかった。

そんなある日。

小次郎が兄事《けいじ》する豊島屋幸太郎がひょいと［やまや］に顔を見せた。幸太郎は豆腐田楽を食し、新しい隅田川を冷やで飲んだ。

「できたての酒など飲んだことのない町の人にとっちゃ、驚き、桃の木、山椒《さんしょ》の木。

サッと来て、クッと飲んで、パッと食べて、スッと帰る。この速さがいいね」

幸太郎は直截《ちょくせつ》にその気持ちを伝え、

「なんといっても、あたしが感心したのはこの猪口《ちょく》さ」

と言って「やまや」の酒器を持ち上げた。

猪口の底に青い二重丸が描かれた、杜氏が利き酒用に使う「蛇《じゃ》の目《め》猪口」である。店では一合入る大きなものを供している。

「玄人《くろうと》の猪口で飲《や》るってのがまた良いんだよ。ちょいと訳《わけ》知り顔で講釈したい酒飲みの心をくすぐるね」

小次郎のもくろみを幸太郎がちゃんと汲みとってくれたのがうれしい。

「豆腐のひときれを大きくしたり、ずいぶん豊島屋さんの真似をさせてもらいました。どうもありがとうございます」

と言って、小次郎は頭をさげた。

「いやいや。どんどん真似ておくれ。芸事やら職人仕事はぜんぶ真似からだもの。この店で田楽を食べる人が増えれば、うちの田楽もまた人気になる。流行《はや》りとはそういうもんさ。それと、うちにも山屋さんのこんどの酒、置かしてくれないかい」

「豊島屋さんは一流の下り酒しか置かないのが決まりだったんじゃ……」

「決まりは決まりさ。あんたの造ったこの酒は下り酒に勝るとも劣らぬもの。あたしの店はあたしの舌で酒を選ぶのさ。ところでこの新しい酒、なんて名前で売ってんだい？」

「店で飲ませる四斗樽《しとだる》は『樽出し隅田川』、問屋さんに卸すときは以前の通り『隅田川』です。ほかに名前の付けようがないので」

「そりゃ、いけないね」幸太郎は首を振る。

「新しい味になったら、新しい名前にした方がいい。でも新隅田川じゃ芸がないし、浅草川でもないしね」

首をひねって少し考え、

「『特撰隅田川』ってのはどうだい？　江戸桜が上撰なら、こっちは特撰。よっぽど上等じゃないか」

特撰隅田川……わるくない名前だ。

「柱《はしら》焼酎はここじゃ飲めないのかね？」

「もちろん飲めますよ。店で出してますから」

小次郎が猪口に入れて手わたすと、幸太郎はくるくる回して液体を揺らし、まず香りをかいだ。こくりと飲み、しばらく眉間に皺を寄せて眼をつむったまま、鼻にぬける香りをきく。

ややあって、「うむ。これはいい」

小次郎はその言葉に、ほっと胸をなでおろした。

「来年はこれでうちの白酒《しろざけ》を造ろう。まずは梅酒用に注文するよ。ほかにも菊酒《きくざけ》やら桑酒《くわざけ》にも使うとするかな」

「豊島屋さん、焼酎を造っていませんでしたっけ？」

「ああ、造ってる。けど、手近にこれだけ良いものがあるなら、それを使ったほうが手間が省けていいやね」

幸太郎は白い歯を見せ、細くしなやかな手を小次郎の肩に置いた。

「あんたもあたしも、お互い江戸酒《えどざけ》を守る使命がある。酒は文化。あたしらはこの土地の根っこを守っていく立場にいるのさ」

酒で頬を少し赤らめながらも颯爽と意見を言う幸太郎は、男の小次郎から見ても、ほれぼれするほどいい顔をしている。

「そうだ、教えてあげることがあったよ」

幸太郎がなよやかに小次郎の右手を両手で包むと、ささやくように言う。

「この特撰をね、南蛮甕《なんばんがめ》に入れて熟成させるんだよ。酒蔵《さかぐら》の端っこ、日の当たらない涼しいとこに何年か置いて古酒をつくる。最近はおいしい古酒が少ないし、柱焼酎を入れてないから腰のくずれたものが多い。でも、この特撰はしっかり腰がすわってる。古酒にしたらずいぶん良いものになるよ」

小次郎は瞠目《どうもく》した。

幸太郎は流し目をくれ、

「もう一つ、いいこと教えてあげる。南蛮甕に入れた特撰を大川の底に沈めて、川の流れで揺らして育てるの。ほら、富士見酒って言うじゃない。下り酒は船に揺られて富士を見ながら江戸にやって来る。だからおいしいって」

小次郎は、はたと膝をうった。そんなこと、考えもしなかった。

「お酒って揺らすとおいしくなるのよ。ひとの心と同じ」

幸太郎は片眼をつむってえくぼをつくり、こんにゃくの煮染《にし》めを一つ口に入れた。

「墨堤《ぼくてい》の桜を見ながら熟成するから、花見酒ですね」

「ふ、ふ。そういう名づけも素敵」

今度はこんにゃくの刺身に手をのばしながら、

「それとね、『勝って兜《かぶと》の緒を締めよ』ってことわざ、知ってるよね？　新酒はまずは滑り出し好調だけど、初戦がうまくいったからって、そのまま勝ち続けられるかどうかはわかんない。お酒造りは半年の勝負。春までまだずいぶんある。世の中には闇に棲《す》まうやつがいてね、必ずあんたを邪魔するのが出てくるわ」

小次郎も盃をかたむけつつ、幸太郎の言葉に耳を澄ます。

「丹波屋の昌輔に気をつけなよ。白酒の季節にあいつが香具師《やし》の手下どもを動かして、うちの酒に虫が入っていたの何だのって難癖つけてきたのさ。昌輔は江戸の酒屋の筆頭格になりたくて、少しでも目立った酒屋があると目のかたきにする。その香具師の元締めってのは箱崎《はこざき》で北川屋《きたがわや》って船宿をやってるよ。覚えておくんだね」

＊　＊　＊

仕込みが一段落した夕べ、小次郎と龍之介は万年橋際《まんねんばしぎわ》の蕎麦屋にいた。

二階の窓から見える小名木川《おなぎがわ》は朱色に染まり、帰りを急ぐ猪牙舟《ちょきぶね》が音もなく滑っていく。

「一つまいるか」

龍之介が徳利を手にして小次郎の猪口に注いだ。

しばらく黙って酒をくみかわした後、龍之介はおもむろに口を開いた。

「［やなぎ屋］で佐紀に再び逢《お》うたんじゃ」

その日もわしは座敷女中に佐紀を指名した。

佐紀はわしのことを覚えてくれておった。むかしのことは忘れても最近のことは忘れぬらしい。

［やなぎ屋］の主人は尾道《おのみち》出身で、瀬戸内のでべらの干物が入っておるというから、わしはそれを注文したんじゃ。

佐紀は「でべらを初めて見る」と言うた。が、それは忘れているだけじゃ。

ひとくち食べさせると「これ、おいしいね」と微笑む。

それはそうじゃ。むかし一緒に暮らしておった頃、ようふたりで食べたんじゃもの。

でべらは木槌で叩いてから炙《あぶ》るんじゃが、干物を叩く様子をわしが「こうやるんよ」と手を丸めてトントンやってやると、「初めて見る」佐紀がおかしそうにくすくす笑《わろ》うてくれるんよ。

何かその顔を見てると、胸ふたがる思いがして……。

なんで、こがいに記憶失うまで、佐紀は哀しい目に遭《あ》わんといけんのじゃ、と思うてな。

わしは佐紀としゃべりながら、こないなふうに福山の言葉にもどっていきようたんよ。

そんで二合徳利の酒がいよいよのうなったときに、「この酒、みてたけえ、もう些《ちい》ともらえるかい。今夜はえーっと飲《たくさん》みたいけえ」とわしが言うたら、佐紀の眼が心もち開いたような気がしたんよ。

で、わしゃ「いまや」と思うた。

懐からあの生き形見《がたみ》の櫛《くし》を出した。

ほしたら、佐紀は眼をまんまるにして驚きよった。

「これ、あんたにもろうた生き形見や」言うて手わたした。

ほいで《そしたら》から佐紀は櫛を大切そうに両手に持って、食い入るようにじっと眺めておった。

おおかたでべらの匂いやら言葉やらと一緒に、いろんなことを一気に思い出したんや。

やがて佐紀の瞳から、涙がはらはらと流れ落ちたんよ。

龍之介はかたわらに置かれた湯呑みに酒をどくどく入れ、のどを鳴らして飲みほした。

「思い出したんだね」小次郎は思いを込めて言った。

「うむ」肯《うべな》ったが眉間には深い皺が寄っている。「そこまでは、よかった……」

龍之介は大きく息を吐いて続けた。

「佐紀はいま、他人《ひと》の妾《めかけ》になっておる」

「………」

「よりによって、丹波屋昌輔のじゃ」

吐き捨てるように言った。

二十五

雷門《かみなりもん》から駒形堂《こまがたどう》に向かう道には、参詣客めあての土産物屋、小間物屋《こまものや》をはじめ、蕎麦屋、鰻屋、団子屋など、あまたの食べもの屋が軒《のき》をつらねている。

道のそこここには、居合抜きや手品《てづま》、一人角力《ずもう》、傀儡師《くぐつし》などの大道芸人、歯磨《はみがき》売りや手相見、飴《あめ》売りなどが集まってくる。

そんな通りの一角にたいへんな人だかりがしていた。

山屋の店先である。

筋骨隆々《きんこつりゅうりゅう》の呑海《どんかい》が背中に「隅田川」の文字の入った法被《はっぴ》をはおり、四斗樽《しとだる》を片手で持ちあげては手玉のようにくるりと回転させ、それを今度はもう片方の手でひょいと受ける。そうして、その樽を横向きにころがす。

と、それに身軽に跳びのった清次が、最初は足で樽をあつかい、次にくるりと逆立ちして曲乗りをする。

清次が樽をころがして行くと、こんどは小次郎が巴投《ともえな》げの要領で、樽を蹴り上げるようにして大八車にすこんと載せた。

十重二十重《とえはたえ》に取り囲んだ観衆から、「いいぞ、山屋っ」「隅田川、日本一っ」やんやの喝采《かっさい》がおこった。

三人は豊島屋の樽ころがしを真似しただけだ。これほど受けが良いとは思わなかった。うなずき合って、額の汗をぬぐう。

と、群衆の中から、ごろつきが二人、ひ弱そうに見える清次のところに詰めよってきた。

一人は顔をしかめ、脚をひきずって歩いている。その隣の汚らしく太った大男が、清次に向かって胴間声《どうまごえ》を出した。

「こらっ、ちび。おめえのころがした樽が、連れの足に当たったんだ」

清次は、はあ、と不思議そうに首をかしげ、太った男をまっすぐ見つめかえす。

「見ろ、まっとうに歩けなくなったじゃねえか」

太った男が顎をしゃくると、連れの男は、いてて、とわざとらしく右脚をひきずった。

清次は「ごめんよ」と言って、眼にもとまらぬ速さで、脚をひきずる男の頭をぱちんと叩いた。

「野郎、何しやがんでい」

男は思わず、反射的に清次の胸ぐらに摑《つか》みかかってきた。清次がひょいと体《たい》をかわすと、前のめりになり、右脚を前に出して踏みとどまった。まったく脚をひきずっていない。

「何の問題もねえじゃねえか」

清次が、ふ、ふ、と笑いながら言った。

「ふてぇ野郎だっ」

太った男が顔を真っ赤にし、清次の襟を素早くつかもうとする。

その寸前、呑海がすっと割って入った。

「なんの言いがかりだい」

呑海が太った男に顔を近づけ、どんぐり眼《まなこ》を見ひらき低声《こごえ》で言う。呑海のほうが二寸ほど背が高い。少し見おろすような格好だ。

太った男はおもわず口ごもった。

こんどは、呑海の背後から、蛇《じゃ》の目《め》猪口を持った痩せた中間《ちゅうげん》が近寄ってきた。

「やまや」で飲んでいた客だろうか。外の騒ぎに気をそそられて店から出てきたように見えた。

「おい。虫が入ってたぞ。どうしてくれんだ」

群衆に聞こえるように、ことさら大声で言い、一合猪口をかかげるようにした。

こんどは小次郎がその中間に向き合う。

「相すみません。もし入っていたなら、その場で店の者におっしゃっていただくと、たいへんありがたいのですが」

中間が小次郎を上から下まで見て、

「おめえ、山屋の若旦那だろ」

「はい。さようでございますが」ていねいな言葉で応じた。

「居酒屋もおめえがやってるじゃねえか。ここで文句言って何が悪い」

小次郎の眼の前にぐいと蛇の目猪口を突きだした。中には確かに蝿が一匹浮かんでいる。

こいつ、わざと入れたんじゃないのか、と思ったが、

「相すみません。お代は結構でございます。どうか今日のところはご勘弁ねがいます」

頭をさげてひたすら低姿勢に言った。

「なんだ、その言いぐさは。こちとら金のことを言ってんじゃねえ。おめえらのやり方が気に食わねえんだ。新酒がちっとばかり売れたくらいで調子こくんじゃねえ」

言うが早いか、男は猪口の酒をいきなり小次郎の顔にぶっかけた。

さすがに驚いた。が、野次馬にぐるりと取り巻かれている。山屋の若旦那というのもばれてしまっていた。ここで短気を起こしては、せっかくの山屋の評判を落としてしまうことになる。

いままでこういう場面でいくども失敗《しくじ》ってきた。ここはぐっと我慢だ、とおのれに言い聞かせ、大きく息をついた。

いきなり、左の顔面に、がんときた。

ちょっとくらっとした。頭の中が真っ白になる。

手のひらで鼻を押さえた。見る。赤い。血がしたたっている。

神経のどこか一本が切れた。

「ええ加減にさらせっ。頭《どたま》かち割って、しばきあげたるど」

思わず粗暴な大坂言葉になってわめいた。

気がつけば、中間は口から泡を吹いて倒れている。

——しまった……。

転瞬《てんしゅん》の間にわれしらず身体が勝手に動いてしまったのだ。たぶん強烈な当て身をくらわし、蹴りを一発くらい入れたのだろう。

最初にからんできた男たちがこそこそと逃げ出していく。小次郎たちを取り囲んだ群衆からは「えい、えい、おう」の勝ちどきが上がっている。

その人群れの隅に、丹波屋昌輔と源助が、背をかがめ、暗い眼をして立っているのがちらと見えた。

＊　＊　＊

山屋の奥座敷。うなだれた小次郎の正面に半三郎とおちよが、右斜め前にはお凜が坐っていた。半三郎は憮然《ぶぜん》として、あらぬ方を向いて煙管《きせる》をふかしている。

「店の看板に泥を塗ってしまい、まことに申しわけありません」

小次郎は殊勝な顔で平伏した。半三郎は灰吹《はいふき》に煙管をたたきつけ、

「おまえは気が短い。短すぎる。何かあると、すぐ手が出る」

「……」

「そんな明け暮れで山屋はいったいどうなる」

いらだたしげに言うと、ぷいと座敷から出て行ってしまった。

廊下の足音が遠ざかると、おちよがくすっと笑う。

「わたし、あんなの気にしちゃいないわ。かえって山屋の立派な宣伝になってよ。あれくらいの気概でこれからもおやんなさい。お凜だってそう思ったでしょ」

急に振られたお凜は困ったような笑みを浮かべた。

「小次郎さんが柔術の技をくりだしたとき、時がとまったみたいに周りがしーんとし

て……」そこまで言ってごくんとつばを飲みこむ。

小次郎は内心舌打ちした。嫌われたかもしれない。

そのとき、とお凜が言葉を継いだ。

「ぞくぞくしちゃった」白い歯を見せ、あっけらかんと笑った。

お凜は鋭い耳で喧嘩の様子をまざまざと「見て」いたのだ。

「龍之介さんも蔵から出てきてたわ。でも加勢するとまずいから、地団駄《じだんだ》ふんでたのがおかしかった」

お凜はそこまで言うと、顔を微妙にこわばらせた。

「でも近ごろ龍之介さん、様子がおかしいわ。声もにおいもちょっと変だもの」

「声？　におい？」

小次郎が首をかしげる。

「熟した柿みたいなにおいがしてる。お酒の飲みすぎじゃないかしら。清兵衛さんもそう言ってる。だから、ほんとよ」

「龍之介さんは翌《あく》る日に残るような飲み方はしないんだけど……」

「声にも張りがないわ。いつもはきはきしゃべるのに、このごろ歯切れが悪いもの」

そう言って、お凜は心配げに眼をふせた。

＊　　＊　　＊

大立ち回りの翌日から、『特撰隅田川』はさらに火がついたように売れ出した。居酒屋「やまや」も押すな押すなの大盛況だ。

清次がかわら版屋に吹聴《ふいちょう》してくれたのも大きかった。浅草奥山では清次自身がかわら版を売り、かたわらで音吉が三味線を派手にかき鳴らして、にぎにぎしく喧伝《けんでん》した。

——しかし、こんなにうまく運んでいいのか……。

小次郎はこの情況に納得できないでいた。いままでの短い来《こ》し方《かた》を振りかえっても、上々の滑り出しのときほど、ろくなことはなかった。

清兵衛からはいつも、「天地万物はすべて陰陽で成り立つ。なにごとも加算と減算、合わせてチャラだ。良きことあれば必ずや悪しきことあり」と言われている。

店先での騒ぎといい、その後のかわら版での異様な盛り上がりといい、どこか地に足が着かぬまま特撰隅田川は奔流《ほんりゅう》のようになっている。これでは隅田川の堤は決壊してしまう……。

美しく紅葉《もみじ》が降り積もった蔵の裏庭に、秋の光が斜めに射している。置き石に坐って思いをめぐらしていると、清兵衛が酒蔵からひょっこり姿をあらわした。

頰がこけ、無精ひげが伸び、猫背になったその姿はかなり憔悴《しょうすい》している。

小次郎は立ち上がって、ご苦労さまです、と声をかけた。

清兵衛は落ちくぼんだ眼をぎろりと動かし、黙って見つめかえす。すべてを見透かすまなざしに射すくめられ、小次郎は微動だにできなくなった。

清兵衛は小次郎が坐っていた置き石に腰をおろすと、おもむろに煙管《きせる》を取り出し、ゆったりと煙草《たばこ》をふかしはじめた。眼を閉じて石のように動かない。

紅葉が風に揺れるかすかな音が聞こえ、蔵の方からは胸のすく酒の香りが流れてくる。

ややあって、清兵衛がおもむろに口を開いた。

「小さな庭からも世界は見える。青空をゆく白雲を見て、ゆく秋を感じることができる」

小次郎はどこまでも澄んだ蒼穹《そうきゅう》を見上げ、素直にうなずいた。

「ひとも同じじゃ。言葉遣いや細かな身のこなしに心があらわれる。一滴の水に天地が映っておる」

静かに言うと、小次郎にゆっくり向きなおった。

「酒は傷つき疲れたひとの心に寄りそうべきもの。『隅田川』にはわしらの生き方がにじみ出る。おまえそのものが味となる。いま朋友《ほうゆう》の龍之介は深く傷ついておる。あのありさまでは、龍之介の造る酒は良きものにはならん。かたわらに行き、話を聞いてやれ。聞くだけでよい。うなずくだけでよい。それがおまえのつとめじゃ」

＊　＊　＊

その夜、小次郎と龍之介は深川元町の居酒屋［嶋屋《しまや》］にいた。

いつもの席に肩を並べて坐り、こんにゃくの白和《しらあ》えを前に盃をかたむけている。

「お凜ちゃんが案じていたよ」小次郎が口を開いた。

「うむ……」

龍之介は猪口を置いて、そばにあった大きな湯吞みに酒をどぼどぼと注いだ。

「毎日飲んでいるのか」

「拙者のことは心配せんでいい。おのれのことはおのれが一番よくわかっておる」

「しかし、酒毒は知らぬ間にまわる。蔵人《くらびと》がそんな状態では困る」

「おぬしもずいぶん変わったのう。いつから世話女房みたいになったのだ」

いつもの小次郎なら、憤然として言いかえしただろう。しかし清兵衛の言葉が頭の隅に残っている。ひと呼吸おいて、言った。

「飲み過ぎると、舌も鼻もすべてだめになる」

「わしはおぬしのはるか前から酒造りをしておる。あれこれ言われとうない」

のどを鳴らして酒を飲むと、液体が龍之介のあごをつーっと濡らした。

——何も聞く耳をもたぬな……。

龍之介のことは、ひととして好きだ。酒造りの先達として尊敬もしている。これからの長いつきあい、つまらぬことで気まずくなりたくはない。

小次郎は吐息をつくと、小女《こおんな》にとろろ飯《めし》を注文した。


雨が屋根をしめやかに濡らす音がする。

上体を揺らめかせてはしゃっくりを繰りかえしていた龍之介は、とうとう飯台《はんだい》にがくんと顔を伏せてしまった。

清兵衛からは「話を聞くだけでいい」と言われたが、ほとんど何もしゃべっていない。龍之介が何を考えているのか、さっぱりわからぬままだ。

夜も更けてきた。明日も早い。このまま訳もわからず別れてしまうなら、わざわざ飲みにきた意味がない。よし、と意を決した。殴られても罵倒されてもいい。

いびきをかきはじめた龍之介の肩を揺さぶる。

「起きろよ」

最初はむにゃむにゃ言っていたが、しきりに唇をなめる。のどが渇いたようだ。

そんな龍之介を抱え起こし、小次郎は自分の湯呑みから水を飲ませてやった。

「ん……どうした。もう朝か……」

眼やにをつけたまま虚ろなまなざしでつぶやく。

「なに寝ぼけたことを言っている。ここは嶋屋だ。わかるか？」

龍之介は眼をこすって、あくびをした。「……あとすこし水をくれぬか」

小女に頼んで持ってきてもらった薬缶《やかん》を手わたすと、龍之介は口をつけて水をごくごく飲み、大きく息をついた。

「拙者このままでは潰《つい》えてしまう……」

頭を振り、くぐもった声で言う。

「そんなことは言わぬ方がいい」

　小次郎はやさしく応じたが、すこし衝撃をうけていた。龍之介から負け犬のような言葉を聞くとは思わなかった。たましいの抜けた、ぼろぼろの龍之介をこれ以上見たくはない。

「いったい何があった？」小次郎が訊いた。

「…………」

　雷鳴がして窓の外が明るく光った。路地をたたく雨の音が大きくなる。龍之介は眼をかたく閉じ、奥歯を強く嚙《か》みしめている。顔の皮膚はぱさつき、ほつれた鬢《びん》のあたりには白いものが混じっている。

「おれには教えてくれたっていいだろ」

「……それがし、腐ってもさむらいじゃ。武家としての矜持《きようじ》がござる」

「商人のおれにだって気位《きぐらい》はある。何かをなそうとする人間はみな同じだ」

　一拍おいて、龍之介がつぶやいた。

「男としての、沽券《こけん》もある」

　男として？　佐紀さんのことで何かあったな……。

「肚《はら》にたまっていることは言った方がいい。少しは楽になる。言える限りでいい」

「うむ……」

と言ったきり、また黙りこむ。吐き気がするのに、えずくのを我慢するような苦しい表情で、龍之介はつばを飲みこんだ。胃の腑の液体がせり上がり、鼻につんと来て涙が出そうな顔だった。

「まさに憂《う》き世だ……」

ようやく重い口を開いた。

「なにゆえ佐紀は嫌と言うほどの責め苦を負わねばならん。この世に条理はあるのか。神仏は弱者にやさしきはずではなかったか」

小次郎は相づちを打ち、龍之介の言葉に耳をかたむけた。ひとたび語りだすと、龍之介の胸底深くよどんでいた言葉がこぼれ出していった。

「ひょんなことで佐紀が昌輔にそれがしのことをしゃべったらしい。次に会《お》うたとき、佐紀は眼の周りを青黒くし、頬やうなじに傷を負うていた。昌輔からしたたかに打擲《ちょうちゃく》を受けたのじゃ」

「龍之介さんが山屋の人間と知ったからか」

「さだめしそうに違いない。しかも、それがしが福山藩の馬渕と対立していた相手だとわかって、まさに青天《せいてん》の霹靂《へきれき》であったろう」

小次郎は返す言葉を見つけられず、ただうなずくだけだった。

「それがしと知り合《お》うたおかげで、佐紀にはひどい人生を送らせてしもうた……」

龍之介は唇をかみ、肩を落とす。

思いだしたように雨脚が強まり、店の中は急に冷えびえとしはじめた。

二十六

蔵人《くらびと》長屋の囲炉裏端《いろりばた》で一杯やっていると、清次が息せき切って駆けこんできた。

「えらいこった。こんなのが出てますぜ」

肌寒い夜なのに額に汗の粒を光らせている。右手に握りしめた一枚刷りを開いて小次郎に見せた。

それは最近刷られた居酒屋番付で、上位には常連の有名どころが居ならんでいる。

「いったいなにが問題なんだ？」小次郎が訊《き》く。

「ようく見てくださいよ。前頭《まえがしら》んとこに、変な名前が載《の》ってんでさ」

清次がじれったそうに言う。

小次郎はあらためて番付をたどっていった。と、わが眼をうたがった。前頭二枚目に「水割り居酒屋・さくら屋」とあるではないか。

「どうしてあんな店が載ってるんだ？」思わず声が大きくなった。

隣に坐る龍之介が番付を引ったくって眼をこらす。

「これは面妖《めんよう》。評定《ひょうじょう》のものさしが狂うておる」

と息まいて番付を放り捨てた。ひらひら舞うその紙をつかもうと、海五郎と呑海《どんかい》が伸び上がり、奪いあうようにしてむさぼり読む。

「そもそも誰がこの番付を決めるのかねえ」

海五郎が首をひねった。

「しゃぶしゃぶの水割り酒で儲ける店が前頭。じつに噴飯《ふんぱん》ものだ」

呑海の額にも青筋が立っている。店先でのあの騒ぎ以来、呑海も丹波屋に対して含むところがあるようだ。

「水っぽい酒を『水割り酒』とわざわざ称し、逆に売りものにしている。その心根《こころね》が腹だたしい。よくもあのような『まがいもの』を取り上げたものだ」

龍之介の怒りもおさまらない。

「いかにも丹波屋昌輔のひねり出しそうなことさね」

他人をあまり悪《あ》しざまに言わぬ海五郎も、冷ややかに笑った。

「みんな、番付の隅っこにある版元の名前をようく見ろよ」

清次が言うと、小次郎、龍之介、呑海、海五郎が番付を囲むように顔を寄せた。

「北川屋《きたがわや》……」

小次郎が不審な表情を浮かべた。

「箱崎で船宿をやる裏で、香具師《やし》の元締めもやってる北川屋ですよ」清次が言う。

思いだした。豊島屋幸太郎が「気をつけろ」と言ってくれたあの北川屋だ。

「賭場《とば》の胴元としてかなりしのぎを得てますぜ。最近は料理茶屋や出版、口入れ屋にも手を広げてやがる」と清次が続けた。

「出版？」

「春本《しゅんぽん》がめっぽう売れてんでさ。諸方《しょほう》の岡場所で評判の女を描かせたりして」

「その筋から番付にも乗りだしてきたってわけか」と小次郎。

「料理茶屋もやってるんで、店の名を広めるにゃ番付が手っ取り早いとようくわかってんでさ。店から披露目料《ひろめりょう》をとって、その金子《きんす》の多少で番付を上げ下げしてやがる。大金積む店は上位につけ、払わぬ店は番付に載せねえ」

「なるほど、そういうからくりか」

「じゃないと、どうして江戸一番といわれるあの豊島屋さんの居酒屋が載らねえんですかい」

清次の言うことは胸にすとんと落ちる。

「［さくら屋］が前頭ってことは、丹波屋から版元の北川屋にたんまり金が払われたってことか」

小次郎の言葉に清次がうなずいた。

「丹波屋と北川屋がつるんでるのは間違いねえ」

「しかし江戸には料理屋や居酒屋の番付は幾種もあろう。ほかの番付もみな版元に払う金の多寡《たか》で上下が決まるのであろうか」

龍之介が清次にたずねる。

「いや。そんなことはありやせん。酒食の玄人《くろうと》や文人が目利きして、まっとうに作ってる番付もあるようですぜ」

「ならば、そうした真正直な番付に、居酒屋［やまや］が載ればよいではないか。して、いずこの版元が最も信用できるのじゃ？」

龍之介が射るようなまなざしを向けた。

「有名無名あまたの版元がありやすが、あっしの知る限り、駿河屋《するがや》が一番信用できんじゃねえかな。あすこの旦那は出版ひとすじの生真面目なひとだ。いままで悪い噂を聞いたことがありやせん」

「[さくら屋]が載って、うちが載らぬのは悔しいかぎりだ」

そう言って、小次郎は少し考え、

「しかし、おれたちは居酒屋番付より酒番付で勝負すべきじゃないか?」

「そりゃあそうだ」

「それが根本だ」

「美味《うま》い酒を造るために汗水たらしてんだ」

一座の者が口々に言った。

「それには誰が鑑定人なのか知るべきだ。大旦那は版元や文人やらと親しい。ここらで大旦那にも少しく動いてもらおう」と小次郎がにやっとした。

「その鑑定人の中でも、まだ隅田川を飲んでないひとも多いはず。取りあえず特撰を贈呈して味を知ってもらうのがいいさね」

海五郎があかるい声で進言する。

「まずは我夢乱先生や幸太郎さんに番付のあれこれを訊いてみる。とにもかくにも番付に載ることを、山屋全員の目指すところとする。三月、桜の咲くころに必ず載るよう皆で頑張ろう。いままで江戸酒で番付に載った銘柄は一つとしてないのだ」

小次郎は力強く言明した。

＊　　＊　　＊

茶店の床机《しょうぎ》に坐った幸太郎が、みたらし団子の串を置いて言った。

「番付には載せてもらわないようにしてるんだよ」

晩秋の透きとおった光に床机に敷かれた緋毛氈《ひもうせん》が鮮やかだ。幸太郎のほっそりと整った横顔を見つめつつ、小次郎はお茶をひと啜《すす》りした。

「どうせ番付と引き換えに披露目料を取られるんだからね。ちゃんとした番付は金なんかもらわずに悠々と出版してるさ。金をとる版元は売れる草紙《そうし》も浮世絵も出してないやつらだよ」

「載せてもらわないように？」

「そういうやくざ者みたいなのは無下に断るわけにもいかない。逆恨みされて、あることないこと言いふらされちゃ、たまったもんじゃない。小金をわたして引き取ってもらうのさ」

「酒商いはうわさで売り上げが左右されますものね」

「酒は好き嫌いの品物だよ。ここだけの話、町場《まちば》のひとは、じつは酒質についてあまりわかっちゃいないさ」

「江戸で下り酒が売れるのも、そういうところが多々あるんじゃないかな」

小次郎の言葉に幸太郎は深くうなずいた。

「かつて『隅田川』は江戸っ子にたいそう好かれていたと聞いてます」と小次郎。

「そうだよ。その昔語りが山屋の大きな財産だった。ただ今年の火落ち、あれは痛い。その財産を食いつぶしちまった」

「…………」

「『信用を取りもどすのは地道な酒造りしかない』と大概は言うだろう。でも、あたしはそうは思わない」

小次郎は首をかしげた。

「あんたは灘から来たよそ者。だからこれまでの山屋にとらわれず、真っさらな気持ちでやれる。あんたもそう思ってんだろ?」

「はい」

「そう、それが新しいものを生むんだよ。江戸っ子はよそ者の集まりさ。大事なのは、よそ者でも江戸が好きになれば江戸っ子として認められるってこと。それが江戸の良いところさ」

「じゃあ、おれは江戸っ子なんですね？」

「もちろんさ。『三代続けて水道の水を産湯《うぶゆ》にしなけりゃ江戸っ子じゃない』なんて野暮《やぼ》の骨頂《こっちょう》。いろんなひとが混じり合ってるのが江戸だよ」

小次郎は黙ってあごをひいた。

幸太郎は続ける。

「江戸っ子が好きなのは、粋《いき》と俠《おとこだて》。五月の空の鯉《こい》のぼりのような気持ち。あんたはそういう心意気を持っている。造った酒もすっきりして、骨が入っている。正真正銘の江戸の酒だよ」

「ありがとうございます。そう言っていただけると、うれしいです」

両膝に手をつき、頭をさげる。

「いや、礼なんか言わなくていい」

幸太郎はさらっと手を振り、

「『江戸っ子には江戸の酒』とあんたは胸を張って言える。あんたは率先して山屋の心証をよくすることだよ。番付に載るのは披露目になる。地道な職人技なんて酒造りじゃ当たり前。その上を行って、粋と俠でパーッとやったがいい。あんたの思うとおりにやればいい。それがきっと良い結果を生む」

＊　＊　＊

「駿河屋はよう知っておる。わしの随筆集も出版させてもろうた」

竪川《たてかわ》べりの本所松井町《ほんじよまついちよう》、我夢乱《がむらん》の居宅の奥座敷。畳の上に西洋椅子と卓子《テーブル》が置かれ、小次郎は我夢乱と向かいあって酒をくみかわしていた。

我夢乱がギヤマンの杯に山屋焼酎を注ぐと、透明な液体が夢のように燦《きら》めいた。

「駿河屋嘉兵衛《かへえ》は書物をいとおしみ、文物をたいせつにする新進気鋭のひとじゃ。理《ことわり》よりも情が先走るこの日《ひ》の本《もと》では、ああいう冷静沈着の人間はなかなかおらぬ。あれぞ一流の版元。これからの人間じゃ」

我夢乱は焼酎でのどを潤して言った。

「つまり駿河屋の番付に載れば、市中の信用も高まるということですね」

「うむ。西洋にこういう言葉があるぞ。『新しき酒は、新しき革袋に盛れ』とな」

「革袋？」

「西洋のぶどう酒は革袋に入れて運ぶ。古き革袋に新しき酒を入れると、革袋が裂けて、酒は漏れ、袋もだめになる。新しき革袋に新しき酒を入れると、酒も袋も両方保たれるというわけじゃ」

「新酒も杉の香りのする新樽に入れます」と小次郎。

「耶蘇《やそ》の言葉らしいので、あまり大っぴらには言えぬがの。新しき酒造りに挑むおまえさんは、新しき版元である駿河屋の番付に掲載されれば言うことなし。ただし、金をいっさい介さずにな」

「良い頃あいに、駿河屋さんに引き合わせいただけませんか」

小次郎は深々と頭をさげる。

「わかった。江戸の酒に一陣の涼風を吹きこんでやれ。いくらでも助勢してやろうぞ」

そう言って我夢乱はギヤマンの杯をつくづく見つめ、

「この焼酎は素直なところがよい。おまえさんもその素直さを生かし、よき蔵元になるよう務めることじゃ」

光りかがやく焼酎をぐっと飲みほした。

二十七

刺すような冷たい風が山屋の前の並木道を吹きぬけると、わずかに残っていた木の葉がからからと音をたてて舞い落ちていく。

十一月も半ばを過ぎ、上方《かみがた》から江戸に新酒番船《しんしゅばんせん》のやってくる季節になった。灘《なだ》や伊丹《いたみ》、西宮《にしのみや》などで生まれる下り酒は樽廻船《たるかいせん》で江戸まで運ばれたが、その年の新酒をどこの蔵元が一番早く江戸に届けるか——それを競ったのが新酒番船である。

江戸っ子はなにより初ものが好きだ。いくら高値であっても誰よりも早く初がつおを買いつける。下り酒の新酒が出ればいち早く飲みたい。それが江戸っ子気質《かたぎ》だった。

一番最初に江戸新川《しんかわ》（下り酒問屋の集まるまち）に入った新酒は、「幸先《さいさき》がいいじゃねえか」と向こう一年間特別に高い値で取引きされる。

栄冠をいただいた樽廻船は「惣一番船《そういちばんせん》」として、優先的に荷役《にやく》ができるという決まりごとにもなっていた。

大坂の廻船問屋八軒、西宮の廻船問屋六軒、それぞれ一艘ずつ計十四艘、すなわち十四の蔵元が参加し、大坂は安治川《あじがわ》河口、西宮は西宮浦《にしのみやうら》から江戸の品川《しながわ》沖に向かって船出するのである。

灘の有名どころの酒蔵は西宮浦から新酒の樽を積んでいく。

上方から江戸までふつうは十二日ほどかかったが、新酒番船の場合、帆や水夫《かこ》の数も増やし、およそ四、五日ほどで到着した。最も速いものは、寛政《かんせい》二年（一七九〇年）に西宮から江戸まで五十八時間（二日と十時間）だったという。

実家の和泉屋《いずみや》もことし初めて新酒番船に参加するそうだと、新川の下り酒問屋・堺屋の太左衛門から小次郎は聞いていた。

小次郎が灘にいたころ、和泉屋は江戸商いに重きを置いていなかった。すでに上方で名声を博し、土地の商いで大いに利を得ていたからだ。

しかし小次郎の父が他界し、姉のおたかと入り婿《むこ》の平助が後を継いでからは、江戸商いに力を注ぎはじめた。江戸で名を上げてこそ灘で一目おかれるとおたかは思っていて、その自負心を満たすためにも、和泉屋は江戸での販路開拓に血道《ちみち》を上げるようになった。

おたかと平助は父の代から親しい堺屋太左衛門にもたびたび連絡《つなぎ》をつけ、和泉屋の

「灘千鳥《なだちどり》」の売り上げを増やすよう頼みこみ、廻船に積む樽数も父のころの三倍に増やしてもらっていた。

「押しの強いおたかさんからの求めだからね。無下《むげ》に断るわけにはいかんのだよ」

堺屋太左衛門は白い眉を八の字にし、

「うちでは種々の下り酒を扱《あつこ》うておるが、灘千鳥は中の上くらいでな。やはり正宗《まさむね》や剣菱《けんびし》あたりが売れる。わたしも意気に感ずればさらなる売り込みもする。されど、ここだけの話、おたかさんと平助さんの差配する和泉屋さんでは、これ以上販路を広げてやろうという気にはなかなかなれぬ。あたりさわりなく売るゆえ、売り数は三倍がせいぜいじゃ」

小次郎に向かって苦笑いしたものだ。

堺屋はもともと和泉屋の江戸出店《でみせ》だったが、下り酒人気が高じるにしたがい、和泉屋以外の酒銘柄もおろすようになっていた。

とうぜん堺屋太左衛門は小次郎の父・善右衛門《ぜんえもん》に世話になった恩義は深く感じている。だからこそ小次郎をあたたかく迎え、山屋の新しい仕事を支えるべく何くれとなく面倒も見てくれている。

そんな情けぶかい太左衛門に、おたかは今も和泉屋の雇い人のように権高《けんだか》な物言いをしてくるようだった。

＊　　＊　　＊

——おれは新酒番船なんて興味がない。

灘にいたころ、西宮浦から出帆していく船を一度だけ見送ったことはある。江戸では大坂とは比べものにならぬくらい、大きな騒ぎになるらしい。新川あたりは、浅草や神田《かんだ》、富岡八幡《とみおかはちまん》の祭りのような人出になり、惣一番を当てる賭けも盛り上がるそうだ。

しかし小次郎はもともとへそ曲がりのせいか、周りが騒げば騒ぐほど、「なにが新酒番船だ」という気分になってくる。

江戸酒造りの人間にとって、灘のどこの酒が一番になろうがどうでもいい。だいいち味の良し悪しではなく、船が速く着いたかどうかで酒の値が決まるというのも理不尽だ。

そんな思いを小次郎がつぶやくと、

「拙者も同感じゃ」龍之介がうなずいた。

「新酒番船とは、つまるところ、上方の蔵元と下り酒問屋が世間の耳目《じもく》を集めて商いを活気づける催事じゃな」と鼻白《はなじろ》む。

かたわらでは、元かわら版屋でつねに奇事珍事をさがす清次、元願人坊主《がんにんぼうず》の呑海《どんかい》、琉球生まれで船好きの海五郎が「ことしはどこの蔵元が一番か」とはしゃいでいる。

さて――。

新川の酒問屋を中心に、町は年に一度の番船競争にわいたが、結局、惣一番となったのは灘《なだ》・嘉納屋《かのうや》の「正宗」の船だった。小次郎も龍之介も「美味《うま》い」と認めるあの正宗である。

ところが、和泉屋の酒がのった船はなかなか品川沖に姿を見せなかった。

関係者の周囲は重苦しい空気に包まれ、きなくさいものを感じた江戸っ子たちは、口から口へさまざまな噂を広げていった。

小次郎も鬱々《うつうつ》とした日々が続いた。姉夫婦に体《てい》よく追い出されたとはいえ、和泉屋は自分の実家だ。のっているのは酒造りのいろはを教わった喜八《きはち》の酒であり、船頭は江戸まで送ってくれた嘉助《かすけ》だった。

と、惣一番船が江戸に着いた十日の後、

「和泉屋の船が伊豆《いず》・石廊崎《いろうざき》近くで座礁している。水夫は全員助かったようだ」

という知らせが廻船問屋から入ってきた。

小次郎も胸をなでおろし、全身から一気に力が抜けた。喜八と嘉助、水夫たちの顔が浮かび、同時に、地団駄をふんで悔しがるおたかと平助の姿も脳裏をよぎった。

そんな小次郎をそっと見やって、龍之介はただ黙ってうなずいてくれた。

翌日、ようやく腰の落ち着いた小次郎は、遅まきながら堺屋に惣一番のお祝いに向かった。

奥座敷にゆったりと坐った太左衛門は、小次郎の顔を見るなり、

「和泉屋さんの件は大変だったね。ご心労いかばかりかとお察し申し上げる」

まずは見舞いを言ってくれた。

「しかし、ひょんなことで、うちの扱う酒が惣一番になり申した。正宗は高額になってしもうたが、おかげで引く手あまたで」

太左衛門は謙虚な姿勢を見せながら、上品な笑みを浮かべた。江戸で嘉納屋「正宗」の最大の取引先である堺屋は多大な儲《もう》けと信用を得るのである。

「何より重畳《ちょうじょう》でございます」

山屋を支援してくれる堺屋が儲かることは、まわりまわって「特撰隅田川」の拡売にもつながるのだ。

「いや、今日は小次郎さんがいらしてくれて、よかった、よかった」

太左衛門は、庭から射し入るおだやかな光を浴びながらお茶を一服して続けた。

「山屋さんは和泉屋さんにかなり借り入れがあると聞いていたのですが」

「……はい」

「その借金の返済を、この惣一番で増える堺屋の実入りで肩代わりしようと思うのです」

「え？」耳をうたがった。

「いえね、向こう三年間、特撰隅田川の扱いはうちだけに限らせてもらっていることだし。今までつきあいのあった地廻り酒問屋と取引きできないわけだから、小次郎さんもいろいろ気苦労が絶えないでしょう」

「……」

小次郎は黙って眼をふせた。

数店の地廻り酒問屋から罵声を浴びせられ、心ノ臓が縮む思いをしながらも何とか対応してきた。特撰隅田川の好調がこのまま続けば、来春にはなんとか販売も回復する、とおのれに言い聞かせているが、この先どうなるのか不安でいっぱいだった。

――ほんとに金子《きんす》を工面《くめん》してくれるのだろうか。

小次郎の心配そうな顔を見てとった太左衛門が、鷹揚《おうよう》にうなずく。

「案ずるよりも産むが易《やす》し。わたしが言うのも何だけれど、惣一番をとったことで、堺屋は江戸一番の問屋であると世間が褒めそやすでしょう。それ、すなわち、隅田川も金看板《きんかんばん》を背負うことになる。惣一番は山屋にとっても追い風になるのです」

「そうですか……」

おいそれとは飲みこめない。

「世間とはそういうもの。強い者、名のある者になびいてきます」

「おれ、そういうの、好きじゃないです」小次郎は口をとがらせる。

太左衛門は軽く首を振った。

「世評は風のようなもの。小次郎さんが好きであろうがなかろうが、風は吹きたいように吹くのです。人が努力をしても、おいそれと風は吹かないし、止めようとしても止めることはできない。野分《のわき》を思い出しなさい。風はどんどん強まり、頂点に達した後、徐々に弱まっていきます」

「では、どうすればいいのですか？」

あごを突き出して訊く。

「おまかせすることです」

やわらかい日射しが縁側を照らしている。太左衛門はおだやかに続けた。

「南無《なむ》という言葉を知っていますか」

「南無阿弥陀仏《なむあみだぶつ》の南無ですか？」

太左衛門は半眼《はんがん》になってうなずいた。

「南無とはおまかせという意味です。阿弥陀仏《あみだぶつ》におまかせするから南無阿弥陀仏」

「……」

「やり尽くしたら、あとは他力《たりき》。運命《さだめ》という川の流れにまかせる」

「……」

「ただ、自力でやり尽くさねば、他力というはたらきは起こりません」

太左衛門の言っていることは、なんとなく肚《はら》におちた。

「小次郎さんはおのれをぎりぎりまで追いこんで勝負してきた。そのことは十分承知しています。そろそろ、他力を頼ってもよい頃合いでしょう」

「もったいないお言葉、ありがとうございます」

小次郎は膝に両手をつき、深々と頭をさげた。

「この風に乗りなさい。わたしが、山屋の負債をおたか夫妻に支払いましょう。負債は夫妻に、です」

そう言って、太左衛門は春風のような笑みを浮かべた。

二十八

薄暮《はくぼ》のいろが町にただよいはじめた頃、おみつが小次郎を訪ねてきた。

だれにも話を聞かれる心配のない奥座敷に案内すると、おみつは口を開いた。

「先日『つるや』に丹波屋の昌輔さんと福山藩の馬渕《まぶち》さまがいらして、次は大事な話をしよう、と言って帰られました」

「……」

「これまでの経緯《いきさつ》から考えて、いよいよ金子《きんす》の受け渡しではないかと思います」

「で、次はいつ来ると？」

「五日後の夜五つ（午後八時）。そうおっしゃってました」

「たいせつな知らせをありがとう。龍之介さんにも伝えておきます」

そして五日後。冬の闇の満ちた六つ半（午後七時）。

小次郎と龍之介、久野兵衛《くのひょうえ》は、おみつの手引きで「つるや」に入った。

昌輔と馬渕は密談のために必ず離れを使う。おみつはその横の隠し部屋に三人を案内した。

そのころ料理茶屋ではひと目をはばかる政《まつりごと》や商い、悪事の密談、男女の密会がしばしばおこなわれていた。客筋が悪い場合、わざわいは茶屋の商いに及んでくるので、目端のきいた主人《あるじ》は隠し部屋をもうけ、客からそれと知られずその言動を監視できるようにしていたのだ。

おみつは［つるや］の主人から信をおかれ、隠し部屋の鍵を持たされていた。

床の間に飾られた花の脇には、客から見られぬよう小穴がうがたれ、隠し部屋からは離れの中の様子が手に取るようにわかった。

待つこと、およそ四半刻《しはんとき》（三十分）。

母屋とつながる廊下から高い足音が聞こえてきた。おみつの先導する声がする。久野がすばやく穴をのぞきこみ、隣室の様子をうかがう。

「今日はやけに寒うございますね。さ、丹波屋さん、どうぞこちらへ」

おみつが障子をあけると、昌輔の真四角な賽子顔《さいころがお》があらわれた。

龍之介、小次郎も代わるがわる穴から隣室をうかがう。

昌輔は何やら重そうな包みを抱いていたが、よっこらしょ、とそれを脇においた。

「こら、ぬくいなあ、ぬくい、ぬくい」

昌輔はさかんに火のおこった火鉢に、手をこするようにしてかざした。

「お飲みものは、お連れさまがいらしてからにいたしましょうか」おみつが訊く。

「そやな。こう寒いと、いますぐキュッと熱燗《あつかん》やりたいとこやけどなあ。ま、ここは辛抱、辛抱。もうすぐ身も心も温《ぬく》なりますよってにな」

へ、へ、と下卑《げび》た笑いを浮かべて、おみつの尻をつるりとさわろうとする。

おみつはうまく身体《からだ》をひいてその手をかわし、にっこりすると部屋から静かに退出した。

昌輔は落ち着かぬ様子で床の間の掛け軸や花をみたり、天井をあおいだりし、やがてしきりに鼻くそをほじりはじめる。

ほどなくしておみつに導かれてやってきたのは、果たせるかな福山藩の江戸詰次席家老・馬渕孫之進だった。男のくせにふくよかな頬をし、額が大きく出ている。眉間に縦皺《たてじわ》がきざまれ、その下の金《かな》つぼ眼《まなこ》が性格をあらわすように暗い。

昌輔はやにわに居ずまいを正し、

「お忙しいところ、わざわざ御御足《おみあし》をお運びいただきまして、恐悦至極《きょうえつしごく》に存じますでございまする」

両手をついて平伏し、馬鹿丁寧に言上《ごんじょう》する。上座にすわった馬渕が二重あごを上げ、尊大な態度でうなずいた。

「御酒《ごしゅ》を召し上がっていただきます前に、まずはこちらのものをお改めいただきとう存じます」

昌輔は腰を上げ、紫の風呂敷に包まれたものをしっかと抱え、馬渕の脇に置いた。

「少々重うございますが、何卒よしなにお取りはからいいただきますれば」

「おう、そうか」

馬渕がにんまりし、風呂敷包みにちらりと眼をやった。

「お正月のお餅でござります」

昌輔がいつものように揉《も》み手《で》をして、へらへら笑う。

「そうか、そうか、切り餅がたいそう入っておるようだの」

「へえ、そりゃあ、もう」

「五か、八か？」

昌輔、少々むっとした気持ちがおもわず顔にあらわれ、

「いえいえ、十《とお》にござりますです」

「ほほう、十とな。ならば、上役を説得しやすうなる」

昌輔は追従《ついしょう》笑いをして、

「よろしければ、お確かめのほどを」ふたたび腰を折った。

「そうじゃな。万一ということもあるでな」

そう言って馬渕孫之進はおもむろに膝を進め、風呂敷をはらりと払い、金鋲《きんびょう》をうった箱の蓋を開けた。

＊　＊　＊

隠し部屋のなかでは龍之介が久野兵衛に、そろそろ、と身ぶりでしめす。久野は首を振り、左手で盃を上げる仕ぐさをする。

座敷では昌輔が部屋の隅にぶらさがった紐《ひも》をぐいと引っ張った。母屋に通じているらしく、ややあっておみつが酒肴《しゅこう》をのせた盆を運んできた。

「あとはうっとこでやるさかい、また呼ぶまであんたは下がっててええよ」

おみつから盆を受けとった昌輔は馬渕のほうににじり寄った。

「前祝いちゅうことで」あばた面に作り笑いを浮かべ、銚子をかたむける。

「うむ」

「うちもご相伴《しようばん》にあずからせていただきますよってに」

すばやく自分の酒器にも注いで、ふたり眼をあわせ、同時に盃をあげた。

幾度か盃の応酬があり、ほどなくして昌輔と馬渕の顔は赤くなり、声も大きくなっていった。

隠し部屋では、久野兵衛が目顔《めがお》で合図した。

龍之介が床の間の壁を猛然と蹴破り、勢いよく座敷に飛びこんだ。久野と小次郎も怒濤《どとう》のようにそれにつづく。

虚をつかれた馬渕と昌輔はいったい何が起こったかと眼をまるくし、全身を凍りつかせた。

一瞬の後、われに返った馬渕は言葉にならぬ声を発し、四《よ》つん這《ば》いになって障子の方に逃げ出そうとした。

「神妙にしろ！　馬渕孫之進」久野兵衛が鋭く声をはなつ。

龍之介がすばやく馬渕の背にとりつき、襟《えり》をつかんで右腕を強くねじり上げた。馬渕はこらえきれず、左手と両脚をばたつかせ、

「わ…わ……わかった……」なんとか声を絞り出す。

「何をわかった？」

龍之介が右腕をもう一度、ぐいと厳しくねじる。

「た、た、助けてくれ、い、いたい」涙声になった。

「恥を知れ」

さらに力を加えると、ボキッと鈍い音がした。骨が折れたようだ。刹那《せつな》、武士らしからぬ絶叫を上げ、馬渕は気を失ってしまった。

一方、昌輔は白眼をむき、「ど、どうか、どうか、どうか」口から泡をとばし、しぶとく這いずりまわった。

畳の上にはなめくじのように液汁がついている。小便を漏らしているのだ。

小次郎は、どぶねずみのように逃げまわる昌輔を追いかけ、前に立ちはだかった。

「おれが誰か、わかるな」

「…………」鼻の穴をひろげ、歯がみして、ものすごい形相《ぎょうそう》で睨みつけてきた。

「卑劣漢《ひれつかん》め」昌輔の胸ぐらをつかみあげた。

「ふん」

「権力にすり寄り、女をもてあそび、弱きをくじき、強きにおもねる」

「どこが悪い。商いはそないなもんや」

憎々しげに言い、鼻で笑った。

「欲にまみれた手で酒を造るな」

小次郎も興奮し、昌輔の首を締め上げようとしたところで、

「今日のところは、そのへんにしておいてやれ」

久野兵衛からおだやかな声がかかった。

＊　＊　＊

馬渕孫之進は即刻福山に送られ、改易《かいえき》（士籍剝奪、家禄没収）処分を言いわたされた。丹波屋と馬渕がたくらんだ江戸桜の藩造酒計画はここに潰《つい》えた。

しかし馬渕の上役である倉田外記《くらたげき》の腹の虫はおさまらないだろう。久野兵衛への反撃は火を見るより明らかだが、久野は藩内派閥抗争が激化することは百も承知で断固たる行動に出たのである。

久野の胸中には、自らが病に臥《ふ》したとき離縁致仕させられた龍之介への借りを返し、龍之介積年の怨恨《えんこん》を晴らしてやりたいという思いもあったろう。

一方、丹波屋をとらえるのは久野の本意ではなかった。商いのたたかいは商人同士で決着をつければよいと考えていた。よって丹波屋昌輔は今回藩としては裁かぬこと

にした。

このまま昌輔を泳がせることで必ずほかの騒ぎを引き起こし、もっと大きな不正の病根もえぐり出せると踏んだ久野は、小次郎にもそのことを言い含めた。

江戸の春はまだ遠い。

二十九

花冷えというのだろうか。

桜は五日ほど前に咲いたが、その後、不安定な天気が続き、夜になると春とは思えぬ寒さが身にしみた。

今日も夕暮れどきから急に気温が下がり、川風は身を切るようにつめたい。

向島《むこうじま》・長命寺《ちょうめいじ》近く、大川堤《おおかわづつみ》の桜並木のかげから、小次郎は笑いさざめく声の聞こえる屋敷を一刻《いっとき》（二時間）以上見張っている。

この辺りには富裕な商人の寮（別荘）や料理茶屋が点在するが、土手から見おろす［別邸桜屋］はわけても立派な普請《ふしん》である。

もともと北川屋博之《ひろゆき》の寮だったものを丹波屋昌輔が譲りうけ、居酒屋［さくら屋］

の上級店として今日開店したものだ。午後いっぱい名披露目《なびろめ》をし、火《ひ》ともし頃から身内の宴をもよおしていた。

中天《ちゆうてん》には月がおぼろにかかり、川堤の桜闇に身をひそめる男たちの姿を淡く照らしている。

空腹に耐えきれず小次郎は桜もちをたてつづけに三つ頬ばった。龍之介がその先の［山本や］で買ってきたものだ。

塩漬けの桜葉に包まれたもちはしっとりして、ほのかな塩味と小豆《あずき》の甘みが絶妙だった。寒さと緊張で萎《な》えそうになる気力がすこし回復する。

ひと息つくと、大川のさざ波が風にのって聞こえてきた。

これから捕り物がはじまるというのに、小次郎のこころには番付の版元・駿河屋《するがや》嘉兵衛《かへえ》のことが引っかかっていた。

我夢乱《がむらん》の紹介で会いに行ったが、はっきり言って、気にくわないやつだった。頭が切れるのはわかるが、まるで笑顔がない。つめたい眼で見定められている気がして、じつに落ち着かぬ気分になった。こちらが冗談を言っても、「ああ、そうですか」と笑顔一つ見せない。あれでは商人として失格だ。

番付に載せてくれるよう媚《こ》びを売りに来たと思われるのも癪《しやく》なので、早々に駿河屋を辞したのだった。

川風に五分《ぶ》咲きの桜が揺れている。

対岸の浅草寺《せんそうじ》で夜五つ（午後八時）の鐘が鳴った後、一段と冷えてきた。

元かわら版屋の清次から別邸桜屋がこの日開店するという知らせが入ったのは一昨日のことだ。柳橋［やなぎ屋］にいる清次の情女《いろ》が、別邸桜屋御披露目の際、丹波屋が賭場《とば》を開帳《かいちょう》するという話を聞きつけたのである。

やなぎ屋はすでに丹波屋の傘下に入っていた。久野兵衛《くのひょうえ》が、［つるや］で馬渕孫之進の収賄現場を取り押さえて以来、昌輔は北川屋との密談にはもっぱらやなぎ屋を使っている。

清次によると、五つ半（午後九時）に賭場は開かれるそうだ。

小次郎の動きは、はやかった。ここは勝負のときだ、と我夢乱が懇意《こんい》にしている南町奉行《みなみまちぶぎょう》・根岸鎮衛《ねぎしやすもり》に引き合わせてもらった。

根岸は七十近い白髪瘦身《そうしん》の小柄な老人で、眼がなんとも言えずやさしかったが、そこにときおり鋭い光を宿す、なかなかひと筋縄ではいかぬ人物のようだった。

だが、そんな根岸は小次郎を自身同様「遊びごころ」のある男と思ってくれたようだ。北川屋と丹波屋の賭場開帳という用件以外にも世事百般《せじひゃっぱん》にわたっていろいろ話をしてくれた。

根岸は佐渡《さど》奉行時代から公務の合間に備忘録をつけていて、心ひかれた人や物、土地の古老から聞いた怪談奇譚《かいだんきたん》や市井《しせい》の噂話などを毎日書き留めているという。

眼尻に皺をよせ、にこやかに話すその口ぶりから、人好きのする性格であるのはよくわかった。根岸は、弥生《やよい》八日の夜、別邸桜屋に踏みこむことを約し、小次郎たちにも協力してほしいと言ったのだった。


闇のなか、別邸桜屋を取り囲んだ奉行所の与力《よりき》・同心《どうしん》・小者《こもの》たち三十名あまりが、五つ半を期して行動にうつった。小次郎と龍之介もうごく。

清次から、賭場は裏庭にある蔵だと聞いていた。

奉行はふつう現場におもむかないが、酒好きで好奇心旺盛な根岸は、いまをときめく酒屋の若旦那とやくざな版元との賭博模様を見たいと言って、自ら隊列を率いてやって来ていた。

捕り手たちは高張り提灯《ぢょうちん》をかかげ、蔵の入口に殺到した。

別働隊が料理茶屋の玄関と裏口にまわり、逃げ道をふさいでいる。

小者数人が蔵の扉を巨大な槌《つち》で破壊するやいなや、

「御用だっ！」

龕灯《がんどう》の光を蔵の中に箭《や》のように射かけた。

鉄火場は蜂の巣をつついたような騒ぎだ。客も中盆《なかぼん》、壺《つぼ》振りもわれ先に逃げようとするが、逃げ道がわからず蔵の中を右往左往している。

「南町奉行《みなみまちぶぎよう》、根岸鎮衛《ねぎしやすもり》である。賭博のかどにより召《め》し捕らえる。神妙に縛《ばく》につけ」

根岸が年齢《とし》に似合わぬ張りのある声で呼ばわった。

中にいた北川屋の用心棒が二人、やにわに大刀《たち》を抜きはなち、龕灯の光に白刃をきらめかせた。

小者がすかさず突棒《つくぼう》で一人の用心棒の袖《そで》をたくみにからめとる。間髪《かんはつ》をいれずべつの捕り手が刺股《さすまた》でその用心棒の喉もとをおさえ、動きを封じた。

と、もう一人の用心棒が突棒の小者をすばやく斬り下ろす。

たちまち小者の首筋から血しぶきが上がった。

賭客《ときやく》は鮮血を浴びて悲鳴をあげ、恐慌をきたした。

転瞬、斬りつけた用心棒が隙《すき》をみせた。

一人の同心が気合いもろとも長い袖搦《そでがらみ》をそやつに叩きつける。

先端に埋めこまれた無数の釘があやまたず肩に食いこみ、用心棒は眼を見ひらいたままどっと倒れ伏す。

積まれた駒札《こまふだ》がくずれ、あたり一面に散らばった。

賭場に踏みこんだ捕り方の圧倒的な数に、やくざ者や賭客も逃げる気力を失い、茫《ぼう》然自失《ぜんじしつ》の体《てい》だ。

赤く染まった盆茣蓙《ぼんござ》の周りには、地廻り酒問屋の今津屋勘右衛門《かんえもん》と番頭の弥助がへたりこんでいる。

舞い上がる塵埃《ほこり》を縫《ぬ》うように、昌輔が北川屋とともに蔵の奥に逃げていった。

――隠し扉だ。

小次郎はしゃにむに昌輔を追いかけ、ぐいと身体を伸ばしてその襟首に手をかけた。

昌輔が振り向きざまに匕首《あいくち》を振り回してくる。

ひらりと体《たい》をかわしたつもりだったが、右太ももが一瞬ひんやりした。手を当てると、すこしぬるっとする。

やられたと思った刹那、昌輔の姿は闇のなかに消えていた。

＊　＊　＊

傷ついた脚を引きずりながら、龍之介と外に飛び出した。

二つの黒い影は堤を駆け上がり、河原《かわら》に向かって下っていく。

空に雲はなく、月があかるい。水面《みなも》は銀色に輝き、ときおり波音が聞こえる。

昌輔たちは足を砂に取られながらいっさんに走り、入江《いりえ》にもやう小舟に乗りこんだ。

小次郎が呼子笛《よぶこぶえ》を吹くと、すこし下流から海五郎が猪牙舟《ちょきぶね》を漕《こ》ぎ寄せてくる。こういうこともあろうかと、待機させていたのだ。

猪牙舟にうつるが早いか、海五郎が力いっぱい艪《ろ》を漕ぎはじめた。舟の扱いには慣れている。動きにまったく無駄がない。猪牙舟は月光のはねる大川《おおかわ》を滑るように走りだした。

昌輔たちは一丁ほど先を下流に向かっていく。船足は遅い。

徐々に二つの舟の距離は縮まっていき、浅草のまちの灯が近くなったあたりで追いついた。

海五郎はたくみに艪《ろ》をあやつり、舳先《へさき》を相手の艫《とも》に強引にドンとぶつけた。

昌輔と北川屋は揺れる舟からあわや落ちそうになり、匕首も手放したが、何とかもちこたえた。

「行くぞっ」

龍之介が風のように昌輔の舟に飛びうつった。小次郎も脚の痛みを忘れ、舟底《ふなぞこ》を蹴る。

龍之介は北川屋のあごに強烈な当て身をくらわし、目にも留《と》まらぬ速さで組み伏せた。

小次郎は飛びうつった拍子《ひようし》に脚の傷をひきつらせ、思うように身体を動かせない。

それを見てとった昌輔は小次郎のみぞおちに思いきり拳を叩きこんできた。

激烈な痛み。おもわず膝をつき嘔吐《おうと》した。

昌輔がにやりとし、さらに蹴りつけようとする。小次郎はとっさに昌輔の脚を両手でつかんで引っ張った。昌輔が仰向けに転がる。脛《すね》に思いきり嚙《か》みつく。昌輔は四肢をばたつかせて絶叫した。

その首をしめようと小次郎が膝をおこした瞬間、船頭が小次郎に向けて艪《ろ》をぐいと突いてきた。

「危ない！」

吠えながら龍之介が艪を払いのけ、そのはずみで船頭はもんどりうって川に落ちた。

昌輔がしぶとく立ち上がり、小次郎の襟をつかんできた。小兵《こひょう》の小次郎はずるずると舟縁《ふなべり》に引きずられていく。

龍之介がすかさず大刀をきらめかす。ひるんだ昌輔が一瞬かたまった。

――いまだ！

小次郎は昌輔にしっかと抱きついた。

昌輔は眼を見ひらき、身をよじって腕を振りほどこうとする。

小次郎は最後の力を振りしぼった。舟縁に追いつめる。そのまま首投げを打つ。

そうして昌輔もろとも白い水しぶきを上げて大川に落ちていった。

＊　　＊　　＊

「小次郎ーっ、小次郎ーっ」

龍之介は川面《かわも》に向かい、声をかぎりに呼ばわったが、大小のあぶくが水底から湧き上がり、月のかげがみじんに砕けるだけだ。泳ぎのできない龍之介はただおろおろするしかない。

猪牙舟《ちよきぶね》にいる海五郎がいきなり着物を脱ぎ、

「わんに、まかちょうけえ」《まかしとけ》勢いよく頭から飛びこんだ。

海五郎は子どもの頃から海にもぐり、魚を獲っていた。泳ぎには長《た》けている。

龍之介はおもわず胸のうちで手を合わせ、沈痛な面もちで水面をにらみ続けた。

夜がふけ、風が肌を刺す。じっとしているだけで震えがくる。水の中はよほどつめたいだろう。

浅草寺の鐘が四つ（午後十時）を告げた。夜だというのに烏《からす》が二羽、互いに鳴き交わしながら大川を渡っていく。

龍之介は、待った——。

そうするうち、ぷかりと小次郎が水面から顔を出し、苦しそうにぜいぜい喘《あえ》いだ。

続いて海五郎が昌輔の身体に手を回して浮き上がってきた。

「溺《おぼ》れてるこいつを、先に」

立ち泳ぎをしながら海五郎が昌輔の上体をぐっと持ちあげる。

どうにか引き揚げた昌輔はぐったりと土左衛門《どざえもん》のようになっていたが、海五郎は溺れかけた漁師をいくども蘇生《そせい》させた経験から、手ぎわよく昌輔に水を吐かせた。

正気《しょうき》づいた昌輔は、どうして自分がここにいるのかと三人を不審な顔つきで見あげ、眼をしばたたかせた。

「どうだ。隅田川をたっぷり飲んだ気分は？」

龍之介が昌輔の顔をのぞき込んで言う。

「…………」

「そりゃ、美味《うま》いに決まってる」

小次郎は大川の風に震えながら、にがく笑った。

三十

蔵の裏庭にはあたたかい日射しがあふれている。

やわらかい風が吹くと、八分咲きの桜が光におどった。

かたわらに立つお凜が、うれしそうに青空に映る花を見あげている。

あの夜、小次郎と龍之介は昌輔と北川屋を舟で捕縛《ほばく》し、河原で待っていた南町奉行・根岸鎮衛《ねぎしやすもり》に引き渡した。

根岸は異例の早さで罪科を決め、昌輔は三宅島《みやけじま》、北川屋は八丈島《はちじょうじま》への流罪《るざい》となった。また山屋のふたりに深甚《しんじん》な謝意を表し、謝礼金を贈呈するとともに、根岸本人が酒好きゆえか奉行所での「隅田川」大量購入も決めてくれた。

そんなこともあって、あらためて春の到来を強く感じるのか——と思いめぐらしていると、清次が息せき切って庭に駆けこんできた。

片手にかわら版ほどの大きさの紙をかかげ、

「こ、こ、これ」泡を食って、しゃがれ声で言う。

「ん、どうした……」

小次郎は途中まで言いかけて、「あれ」ではないかと直感した。勘ばたらきのいいお凜も肩をぴくりとさせて振り向いた。

庭の隅で酒道具を丹念に洗っていた龍之介が、腰をあげてこちらに駆けよる。

清次が一枚刷《ず》りを差しだすと、小次郎はそれを引ったくり、丁寧に紙をのばして読みやすくし、視線を上下左右にすばやく動かした。

版元は駿河屋嘉兵衛、とある。

——あいつか。

つめたい眼の無表情な顔が浮かんでくる。

東の大関《おおぜき》は伊丹《いたみ》の「剣菱《けんびし》」、西の大関は灘《なだ》の「正宗《まさむね》」。まあ順当なところだろう。関脇《せきわけ》以下は「男山《おとこやま》」「白鹿《はくしか》」「白雪《しらゆき》」「老松《おいまつ》」……番付上位の常連が居ならんでいる。ありきたりのつまらぬ番付だ。

前頭《まえがしら》を順に下にたどっていくが、あるのは灘、伊丹、池田《いけだ》の下り酒ばかり。いったい誰がどういう物差しで評価をくだしているんだ。

ちょっといらつきながら見ていると、左下隅の小さな文字が眼に入った。瞳をこらした。梵字《ぼんじ》のようにも見える。が、どうも「隅田川」と書かれているようだ。

おもわずまぶたをこすって二度見する。

たしかに「隅田川」と、しっかり黒く刷られている――。

われしらず頬が紅潮していく。心ノ臓の動きが速まった。口の中がからからだ。

「……載った」

なんとか言葉になった。

＊　＊　＊

お凜は、しばらくの間、放心したような眼を空に向けた。ぐっと唇をかみ、大きな瞳をみひらく。やがて、かすかに頰を震わせ、たまらず袂《たもと》で目頭を押さえた。

山屋の娘として矜持《きょうじ》をもって育ったお凜に、火落ちはかなりこたえたに相違ない。口にこそ出さね、雪辱《せつじょく》を果たすことを誓ったのは小次郎もわかっている。だからこそお凜自らも酒造りに加わったのだ。

お凜の周りで、龍之介はじめ、海五郎、清次《せいじ》、呑海《どんかい》、音吉たちが、江戸酒《えどざけ》はじまって以来の快挙だと欣喜雀躍《きんきじゃくやく》している。

杜氏《とうじ》の清兵衛は、春の日射しを浴びて立つ小次郎に静かに語りかけた。

「じつはな、こんどの隅田川、調合はお凜ちゃんじゃ。非凡の才を注ぎこみ、江戸っ子らしい辛口を生んでくれた。番付に載ったのも、この『新しきこと』のおかげじゃ」

最終調合をお凜がやっていたとは今日はじめて知った。調合の案配は杜氏だけの秘事なのだが、お凜はそこまで清兵衛に任されていたのか。

小次郎とお凜はまずは蔵の松尾さまに御礼を言い、奥座敷にあがって半三郎とおちよに報告した。半三郎は驚きのあまり腰を抜かして立ち上がれなくなり、おちよはその姿を見て、笑いすぎて涙を流した。

「さ、ふたりで大川にご挨拶に行っといで」

おちよが涙をぬぐいながら言う。

お凜の手を引く小次郎は、捕り物の傷がまだ癒えきっていない。わずかに右脚を引き、ときどき石につまずいて転びそうになる。お凜が心配して、かえって肩を貸してくれた。

ふたりでえっちらおっちら牛の歩みを続け、ようやく大川堤《おおかわづつみ》に着くと、水面《みなも》が日の光をまぶしく撥《は》ねかえしていた。

ふたりで河原を眺めながら、大きく息をする。

絹《きぬ》のようにやさしい風に、青草が心地よさげにそよいでいる。

桜並木はうす紅の紗《しゃ》をかけて風景のかたちをやわらげ、みずみずしい生命《いのち》の香りをさせていた。

江戸に来たとき、船から見た桜の花を思い出す。

あれからちょうど一年。龍之介や清兵衛、海五郎と出会い、吞海、清次、音吉……

山屋のみんなのちからで新しきこと、珍しきこと、面白きことに専心してきた。おれたちの思いが合わさった酒。それこそが隅田川だ。

しかし、正直に言おう。

おれはお凜の喜ぶ顔を見たくて、身を粉《こ》にして酒を造り、売ってきた。それだけだ。

お凜が小次郎を見あげ、小首をかしげてにっこりした。

「あたし眼が悪くて、ひとりじゃ歩けない。小次郎さんは脚が悪くて、ひとりじゃ歩けない」

小次郎の手をぎゅっと握りしめた。枝もたわむばかりの桜の樹の下はしんと静まりかえっている。

「ふたりで一人前だ」小次郎がこたえる。「だから、こうして支えあっていくんだよ」

お凜がもたれかかると、小次郎はふらついて転びそうになり、桜の幹に頭をぶつけた。

桜の花びらが雪のようにはらはらと散る。

月代《さかやき》についた花びらを、お凜が微笑みながら白い指先で取ってくれた。

きっと、明日、桜は満開になるだろう。

〈了〉

参考文献

『居酒屋の誕生 江戸の呑みだおれ文化』飯野亮一 著（ちくま学芸文庫）
『江戸の酒 つくる・売る・味わう』吉田 元 著（岩波現代文庫）
『純米酒を極める』上原 浩 著（光文社知恵の森文庫）
『阿蘭陀通詞』片桐一男 著（講談社学芸文庫）
『近世風俗志 守貞謾稿』喜田川守貞 著／宇佐美英機 校訂（岩波文庫）
『日本の酒』坂口謹一郎 著（岩波文庫）
『風姿花伝』世阿弥 著 野上豊一郎／西尾 実 校訂（岩波文庫）

本書は、書き下ろし作品です。

プロデュース　吉村有美子

著者紹介

吉村喜彦（よしむら　のぶひこ）

1954年、大阪生まれ。京都大学教育学部卒業。サントリー宣伝部勤務を経て、作家に。著書に、『炭酸ボーイ』（角川文庫）、『バー堂島』『たそがれ御堂筋』『バー・リバーサイド』『二子玉川物語』『酒の神さま』（ハルキ文庫）、『ウイスキー・ボーイ』『ビア・ボーイ』（ＰＨＰ文芸文庫）、『マスター。ウイスキーください 日本列島バーの旅』（コモンズ）、『漁師になろうよ』（小学館）など多数。ＮＨＫ－ＦＭ「音楽遊覧飛行～食と音楽で巡る地球の旅」の構成・選曲・ナビゲーターを長年つとめた。

ＰＨＰ文芸文庫　江戸酒《えどざけ》おとこ
小次郎酒造録

2024年７月22日　第１版第１刷

著　者　　吉村喜彦
発行者　　永田貴之
発行所　　株式会社ＰＨＰ研究所
東京本部　〒135-8137　江東区豊洲5-6-52
文化事業部　☎03-3520-9620（編集）
普及部　☎03-3520-9630（販売）
京都本部　〒601-8411　京都市南区西九条北ノ内町11

PHP INTERFACE　https://www.php.co.jp/

組　版　　株式会社PHPエディターズ・グループ
印刷所　　TOPPANクロレ株式会社
製本所　　東京美術紙工協業組合

ISBN978-4-569-90408-5

PHP文芸文庫

ビア・ボーイ

吉村喜彦 著

鼻っ柱の強い若手社員の俺。今日も売上最低の支店での酒屋回り。なんで俺が⁉ ビール営業マンの奮闘と成長を描く爽やか青春小説。

PHP文芸文庫

ウイスキー・ボーイ

吉村喜彦 著

ライバル製品の台頭。会社の看板に胡座を掻く奴。口だけの上層部。問題山積の宣伝部で闘う〝俺〟の姿を描く痛快エンターテイメント。

PHP文芸文庫

えどめぐり

〈名所〉時代小説傑作選

宮部みゆき、朝井まかて、田牧大和、宮本紀子、篠 綾子 著／細谷正充 編

神田、日本橋、両国……江戸の町には物語があふれている！　人気女性時代作家の傑作短編で様々な名所を巡る、時代小説アンソロジー。

PHP文芸文庫

おつとめ

〈仕事〉時代小説傑作選

宮部みゆき、永井紗耶子、梶よう子、中島 要、泉ゆたか、桑原水菜 著／細谷正充 編

商人、大奥、駕籠かき……江戸の「仕事」はおもしろい！ 豪華女性時代作家陣による、働く人々の人情を描いた時代小説アンソロジー。